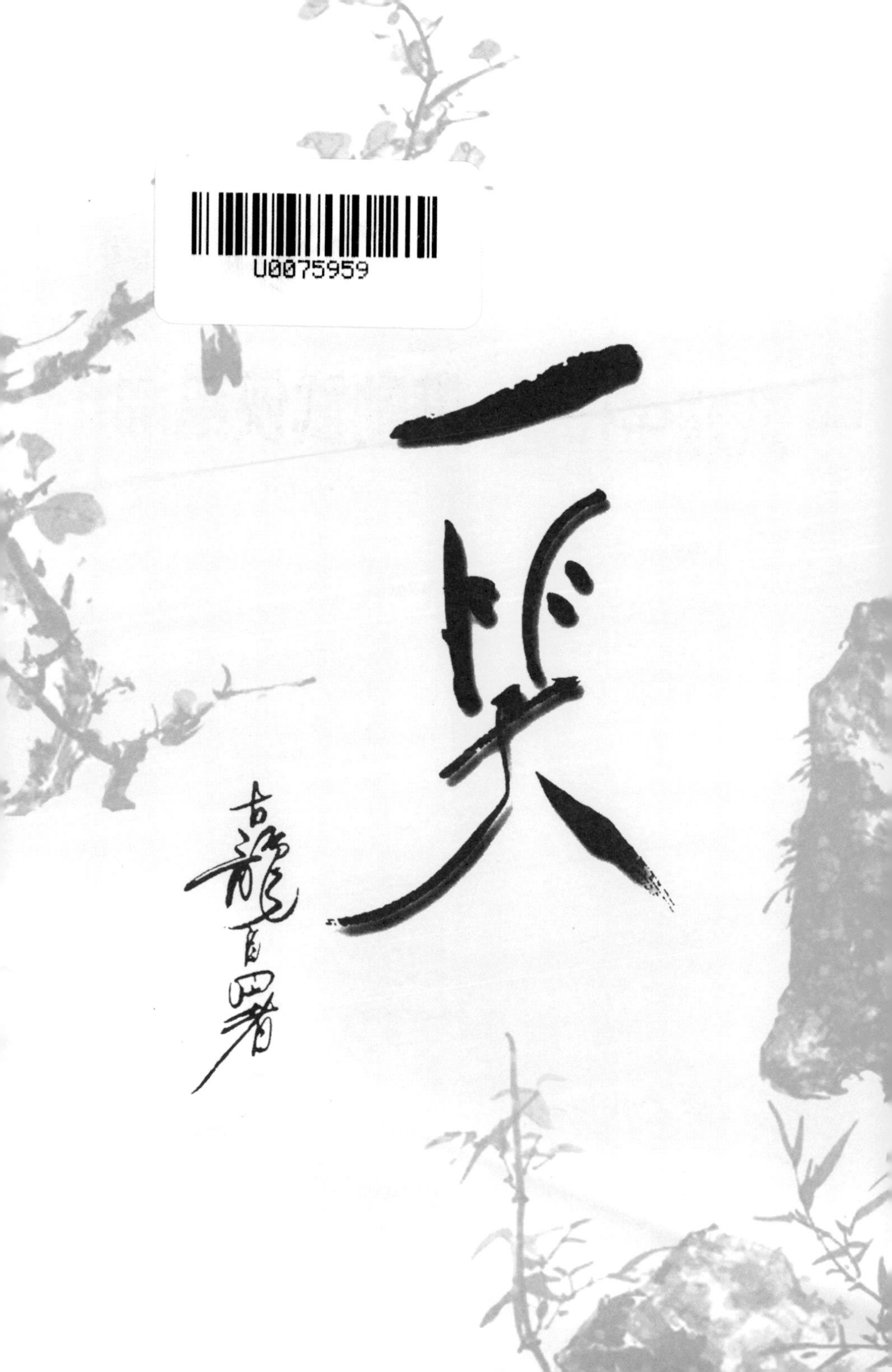
U0075959

盛期之風貌

臥龍生作品　帶動武俠風潮

《飛燕驚龍》開一代武俠新風

《飛燕驚龍》(1958)爲臥龍生成名作，共48回，約120萬言。此書承《風塵俠隱》之餘烈，首倡「武林九大門派」及「江湖大一統」之說，更早於香港武俠巨匠金庸撰《笑傲江湖》(1967)所稱「千秋萬世，一統」達九年以上。流風所及，臺、港武俠作家無不效尤；而所謂「武林盟主」、「江湖霸業」等新提法，竟成爲社會大眾耳熟能詳的流行術語了。

《飛燕》一書可讀性高，格局甚大。主要是寫江湖群雄爲覬覦傳說中的武林奇書《歸元秘笈》而引起一連串的明爭暗鬥；再以一部假秘笈和萬年火龜爲餌，交插敘述武林九大門派（代表正派）彼此之間的爾虞我詐，以及天龍幫（代表反方）網羅天下奇人異士而與九大門派的對立衝突。其中崑崙派弟子楊夢寰偕師妹沈霞琳行道江湖，卻如夢似幻地成爲巾幗奇人朱若蘭、趙小蝶之絕世武功技驚天龍幫，而海天一叟李滄瀾復接連敗於沈霞琳、楊夢寰之手；致令其爭霸江湖之雄心盡泯，始化解了一場武林浩劫云。

在故事佈局上，本書以「懷璧其罪」（與真、假《歸元秘笈》有關）的楊夢寰屢遭險難，卻每獲武林紅妝垂青爲書膽(明)，又以金環二郎陶玉之嫉才害能，專與楊夢寰作對(暗)爲反派人物總代表。由是一明一暗交織成章，一波未平，一波又起，極盡波譎雲詭之能事。最後天龍幫冰消瓦解，陶玉帶著偷搶來的《歸元秘笈》跳下萬丈懸崖，生死不明，卻予人留下無窮想像空間。三年後，作者再續寫《風雨燕歸來》以交代陶玉重出江湖，爲惡世間，則力不從心，當屬狗尾續貂之作。

在人物塑造方面，臥龍生寫男主角楊夢寰中看不中用，固然乏善可陳，徹底失敗；但寫其他三名女主角如「天使的化身」沈霞琳聖潔無瑕，至情至性，處處惹人憐愛；「正義的女神」朱若蘭氣質高華，冷若冰霜，凜然不可犯；「無影女」李瑤紅則刁蠻任性，甘爲情死等等，均各擅勝場。乃至寫次要人物如「賓中之主」海天一叟李滄瀾之雄才大略，豪邁氣派；玉簫仙子之放蕩不羈，爲愛痴狂；以及八臂神翁聞公泰之老奸巨猾，天龍幫軍師王寒湘之冷傲自負等，亦多有可觀。

與

摘自 葉洪生、林保淳著
《台灣武俠小說發展史》

武俠小說

台港武侠文學

流行天王

臥龍生

臥龍生是台灣最著名的武俠小說作家之一，自然也是海外新派武俠小說家中的重要一員。

在台灣武俠小說界，臥龍生曾獨領風騷被稱為「台灣武俠泰斗」。後來司馬翎、諸葛青雲脫穎而出，才與臥龍生並稱台灣俠壇的「三劍客」。那時候古龍還默默無聞。後來古龍名氣漸大，躋身高手之林，與「三劍客」合稱「台灣武俠小說四大家」，但臥龍生仍是深受讀者歡迎的武俠小說作家。

陳墨

臥龍生精品集
53
春秋筆
(一)

臥龍生精品集53

春秋筆(一)

目錄

人心惟危，道心惟微——《春秋筆》能負載多少微言大義？

知名文學評論家 秦懷玉

通常人們並不期待通俗武俠小說會負載或隱含著什麼了不起的微言大義，對於素以布局奇詭、情節緊湊著稱的武俠作家如臥龍生者，更不會作此想望。奇怪的是，在臥龍生創後期，因感受到古龍創新求變的成就帶來的壓力，而亟於尋求突破所寫出的作品如《春秋筆》中，卻著實設定，並鋪陳了某些隱含人生體悟與歷史反思的內涵，這些相當特別的內涵，甚至成為該作品在其武俠敘事模式中真正的亮點。

明暗雙線布局

本書一開始便強調：一向波濤洶湧、鐵血激蕩的江湖，得以維持了將近百年的相對平靜，乃是因為有「武林春秋筆」問世。這春秋筆每十年公布一次名單，揭露正邪各派成名人物的罪惡及隱私，而經各方詳細查證，其所公布者皆屬真實，故情節嚴重者往往成為眾矢之的，不容於世，較輕微者亦可能身敗名裂，只得潛隱不出。由於少林、武當等名門大派及四大世家等傳統門閥的頭面人物不乏敗德穢行之流，在春秋筆揭示下暫趨式微，故而當時江湖的主流勢力論門派係以無極門為首，論幫派則以丐幫、排教為主。然而，平靜的表象下其實暗潮洶湧。

臥龍生以明暗雙線進行的手法展開故事。首先，無極門面臨大劫，在門主無意中得罪了極厲害的世外高人之際，其夫人偏又潛蹤暗會當年的情人，被門中子弟疑為紅杏出牆。及至大家體察到夫人的苦心之時，門主與情敵龍天翔決鬥竟兩敗俱亡，使無極門與龍某背後的高手「北海騎鯨客」結下深仇。

禍不單行，在門主出門身亡的同時，無極門更遭不明來路的外敵大舉入侵，門內也有人叛變，以致作為江湖中流砥柱之無極門竟落得滅門的下場。至此，暗線逐漸發展為主線，無極門主當年因見其根骨奇佳而特地栽植的徒弟楚小楓脫穎而出，成為明線的主角。

真相撲朔迷離

楚小楓在門中與馬夫老陸投緣，老陸贈以劍譜殘本後突然病亡，這是暗線。但楚小楓在追查滅門兇手過程中得遇風塵異士歐陽老人及其純真的姪女，則是明線。由歐陽佩玉而結識畢生沉迷星卜術數，欲藉以窺測天機奧秘、江湖風雲、人生命運的「拐仙」黃侗，從而隱隱感知到世事表象的背後另有玄奧的真相，使得楚小楓的思路轉轍，擺脫了涉世未深的青澀與純真——這更是攸關全局的明線。

於是，以楚小楓為核心的無極門殘餘人馬展開了追尋滅門真相及真兇的漫漫長途。臥龍生所擅長的武俠敘事套路在這過程中當然施用得熟能生巧，諸如那殘缺劍譜居然能和無極門本來的青萍劍法相輔相成，促使楚小楓在短期內實力突飛猛進；又如一路上固然強敵環伺，險阻重重，卻也夤緣得逢某些三山五嶽的奇人異客，為他化解災劫之餘，還助他功力增進。

疑兇若隱若現

臥龍生的得意之筆，是展開這些早已為讀者所熟知的武俠套路時，猶能伺機加添新的誘因與佐料，使老梗不致令人覺得乏味。這次，他加添的誘因與佐料，大抵集中在滅門真兇及其背後勢力之身分撲朔迷離，難以掌握，以凸顯所佈暗線的神秘與隱晦。

而春秋筆作為最引人注目的明線，卻逐漸演變為最不可思議的暗線，即是在這些看似已無法開啟新意的武俠敘事套路中逐漸鋪墊；故而，明暗雙線推進的技法，在本書中展示得較為純熟，臥龍生還不時透過書中人物的對話刻意點題，使得有關春秋筆可能與滅門案間接相涉的懸疑，從中場起已若隱若現。

詭異勢力浮現

在春秋筆問世後獲利的丐幫和排教感到唇亡齒寒，自不免要與殘餘的無極門子弟結為聯盟，共抗外敵。但與來歷不明的詭異對手幾次遭遇戰打下來，反而是初出江湖的楚小楓堪當大任，無論鬥智鬥力，都不落下風。望江樓之役、萬花園之搏、湘江船艦大戰、泰山映日崖對決……對方無論用毒、色誘、跟監、反間、行美人計、派西域殺手，均被楚小楓一一破解。此時楚憬悟留贈劍譜的馬夫老陸實非常人，但若其人即是春秋筆，則滅門疑兇卻又是何方邪魔？

無極門內早有叛徒，且經證實已投入對手陣營，而在聯盟抗敵過程中，丐幫亦懷疑內部遭到滲透，排教當也難倖免於敵方的顛覆，是以丐幫、排教皆指定少數精銳先脫離本門，以自由之身加入楚小楓所率團隊，俾不受門規束縛，放開手腳與敵方週旋。

經過一次又一次考驗，一重又一重關卡，這支身負艱鉅任務的奇兵終於克服藏在暗處的詭異勢力所布置的幻象，而逼近了該勢力的核心。楚小楓深信，只有當雙方都圖窮匕現的時刻，這個詭異勢力之主導人才會露面，他也才可能揭穿其人的真面目。

隨著春秋筆十年一現的時日逼近，楚小楓團隊與這個詭異勢力的鬥爭也進入短兵相接的實戰階段，敵方主事者的位階和武功逐級遞升，終於，最高階層的七人集團被逼逐一現身。但縱使楚小楓使盡渾身解數，包括美男計，使得該集團僅次於最高當局的女性首領「二先生」萌生棄暗投明之意。不過，一旦「大先生」出面，以其烜赫的氣勢、至尊的威權、高明的武功，仍迫使楚小楓一方處於下風。

顛倒春秋之筆

然而，正如無極門、丐幫、排教，乃至少林、武當等名門大派都有內部的奪權鬥爭與離心份子，所以「大先生」及其集團得以網羅各派背逆之徒，再以使毒、色誘、綁架家人等邪門手段操控江湖上特立獨行之士，終於形成了可怕的詭異勢力。

其規模，較之春秋筆出現之前的少林、武當及四大世家更為龐大。換言之，春秋筆的嚇阻力量所造成的江湖平靜，根本只是一時假象，洶湧的暗潮在「大先生」的鼓盪下，多年蓄積，實已躍然待發。無極門慘遭滅門，恰是首當其衝而已。

正如各門派被挾持，是因內部有叛徒興風作浪；以威脅利誘等邪門手段強行建構的詭異勢力，當然也不免有內部離心份子的掣肘。

關鍵時刻，「大先生」面臨的最大敵手尚不是鋒芒畢露的楚小楓一方，而是在看清了最高當局的自私與虛偽之後，以「二先生」為首的反叛份子倒戈相向。

而當真相揭露，顯示「大先生」即是春秋筆主人，他並是排教教主之際，本書一直敷設的暗線，終於展延到了盡頭。此時，被他毒手擊殺的「七先生」經楚小楓揭開面具，發現即是當初在山林漫遊的那位天真美麗的少女歐陽佩玉，仍不免帶來一次新的心理衝擊。

凸顯人心惟危

春秋筆現身的時刻到來，原來「大先生」雖是第三代春秋筆主人，但馬夫老陸則是他師父，也是第二代春秋筆主人；當初老陸擇人不當，本身反遭暗算，不得不潛蹤匿跡，遂造成「大先生」得以培養邪異勢力以圖謀江湖霸業的局面。由於「拐仙」告知，江湖大劫已起，非人力所能挽回，故老陸陷於消沉。所幸老陸在潛匿中發現楚小楓良材美質，且有淡泊名利的胸

襟，故回告拐仙，自己仍願姑且一試，對楚小楓授以春秋筆所代表的武學菁華，亦即那本殘缺之劍譜。正因有此前緣，才有日後楚小楓力挽狂瀾，在逆境中不屈不撓，迎難而上，終於使得手中握有偌大籌碼的「大先生」功敗垂成。

溯其淵源，春秋筆以揭人隱私來脅制各大門派的意念，或許來自古龍作品《名劍風流》中所描寫的銷魂宮主那本「閻王賬」。而《名劍風流》中鳳三先生不屑以「閻王賬」來威脅他人，正如本書中楚小楓不願成為春秋筆的下一代主人。楚小楓不愧是天生聰穎敏銳之士，看穿了這其中隱含的危險。其實，「大先生」在最後時刻也已覺悟，他向上一代春秋筆主人老陸說道：「師父，春秋筆不可傳下去，它專揭人的隱私，再加上那霸道的武功，稍為心志不堅的人，就會受它誘，走入邪途……」

這樣痛切的體悟，令人聯想到中國儒家，尤其宋明理學家，常引述尚書中那句「人心惟危，道心惟微。」道學家所津津樂道的心性之學，若是隨時聚焦於「惟精惟一，允執厥中」，自然於己於人都是受用無窮。但若過於激進，走到「以理殺人」的地步，亦未始不會貽禍深重。春秋筆以一出手即平息江湖風浪始，而最後卻反成江湖最大的禍患與殺機，所透露的人心惟危，似乎正在於此。

前言

兵器譜上，記述了江湖上各家武功、兵刃的論評，尤其，對一些外門兵刃的妙用，論列極詳，誰要熟讀了兵器譜，誰就能對江湖上百家武學，了解個十之七八。

所以知子兵器譜，被稱江湖第一奇書。

傳說中，寫成這本兵器譜的，名叫萬知子。

但萬知子是一個什麼樣的人，卻是沒有人見過。

兵器譜上，有不少的記述，流傳入江湖，武林中不少門派、世家，都記下了那些傳說，而且，又傳諸門人，子弟。

不少人，花去了很大的工夫，去求證那些傳說，發覺了絕對正確。

因此，確定了江湖確有這麼一本奇書。

可惜沒有人能夠窺全貌，閱讀過全部知子兵器譜。

也許有人讀過全部的知子兵器譜，至少，那個人還未為武林同道所知。

武林春秋筆，卻更使武林中人警惕，它秉筆直書，記述了江湖中諸般事跡。

能為春秋筆記述事跡的人，大都是江湖中聲威喧赫的人物。

但也有默默無聞的人。

春秋筆可以使一個受盡武林同道尊崇的大人物，在一日之間，聲名狼藉。

也可以使一個默默無聞的人，一夕成名，成為江湖上最受敬重的人物。

春秋筆能在武林中建立了這一種權威，自然有很多的原因。

但最重要的有兩個，一是春秋筆記述的事實，絕不憑空捏造，有時間、地點、事實的經過，有些事還舉出人證、物證。

第二是，它很神秘，單是一支筆，絕對不能自動的寫出事實的經過，那必須要人動手，可是沒有人知那人是誰；他從不捲入江湖搏殺的恩怨，但好像有很多事，他都在場。

不在場的人，很難記述得那麼詳細。

這就是武林春秋筆。

它揭穿了江湖上不少偽君子面具，使人看到了那偽善後面的醜惡、凶殘。

它也宣露了一個武林中真正的俠士行徑、事跡，使你一舉成名。

不知道這世界上，是不是有真正完美的人，大節無愧小疵難免，每個人，在他的一生中，都難免犯過錯誤。

尤其是年輕氣盛，練武有成的人，大都性情偏近剛烈，失之躁急，難免受人蠱惑，一步失錯。

聲譽愈高的武林人，對春秋筆的顧忌也愈多。

幸好春秋筆的記述事跡，著重大節，包容了小瑕……

一　奇人絕學

江山代有才人出，各領風騷二十年。

武林中的人事變幻，更為快速，除了像少林、武當、四大世家，那種基礎雄厚、弟子眾多的大門戶，享名久遠之外，江湖上的新陳替代，都不會太久，多則十年，少則三、五年，都會有一個轉變。

其實，少林、武當、四大世家那樣基礎雄厚的門戶，也有黯淡的時間。

現在，正是這樣一個時刻。

少林、武當，兩大門戶的弟子，人才凋零，很少在江湖上走動。

武林四大世家，也由極盛轉入了衰退。

江湖上的盛名，得之不易，維護更難，那要付出無與倫比的代價，血淚斑斑，往事可考。

因此，從沒有一個門戶、世家，能夠永享江湖盛名。

現在，如日中天，在江湖上最享盛譽的是無極門主青萍劍宗領剛。

立窯在襄陽府，隆中山下的無極門，佔地不過數十畝，談不上什麼宏偉，連僕從、門人算上，也不過百來號，比起江湖上那些壯大的門派，實在算不得什麼！

代表無極門威望的，是大門上那塊橫匾。

那只是上好松木做成的橫匾，黑漆金字，寫著「無極門」三個大字。

價值在那塊木匾下面的署名，包括了少林、武當掌門人，東方世家主人、丐幫幫主、排教教主，五個江湖上最具權勢的人物。

這一橫匾，襯托出了無極門在江湖上的地位，也襯托出宗領剛的身分。

無極門在江湖上本來算不上什麼大門戶，但因出了一個宗領剛，把無極門帶進了一個新的境界。

宗領剛二十藝滿出門，把無極門一百零八招青萍劍上的神威完全發揮出來，出道三年，就博得了青萍劍客的名號，三十歲那一年劍懲七凶，聲名更噪，三十二歲那一年，接掌了無極門掌門之位，同年娶了神行叟白梅的獨生愛女白鳳為妻，加上岳家的威望，宗領剛又增加了不少聲譽。

但使他成為望重武林、名滿四海的事跡，是四十歲那一年，排解丐幫和排教一場紛爭，以手中一把青萍劍，力挫排教五大護法、丐幫四位長老，使丐幫、排教，都在青萍劍威懾之下，握手言和，罷手息爭。

事後，江湖中，有人論起這件事，如不是青萍劍客，排解了那場紛爭，雙方已經準備全力以赴，飛調各地精銳，準備一拚，這一場殺劫，如若不是宗領剛及時阻止，雙方都擁有上萬

弟子的組合，這一戰拚下來，又會在江湖上造成一場大劫難，那是千百條性命的大搏殺。

少林、武當的掌門人，對此事十分感動，丐幫幫主、排教教主，事後檢討這件事，也覺著宗領剛幫了他們的大忙，於是聯合了東方世家主人，訂做了一塊五人署名的匾額，這塊匾，使宗領剛聲威更振，也使得無極門在江湖上成了第一等的大門戶。

今年，宗領剛四十八歲，正值有為的壯年。但他近五年已很少在江湖上走動，常年留住在無極門中。

盛名得來不易。太隆的聲望，使他心理上，有了太多的負擔。

以一個小小的門戶，一躍成為武林中頂尖的門派，宗領剛變得十分謹慎，要保護這份聲譽，必須使無極門後繼有人，他留在府中，盡全心教育下一代無極門中弟子。

宗領剛才華非凡，青萍劍法在他手中，又創出了很多精奇的招術。

無極門中，有四個才具非凡的人。一個是宗領剛的小師弟成中岳，名雖師弟，事實上，和宗領剛的年齡相差很多，今年不過三十歲。宗領剛的師父，在收了這一位弟子之後，就臥病不起，成中岳的武功，大都是宗領剛代師傳授。

第二個是宗領剛苦心覓得的一位弟子，名叫楚小楓，原本是一位書香門弟的子弟，祖父做過一任府台，父親亦是舉人，詩書傳家，與武絕緣。

這樣一個家庭，偏偏生了一個練武的奇材，宗領剛一見之後，認為是極少見的練武骨骼，遊說楚家，費盡了唇舌，才說服了楚小楓的父親，把楚小楓送入無極門學藝。

宗領剛沒有看錯，楚小楓果然是有著習武天賦，七歲入師門，今年十九歲，但已盡得青

萍劍客的真傳，再加上幼小受詩書薰陶，雖然習武，但卻未忘文事。

第三個叫董川，出身習武之家，父親做過鏢師，中年改行經商，賺了不少銀子，廣置田產，落戶廬州。董川之父，慕宗領剛之名，親率董川，登門求師，宗領剛看董川稟賦甚佳，收在門下。

第四個，就是宗領剛和白鳳膝下的愛子宗一志。

宗領剛對四人的期望很大，留在府第不再外出，用心就在培養四人。

小一輩三個師兄弟中，以董川的年紀較大，現年二十三歲，也是無極門中下一代首座弟子。

宗領剛看得很清楚，無極門中十二個弟子，能夠調教成材的，只有這三個人。

不但對練功督促甚嚴，而且，還借用了藥物之力，培元固本，也常把江湖上的人人事事，講述給三個人聽。

三個人，雖然未離開過隆中山，但對江湖中的事物，卻知道不少。

宗領剛希望成中岳能撐住無極門的門戶，在三人手中能把無極門發揚光大。

殘酷江湖，不少具有非凡才華的人，辛辛苦苦創出的基業，不知惕厲自固，不是在自己手中敗亡，就是人亡基毀、星散江湖，有如曇花一現。

宗領剛希望能保持住這份成就，使無極門，能像四大世家、少林、武當等大門戶一樣，永享盛譽，至少，也能風光數十年，傳個三、兩代，把無極門光大起來。

這方面，白鳳幫了他不少的忙，老岳丈神行叟白梅，對他的輔助更大。

董川、楚小楓、宗一志，並稱無極門中小三傑，確也稟承師訓，全力以赴，每個人都有著使宗領剛滿意的成就。

這日，宗領剛考驗過三人的劍法之後，禁不住臉上泛起了一片歡愉的笑容，把三人叫到身側，和悅地說道：「這五、六年來，我很少到江湖上走動，就是希望能把你們調教成材，我的苦心沒有白費，你們對青萍劍，都已練到了相當火候，功力也都到了可以收發隨心的境界，但武學無止境，我希望你們不要因我這幾句嘉獎，懈怠不進。」

三小躬身領命。

宗領剛拂髯一笑，道：「明天，我要傳授你們暗器鐵蓮花，為師憑青萍劍法，和二十四枚鐵蓮花，在江湖上，闖出了這點名氣，自信一生所為，仰不愧天，俯不怍地，暗器雖然有欠光明，但對付宵小，應付伏擊，有時不得不用，我在鐵蓮花上有幾種特殊的手法，專以對付敵人暗器襲擊之用，希望你們都能學得神髓，青出於藍，也不負我這一番心願了。」

董川一躬身，道：「師恩情重如山，恩深似海，弟子身受培育，感戴莫名，日後自當為師門聲譽，全力以赴，使我無極門永遠屹立江湖。」

宗領剛點頭笑道：「好！希望你們都有這份豪情壯志，這五年來，為了練武，你們都沒有離開過迎月山莊一步，連兩年一度的省親假期，也都取消，明天，為師帶你們到山中行獵，順便傳你們鐵蓮花的手法。」

三個年輕人，被關在迎月山莊五年時間，未離開過一步，雖然迎月山莊中樣樣俱全，但也悶得發慌，聽說明天可以到山中行獵，心中那份高興，立刻浮現於神色之間。

宗領剛也很高興，笑一笑，道：「你們可以早些休息了，明天，咱們一早離莊。」言罷，轉身而去。

宗一志雖然是宗領剛膝下愛子，但宗領剛對三小的相待，卻是一視同仁。

董川目睹師父去遠，回頭對宗一志道：「小師弟，這幾年來，你和我們一起住在後園之中，師娘雖然近在咫尺，但卻見面不多，師父適才之言，已然隱隱說明，咱們劍藝已成，再練好師父鐵蓮花暗器，咱們大概就藝滿出師了，你先去看師母，順便替你小楓師兄和我，代向師母請個安。」

宗一志道：「小弟遵命。」

董川目光轉到楚小楓的身上，道：「七師弟，你去馬房，把師父去年送給咱們的三匹馬，牽出洗刷一下，我去打掃花園，然後，咱們一起到莊後去遛遛馬。」

楚小楓一躬身，道：「小弟領命。」

迎月山莊，雖然有不少僕婦佣人，但宗領剛卻要求門下弟子個個自立生活，除了炊事由廚下供應之外，洗衣、灑掃，都自行料理。

楚小楓行入了馬房，這座馬房很大，飼有三十匹好馬。

宗領剛名滿天下，這些大都是別人送的。送的馬有一個特點，那就是一定是一匹好馬。

宗領剛把這些馬，分配給門下弟子。

看馬房的老陸，似乎是很大年紀，鬚髮如銀，但他精神很好，很大的馬房，每時每刻都

打掃得乾乾淨淨。老陸住的一間小屋，就搭建在馬房門口。

這時，正是夕陽殘照的時刻，老陸坐在馬房外面的木凳上，迎著金黃色的夕陽，正吸著旱菸袋。

他臉上帶著一份和藹的微笑，似乎是很滿足目下牧馬生活。

「楚公子，要遛馬？」老陸取下嘴上的旱菸袋。

楚小楓笑一笑，道：「不！我們洗馬，明天，師父要帶我去山中狩獵。」

老陸哦了一聲，道：「你們不再練劍了？」

在無極門的弟子中，楚小楓有一股特別的氣質，也許是腹有詩書氣自豪，那種書香門第出身的飄逸，高出於同門之中。

但他究竟還是年輕人，長居山莊、讀書習武的年輕人，飄逸中仍有著一股山居的拙樸光潔。

楚小楓緩緩在老陸對面一張木凳上坐下，道：「明天，師父開始傳授鐵蓮花暗器手法。」

老陸點點頭，道：「那是說，你們劍法，已經出師了？」

楚小楓道：「我不知道，師父沒有說過。」

老陸磕去菸鍋中的菸灰，又裝了一袋菸草笑道：「楚公子，你要洗幾匹馬？」

楚小楓道：「三匹，大師兄的一匹，還有一志師弟的一匹。」

老陸道：「好！等我吸了這一鍋菸，我幫你洗。」

楚小楓道：「不用了，陸老伯，我陪你聊幾句，自己去洗，三匹馬用不了多少時間。」

他的彬彬有禮，使老陸臉上閃掠奇異的神色。但只一瞬而逝。

楚小楓沒有看到，其實，就算是看到了，他也感覺不出什麼！

老陸吐出一口菸圈，道：「楚公子，你看這夕陽燦爛，晚霞流照，只可惜它太短促，夕陽無限好，只是近黃昏。」他似乎有著無限的感慨，言來隱含悽楚。

楚小楓眨動了一下星目，道：「陸老伯，你讀過書？」

老陸若有警覺，呵呵一笑，道：「那是年輕時候的事了，算起來，已經五十多年了。」

楚小楓道：「陸老伯，你不像是一個看守馬房的人。」

老陸又吐出一口菸圈，笑道：「楚公子，命不由人，老朽已經替人看了幾十年的馬房了，大半生的歲月，也都耗在牧馬之上。」

楚小楓忽然間感覺到這位看馬房的老人，有著一種和他身分完全不同的氣質。洗得發白的土布衣衫，和低微的牧馬工作，掩遮不住他那一雙洞察事機、看透人生的目光，和那股仰之彌高、細查無形的氣勢。這大概也就是所謂很多種氣質中的一種。

氣質，觸之無物，望之無形，這要憑藉著靈性或經驗，去感受出來。

楚小楓沒有經驗，但他卻具有常人不及的靈性，這是天生的領悟，再加上後天培養出來的感覺能力。

輕輕吁一口氣，楚小楓緩緩說道：「陸老伯，我好笨，好笨，我們常常見面，好像有很多年了，今天，我才發覺老伯是一位深藏不露的高人。」

老陸似乎是未料楚小楓領受到如此之多，不禁一呆，道：「孩子，你過來。」轉身行入居室之中。

那是搭建在馬棚門口的一間茅舍，一間簡陋的茅舍，只能說可避風雨而已。室中的布設，也很簡單。

一張木榻之外，就只有一張木桌和兩張木椅，但卻打掃得很乾淨。木榻上的被褥，雖然顏色盡褪，但卻無髒亂之感。

楚小楓暗暗忖道：「他年紀很大了，照顧那樣多的馬匹，還能把茅舍中打掃得如此清潔，實在要很勤快才行。」

老陸由枕下抽出一本已經發黃的絹冊，笑一笑，道：「孩子，答應我幾件事好嗎？」

楚小楓恭謹地躬身一禮，道：「老伯吩附，小楓能辦到的絕不推辭。」

老陸道：「別和人談起我的事，就像和我過去相見一樣的平淡。」

楚小楓道：「這個，小楓可以答應，但小楓以後是否可以常來向老伯請領教益呢？」

老陸嘆息一聲，道：「孩子，今天，老夫已失態很多，咱們只有這一面之交了。孩子，以你的造詣，大概已可領受這本絹冊上的記述，記著，你只有兩天的時間，看完這本書，記在心中，然後，燒去它，不許讓任何人知道，也不許和任何人談起，包括你師父在內。」

楚小楓道：「哦！」

老陸道：「上面記述的武功，你可以練習，但必須答應我，不論你有多少成就，一年之內，都不許施用。」

楚小楓心中一動，道：「陸老伯，如是小楓遇上了性命交關的危險呢？」

老陸道：「也不許施用！」

楚小楓道：「一年之後呢？」

老陸點點頭，道：「可以用，但別忘了你是無極門的弟子，很多武功，都是從無極門中招法變化而來。」

楚小楓道：「小楓明白了。」

老陸道：「孩子，忘了我，就像你沒有見過我一樣。」

緩緩把絹冊交入了楚小楓的手中，接道：「老夫的年紀大了，眼花、耳聾、記憶衰退，實在記不得在哪裡見過你，我就看不清楚你的人，也從沒有聽過你的聲音，孩子，天下有很多很多像你一樣的年輕人，你和他們一樣，對老夫十分陌生。」

楚小楓道：「小楓明白老伯的意思！」

老陸道：「明白就好，孩子，收好絹冊，牽馬去洗吧！你大師兄就快來了。」

老陸平和的臉上，突然泛起了一片冷肅之色，道：「記著老夫的話，那絹冊必須兩天內燒去，如若不聽老夫之言，必有大禍臨身，你去吧！由此刻起，老夫根本不認識你。」說完話，轉身而去。

楚小楓呆了一呆，收好絹冊，轉身而去。

三匹馬還未洗好，董川和宗一志已先後趕到。

對宗一志的趕來，楚小楓有些意外，笑一笑，道：「師弟，你沒有去看師娘？」

宗一志道：「小弟看過娘了，我娘說，我雖是父親的兒子，但也是無極門中弟子，一切事，都要和別人一樣，在沒有行過藝滿出師大禮之前，我們誰也不能特別……」

笑一笑，接著：「大師兄，小楓師兄，我娘已經吩咐管事，加工興建了一座精舍。」

董川道：「興建精舍？為什麼？」

宗一志道：「我娘說，咱們學藝時，都是學徒的身分，那一定要親自動手，養成勤勞習慣，所以，洗衣、遛馬，都要我們親自動手，但我們一旦行過出師大禮，咱們都算長大了，得要一座很好的房子，生活瑣事，都不用咱們再動手了。」

董川道：「師娘恩深似海，真叫人報答不盡。」

宗一志低聲說道：「大師兄，聽我娘口氣，等我們行過藝滿出師大禮，師父好像還要帶咱們到江湖上去磨練一番。」

楚小楓放下手中馬刷子，道：「真的麼？」

宗一志道：「自然是真的了，聽說，要帶我們去參加一個什麼大會，順便還要帶我們到江湖上走一走。」

董川微微一笑，道：「師父明天帶我們出獵，一方面傳授我們鐵蓮花手法，一方面，也要考驗一下我們的武功。師父劍法，博大精深，我這個做大師兄的，在師父指教下學了十幾年的劍，但總覺著還未能盡得神髓。」

宗一志笑一笑，道：「大師兄，你也不要自謙了，其實，我爹對咱們的成就，都很滿意。我聽成師叔說，爹和他談過咱們，並說大師兄已經得了師父大部份的真傳了。」

董川雖然極力地控制心中的喜悅，但眉宇間，仍然禁不住掠過一抹歡愉之色。

董川回顧了楚小楓一眼，道：「小師弟，師父跟你談過你七師兄麼？」

原來，楚小楓在無極門十二個弟子中排行第七，宗一志是最小的一個，排行十二。

他們三個人，才華出眾，是以宗領剛特別安排在一處，其他九個師兄弟，大都感覺，才質難和三人相比，也都心安理得，但內中卻有兩個人，心中極是不忿，一個是無極門中的老二，一個是老九。

這兩人，才慧強過其他七人，但卻又不及董川等三人很多。

宗領剛威嚴正直，因材施教，兩個人心中雖然不忿，但卻是敢怒不敢言。

再說，宗一志聽得董川的問話，沉吟了一會兒，道：「師父說小楓師兄很奇怪，看不出有多少成就，他似是很聰明，但劍招太純樸，不如大師兄的凌厲。」

楚小楓急急說道：「大師兄，小弟才智，怎能和大師兄相提並論，我心中明白，如若小弟有些成就，也不過和一志師弟相同，卻難望大師兄項背。」

董川微微一笑，道：「七師弟，你不用謙虛，我這個大師兄也看得出來，你的劍法純樸之中，含著機變，那才是劍法中至高的成就。」

楚小楓微微一笑，道：「大師兄誇獎了。」

董川微微一笑，道：「咱們師兄弟，誰的成就高，都是自己人，用不著擺在心上，但師父這幾年，確實費盡了心血在造就咱們，不但在武功上，督促我們極嚴，還覓遍天下的靈丹、奇藥，都足以使咱們感激終生了。」

楚小楓道：「大師兄說得是，師父對咱們沒有話說，這些恩情，咱們窮一生也報答不盡。」

宗一志幫助楚小楓洗過了三匹健馬。

回到了宿住之處，天色已到了初更時分。

楚小楓心中很急，他急欲要看那本絹冊。

他想不出絹冊上寫的什麼，但卻知道那是一件很重要的東西。

好的是三個人各自分住了一間房子。

楚小楓每天都有看書的習慣，所以，靜夜孤燈中，常常秉燭夜讀。

但他還是很小心，拿一本《易經》放在桌上，然後，才打開那羊皮絹冊。

那是七招劍法。

有很多地方，顯然已經有人故意用手法毀去，看不出這七招劍法來歷、出處。

絹冊被毀去不少，但卻無損於劍法的完整。

楚小楓人本聰明，記憶力也好，那絹冊上一共只有七招劍法，每一招兩頁，一頁上畫的圖，一頁上寫的字，解說那一劍的變化，每一招含有七變，七七四十九變。

絹冊上沒有署名，也沒有說出是什麼劍法。

楚小楓只看了三遍，那絹冊每一個字、每一幅圖，都已經深印在他的腦際。

燒去絹冊，熄去燈火，閉上雙目，想睡一覺，明天，還要隨師父出獵，學習師父鐵蓮花的手法。

他的劍法，已經有相當的基礎，那七招劍法，被他熟記於心中之後，就像是播下了七個種子。

那七劍招法，在他腦際中開始萌芽。

那是很苦的經歷，七招深植腦際的劍法，耽誤了楚小楓的睡眠。

他很想睡，但卻一夜沒有合眼，腦際之中，完全是那七招劍法在打轉。

不想還好，這一想，只覺那七招劍法，山藏海納，包羅了無窮妙用。

他想得深入，竟不知天色已亮。直待董川在室外喊叫，楚小楓才急起梳洗。

趕到院中，宗領剛早已先在，宗一志牽著三匹馬，肅立一側。

楚小楓急行一步，拜伏於地，道：「弟子貪睡，有勞師父久等。」

宗領剛揮揮手，道：「你起來。」

楚小楓道：「師父恩典。」

宗領剛微微一笑，道：「你出身書香之家，喜愛讀書，我知道你常秉燭夜讀、深夜不寢，昨夜是不是讀書太晚？」

楚小楓道：「弟子閱讀不久，但想到今日要隨師父入山狩獵，心中太過興奮、緊張，竟然一夜難眠。」

宗領剛點點頭，道：「我看得出，你眉宇間興奮中微帶倦意，正是一夜都在想心事。」

楚小楓暗叫了一聲慚愧。他不願對師父撒謊，但卻又無法不守住和老陸的約言，不能洩漏。

宗領剛抬頭望望天色，道：「走！天已經不早了。」

師徒四人，離開了迎月山莊。

宗領剛一馬當先，帶路而行。

這幾人在迎月山莊一口氣住了四、五年，從未離開過那山莊一步。此刻但見藍天白雲，晨風拂面，使人有著心情一暢的感覺。

宗領剛翻身下馬，董川急急趕前接過轠繩。

這是半山中一片平坦的草地，一面是樹林子，一面是岩壁。

宗領剛笑一笑，道：「這不是好獵場，再向上，就無法騎馬了，咱們要步行登山。」

一面示意三人，把馬匹拴好。

宗一志低聲道：「爹，咱們要打什麼？」

宗領剛笑道：「這林子後面，盛產胡蜂，長逾半寸，尾針奇毒，我要用借那些飛行奇速的胡蜂，傳授你們暗器手法。」

宗一志道：「原來如此，我還以為爹真的要帶我們來打些山禽野兔，一面舒展一下筋骨，一面給我們加菜下酒呢？」

宗領剛輕輕吁一口氣，道：「鐵蓮花雖不是什麼歹毒暗器，但卻在我手中，創出了一種迴旋手法，十二枚鐵蓮花連續迴旋飛出，可以拒敵暗器，也可以寡敵眾，但這手法不易，用勁、取準，都需要具有一點才慧才行，尤其是那種迴旋的力道，完全是一種巧勁，畫虎不成反

類犬，這手法雖然巧妙，但如學得不好，貽笑大方不說，反而會傷了自己……」

語聲微微一頓，接道：「如是你們三個人，能夠配合運用，我相信更具妙用，現在，我帶你們到胡蜂出沒之區，先施展一下給你們看看，然後，再傳你們手法、巧勁。」

他雖然未說得太明顯，但話中有話，董川和楚小楓都聽得心中明白。

無極門十二個弟子中，只有他們三個人，具有了學這手法的功力、智慧。

但宗領剛不能在迎月山莊中傳授他們這種手法。

穿過樹林，景物忽然一變。只見一片亂石、荒草的空地上，盛開著各色山花。

一片嗡嗡之聲，不絕於耳。

好大的胡蜂，每一隻都有半寸以上。上百隻的胡蜂，不停地在山花中飛舞。

宗領剛道：「你們各自小心，這些巨蜂毒性強烈，十分凶猛，不過只要避開牠，牠也不會無故傷人，我如施放出鐵蓮花，激怒牠們，牠們會大部份撲追於我，但也將波及你們，你們練了十幾年的劍法，但卻從未和人動過手，今日，你們先對付這些巨大胡蜂……」

一面由懷中取出一個玉瓶，倒出三粒丹丸，道：「這是袪毒丹，你們每人服用一粒，一旦有人被蜂螫傷，千萬不可逞強，要立刻說出來，由未受螫傷的兩個人，保護他退進樹林。」

董川道：「咱們退進林中，手腳施展不開，胡蜂追上，豈不是更要大吃苦頭？」

宗領剛道：「我帶你們到這個地方，就是因為這是個很奇怪的地方，這些胡蜂，結巢之處，都在對面的斷崖、峭壁之間，這和一般的胡蜂，喜歡在林中結穴，完全不同，更奇怪的是，這一群的胡蜂，也只限在這一片空地上活動，牠們從不飛越過那片樹林。」

楚小楓一皺眉頭，欲言又止。

宗領剛有著很豐富的閱歷經驗，他的看法，自然是比自己正確。

師父既然帶來了這個地方，自然不會有錯，山川峽谷中，有很多奇怪的景物，屬於自然造化之秘，也許這地方就是其中之一。

楚小楓忍下心中的疑慮。

董川看出了楚小楓的奇異神色，低聲道：「小楓，你在想什麼？」

這時，宗領剛已舉步行入花叢中去。

楚小楓低聲道：「大師兄，小弟心中本來有些奇怪，但想想師父的廣博見聞，豈是我們能及，跟著師父行動，自然是用不著我們再費心了。」

董川哦了一聲，道：「小楓，說說看，你的想法？」

楚小楓道：「大師兄一定要小弟說麼？」

董川笑道：「你讀書多，胸羅豐博，說出你的看法，也讓大師兄一開茅塞。」

楚小楓道：「這地方是不是有些奇怪？」

董川四顧了一眼，道：「很多的山花，色彩鮮艷，和別處有些不同是真的，除此之外，大師兄再瞧不出什麼了！」

楚小楓道：「就是這些山花，色彩太繽紛，品種太複雜，所以，小弟覺著，這些奇種山花，不是自然生長的！」

董川呆了一呆，但他很快接受了楚小楓的觀念，低聲道：「你是說有人種的？」

楚小楓道：「是！如若這山花是人種的，這些體積奇大的胡蜂，也是人養的了。」

董川又是一怔，點點頭，未作回答。

楚小楓道：「如是小弟的推論成立了，那就有兩個問題，叫人推索了。」

董川道：「哦！你說說看，什麼問題？」

楚小楓道：「一是什麼人種了這些山花？養了這些胡蜂？」

董川道：「第二呢？」

楚小楓道：「那個人，是植花為了養蜂，還是養蜂為了植花，他！用心何在？」

董川道：「小楓，人說秀才不出門，能知天下事，看來是古人誠不欺我。」

楚小楓微微一笑，道：「大師兄過獎了。」

宗一志就站在董川的身側，也聽到了兩人的說話，急急說道：「大師兄，七師兄說得有道理，這些要不要告訴師父？」

董川道：「應該報告師父……」

這時，宗領剛已經行出了兩丈開外，高聲說道：「你們留心看著，迴旋鐵蓮花。」

喝聲中，身子突然向前一傾，右手中飛出了一片寒芒。

緊接著，片片寒芒，連續飛出。

一片片鐵蓮花之間，保持了一尺左右的距離，形成了一道半圓形的綿連光圈。

鐵蓮花飛經之處，遊飛花上的胡蜂，不是軀體分裂，就是被打成粉身碎骨。

這一來，立刻激起了胡蜂的反應，立時轉向宗領剛撲了過去。

但聞一陣嗡嗡之聲，不絕於耳，近百隻的胡蜂轉向宗領剛撲去。

宗領剛也許是為了使董川等能看清楚他的手法，所以，他打出的鐵蓮花很慢。

那真是很神奇的手法，鐵蓮花在空中飛旋了一陣之後，又回到了宗領剛的手中。

群蜂飛集，穿過了鐵蓮花飛過的空隙，直向宗領剛身上撲去。

宗領剛被形勢所逼，急回左手，拍出了一掌。

他內力強大，這一掌，力道奇重，帶起了一片嘯風之聲。強猛的掌風，震退了近身群蜂。

第二輪的鐵蓮花接著出手。

這一次是快速手法，但見一道弧形的寒芒，旋飛在蜂群之中。

寒芒過處，蜂屍紛飛。

強烈的破空金風，使得接近鐵蓮花的胡蜂，都被震蕩開去。

連環迴旋鐵蓮花，愈轉愈快，破空的金風也越來越強，終於構成了一圈強烈的金風，把宗領剛給圈在了一片金風之中。

十二個鐵蓮花，在快速地旋轉之下，由點成面，宗領剛整個的人，都被圈在了一片金芒之中。

人與胡蜂，完全隔開。

胡蜂雖然凶悍，但在金風逼迫之下，雖再向前進撲，只有在鐵蓮花外面打轉。

很意外的是，那胡蜂並沒有和一般的群蜂一樣，受驚之後，四下飛竄，見人就螫，卻集中攻向宗領剛一人。

董川和宗一志，都被宗領剛奇異的手法吸引，直看得目呆神凝。

想到一旦練成了這樣的手法，當真是傲視江湖、舉世無雙。

楚小楓卻是看得大感奇怪，暗道：「這蜂群在傷亡累累之下，卻無驚慌之狀，這哪裡像山野間生長的胡蜂，似乎是久經訓練的戰士一般。難道這些胡蜂，真是人養的不成？」

心念轉動之間，忽見那愈聚愈多的胡蜂，突然轉身而去。

一陣嗡嗡之聲，逐漸遠去，飛得一隻不剩。

宗領剛似乎是也有警覺，收了鐵蓮花，站起身子。

董川、宗一志，急步奔了過來，道：「師父，這大概是天下最高明的暗器手法了？」

宗領剛沒有立刻回答，卻凝注在胡蜂飛走的地方，呆呆出神。

楚小楓緩步行了過來，低聲道：「師父，這群胡蜂有些奇怪？」

宗領剛點點頭，道：「是有些奇怪，不像是胡蜂……」

只聽一個清脆聲音，傳了過來，接道：「是胡蜂，不過，牠們是受過訓練的胡蜂。」

轉頭望去，只見一個十四、五歲、頭梳雙辮、身著青衣的小姑娘，站在兩丈外的花叢中。

那是個很美的小姑娘，尤其是一對明澈的大眼睛，深邃的像一泓清水。

宗領剛道：「這胡蜂是什麼人養的？」

青衣小姑娘右手一甩小手指中的小辮子，接道：「一個很難纏的人，你闖了大禍啦……」

宗領剛哦了一聲，道：「什麼大禍？」

青衣小姑娘道：「這些胡蜂都是經過他特別選擇的品種，為了養這些品種，由很遠的地方，移植來這些奇花，你卻把人家苦心培植的胡蜂，做為練習暗器的靶子，打死了他很多的胡蜂，想想看，他如何能饒得了你？」

宗領剛道：「這麼說來，確是在下的不對了。」

青衣小姑娘淡淡一笑，道：「幸好他不在，如若他在此地，看到你打殺他如此眾多的胡蜂，只怕早就要了你的命。」

宗領剛道：「這麼凶嗎？」

青衣女道：「不錯，他本來就很暴躁，這些胡蜂，又是辛苦了十年的成就，你剛一陣打殺，至少傷害了五分之一的胡蜂，唉！這對他的傷害太大了。」

宗領剛道：「這些胡蜂似非中原之物……」

青衣小女接道：「本來就不是中原之物，如若是中原之物，也不會這麼珍貴了。」

宗領剛道：「姑娘，這些胡蜂很凶惡，毒性也很強烈，就算是在下傷了一些，也不算什麼大事？如是養蜂人，一定要在下賠償，在下一切遵命就是。」

他是目下最受武林中敬重的人，但卻是那麼和氣。

青衣少女搖搖頭，道：「你賠不……」突然神色一變，住口不言。

宗領剛心中警覺，回頭看去……

只見一個身著灰袍的老者，正從林外行來。

看他還遠在六、七丈外，但不過一眨眼間，已到了宗領剛的身前。

宗領剛心中震動了一下，暗道：「好快的身法。」

他閱歷廣博，見識過武林中一流高手，也是輕功絕佳的人，但他沒見過這樣快速的身法。他幾乎沒有看清楚，對方是如何走到了身前。

灰袍人兩道目光，轉注到地下的胡蜂屍體之上，臉上的神色更見冷漠。

那個灰袍人並不難看，只是他全身上下，似乎是都散發著一股冷肅的殺氣，此刻，神情更見凌厲。

宗領剛皺皺眉頭，欲言又止。他是一代宗師身分，不能不保持一些威嚴。

灰衣人對地上的胡蜂屍體，看得很仔細，似乎是還在暗中數計。

一種沉默的緊張，在四周散布。

沒有人說一句話，但一種冷肅的殺氣，使宗領剛不得不運氣抗拒。

灰衣人緩緩把目光轉注到那青衣少女的身上，道：「誰殺了我的胡蜂？」

宗領剛不能不說話了，輕輕吁一口氣，道：「在下殺的，不過事出無心。」

灰衣人臉上閃掠過一抹淒涼的笑意，但立刻又變成了濃重的殺氣，道：「為什麼？我這些胡蜂從不飛出傷人，這裡密林重隔，我養的胡蜂，從不飛離這百丈的方圓，是你找來這裡，打殺了牠們？」

宗領剛臉色十分尷尬，輕輕吁一口氣，道：「在下從沒有見過養胡蜂的人，所以，想不

到這是有主之物，如今大錯已鑄，閣下有什麼條件，可以說出來？」

灰衣人道：「你賠不起……」

語聲一頓，接道：「你是無極門中的宗掌門人，是嗎？」

宗領剛道：「在下宗領剛。」

灰衣人道：「為這群胡蜂，和這毒花，花去了我七、八年的時間，如今，卻被你一刻間傷去近半，你說兩句抱歉的話，就算完事了嗎？」

宗領剛道：「這麼吧？這些胡蜂由何處取得，在下遣人，再去替閣下找一些回來。」

只見灰衣人搖搖頭，道：「不行……」

宗領剛哦了一聲，道：「要我怎麼做，才能使得閣下滿意？」

灰衣人搖搖頭，道：「只有一個辦法，那就是，能使這些死去的胡蜂復生。」

宗領剛道：「這一點，在下無法辦到，不敢承諾。」

灰衣人道：「所以，你只有一條路好走。」

宗領剛道：「請教？」

灰衣人道：「死！替這些胡蜂償命。」

他說話的聲音很平靜，平靜得就像在談一件微不足道的事，和他完全無關的事一樣。

宗領剛道：「為了這幾隻區區胡蜂，就要傷一條人命，閣下不覺得太過分了嗎？」

灰衣人道：「過分？這些胡蜂一樣有生命，牠們也死的很無辜。」

董川忍不住接口說道：「這位前輩，幾隻胡蜂，怎麼能和人命相比？」

灰衣人道：「那是你的看法，但在老夫的眼中，這些胡蜂比人可愛多了。」

董川還待接口，但見宗領剛一臉冷肅之色，頗有責怪他多口之意，立時把出口的話，嚥了回去。

宗領剛輕輕吁一口氣，道：「閣下，除了替這些胡蜂償命之外，還有沒有別的辦法？」

灰衣人搖搖頭，道：「你不能使牠們復生，也不能再替我找到這麼多胡蜂，橫在我們面前的，只有一條路。」

宗領剛笑一笑，道：「在下不懂胡蜂，不過，我想，這胡蜂不是什麼奇獸、珍禽，在下可以托幾個朋友，替你找找。」

灰衣人道：「哦？」

宗領剛道：「有句話，兄台說得不錯，這胡蜂也是生命，牠們又不飛出傷人，在下傷牠們，是在下之錯，所以，在下希望閣下給我三個月限期，我一定送上這些胡蜂。」

灰衣人道：「三個月？」

宗領剛道：「三個月，在下相信一定可以送一批胡蜂了。」

這時，那青衣少女突然插口說道：「歐陽伯父，他既然有把握在三個月內，賠出你的胡蜂，何不答應他三個月的限期？」

灰衣人道：「他賠不出來的！」

青衣少女道：「歐陽伯父，你就答應吧！這個人既是一門之主，自然不會跑了。」

灰衣人道：「好！看在你這丫頭的份上，我答應了，你幫我和他們談好條件。」

竟然舉步而去，頭也未回顧一眼。

那青衣少女目睹那灰衣人背影遠去之後，才輕輕吁一口氣，如釋重負地說道：「很奇怪，你大概是武林中很有名望的人吧？」

宗領剛道：「薄有虛名罷了！」

青衣少女道：「我從來沒有見過他對一個傷害他的人如此客氣過。」

宗領剛道：「傷害他？……我……」

青衣少女接道：「你殺了他的胡蜂，就是傷害了他。」

宗領剛道：「姑娘，這胡蜂對他很重要麼？」

青衣少女道：「很重要，他要靠胡蜂採的毒蜜……」

若有警覺，突然住口不言。

宗領剛道：「姑娘，這位歐陽老人家的大名，可不可以告訴在下？」

青衣少女搖搖頭，道：「別人都稱他歐陽先生。」

宗領剛低聲道：「歐陽先生，歐陽先生……」

青衣少女笑一笑，道：「你是無極門的人？」

宗領剛道：「我是無極門的掌門人，就住距此不遠的迎月山莊之中，三個月內，在下一定親送一些胡蜂到此，在下就此別過了。」

青衣少女低聲道：「慢著，你到哪裡去找胡蜂？」

宗領剛道：「這些胡蜂，也不是什麼珍貴之物，大概不難找到吧？」

春秋筆

青衣少女道：「你錯了，這胡蜂不是中原產物，你要找到這些胡蜂，必須遠走西域，這一來一去，至少要半年、十月的工夫，你怎輕易開出這等三個月送到胡蜂的承諾？」

宗領剛一皺眉頭，道：「姑娘，這些胡蜂中原雖然很少，但在下相信深山大澤之中，可以找到這樣的胡蜂。」

青衣少女搖頭，道：「那不同，這是一種極難尋找的特種胡蜂，具有著相當的靈性。」

宗領剛道：「哦！」

青衣少女道：「歐陽先生對你是已經相當客氣了，在我記憶之中，他從來沒有對人這麼客氣過。」

宗領剛道：「這麼說來，他對我還算青眼有加了。」

青衣少女道：「不錯啊！但你若許下了三個月送還胡蜂的承諾，那就很難說了，他一生之中，最討厭的，就是不守約言的人。」

宗領剛沉吟了一陣，道：「姑娘，這些胡蜂，既不採蜜，又很凶悍，歐陽老人家養牠，也不過是一種興趣，在下如若還不了胡蜂，極願備一份重禮，前來請罪……不知姑娘可否在老人家面前，替在下美言一二？」

青衣少女沉吟了一陣，道：「本來，你打死他如此眾多的胡蜂，我認為，必定會激起他的怒火，想不到，他竟然沒有發作，不過，他養這些胡蜂，對他的關係很大，決非你所言，他是興之所致。」

這位小姑娘的年紀不大，但她口齒清晰，說起話來條理分明。

宗領剛心中暗道：「隆中山下，迎月山莊十餘里處，住了這麼一位養胡蜂的高人，我竟然一無所知，想起來真是慚愧得很。」

心中念轉，口中說道：「姑娘，能不能告訴在下，老人家養這些胡蜂，和他有些什麼重大關係？」

青衣少女道：「要救一個人。」

宗領剛呆了一呆，道：「救人，救什麼人？」

青衣少女嘆息一聲，道：「我不能再說了，我已經是說得太多了。」

宗領剛道：「唉！這麼說來，在下真是罪過了。」

青衣少女道：「但願他沒有聽到你剛才的承諾。」

宗領剛點頭道：「姑娘，如若真如你所言，中原的深山大澤之中，找不到這些胡蜂，在下三個月內，定當謝罪。」

青衣少女道：「這個太久了，半個月來吧！我會在這半個月中，看到他最高興的時候，替你談談這件事！」

宗領剛道：「好吧！那就多謝姑娘了。」

青衣少女道：「希望能守約定，半個月之後再來一次。」

宗領剛道：「好！一言為定，不論如何，在下半個月內，一定來一趟。」

青衣少女道：「你們住在什麼山莊啊？」

宗領剛道：「迎月山莊。」

青衣少女道：「好！如是在十日之內有消息，我會去找你們。」

宗領剛心中有著太多疑問，但忍下沒有問。

青衣少女笑一笑，道：「你能不能告訴我你的姓名？」

宗領剛道：「宗領剛。」

青衣少女一指楚小楓，道：「他呢！」

宗領剛回顧了楚小楓一眼，微微一笑，道：「他叫楚小楓，是我門下弟子。」

青衣少女說：「你來赴約之時，能不能帶他同來？」

宗領剛略一沉吟，道：「好！我帶他同來，歐陽先生那邊，還望你美言一二。」

青衣少女道：「我會盡力。」

宗領剛本來興致勃勃，但經這一鬧，早已興致索然，帶著董川和楚小楓等穿林而出。

他神情嚴肅，使得董川、楚小楓、宗一志等，心中有很多話想問，但卻一直不敢出口。

四匹馬直放迎月山莊。

但宗領剛並沒有帶著三個人回到莊中，卻在距離迎月山莊外面里許處停了下來。

那是一條青溪岸畔，綠草如茵，水聲潺潺。

宗領剛勒韁停馬，董川、楚小楓、宗一志，也跟著停下。但三個人，還是不敢開口。

宗領剛輕輕吁一口氣，道：「剛才，我打出鐵蓮花的迴旋手法，由慢而快，持續一段不算短的時間，不知道你們看到了沒有？」

宗一志道：「看是看到了，但還無法領悟手法技巧。」

宗領剛目光轉注到董川的身上，道：「你呢？」

董川道：「弟子愚蠢，也只意會十之三、四。」

宗領剛道：「那已經不錯了……」

目光又轉到楚小楓的身上，道：「你呢？」

楚小楓道：「弟子也只是窺出了一點門徑。」

宗領剛點點頭，道：「都很好……」

沉吟了一陣，接道：「師門鐵蓮花，天下皆知，我不能只傳你們三個人，由明日開始，我要開始傳授十二個門人的暗器手法，但這迴旋手法，是我獨自創出的手法，這不是憑藉苦心、功力，可期有成的武功，才智不到某一種境界，永遠無法練成這種武功，畫虎不成反類犬，用法不當，難以體會出個中要領，不但無法練成，反而會把個中技巧，外洩江湖，我仔細地估量過，你們十二個人的才智，只有你們三個，可以練成這種手法，所以，我決定傳給你們三個……」

語聲頓了一頓，接道：「董川，你說，為師的這做法，是不是偏心了一些？」

董川躬身應道：「無極門要保盛譽，必使技藝不斷精進，師父一代人傑，光大了無極門戶，自然，也得擇材施教，弟子們久受師父薰陶，都能深明大義，我相信，他們都會體諒到師父用心。」

宗領剛仰天吁一口氣，道：「我量才而教，本是問心無愧的事，不過，本門中，還有兩位才智，和你們相差有限的人，一旦瞭然內情，恐對為師的傳授不公一事，耿耿於懷。」

董川道：「師父顧慮的，可是二師弟和九師弟？」

宗領剛道：「正是他們兩個。」

董川道：「這個師父放心，弟子會找出時間，解說師父苦心。」

宗領剛道：「事實上，如論才華，他們兩個，並不在你們之下，只是老二心術不正，老九邪才長於正才，這才是我不敢把絕技盡授他們的主因。」

董川道：「師父既然早已發現，為什麼不……」

宗領剛搖搖頭，接道：「你們就要藝滿出師了，老二的人很聰明，希望能由你的持重，我的擇才施教，使他們有所警惕，唉！無極門在江湖這點聲譽，得來不易，希望能發揚光大，我不願在出師之前，把他們逐出門牆。」

楚小楓突然接口說道：「師父仁厚深植，但願他們能夠體會。」

宗領剛怔了一怔，道：「小楓，你的意思……」

楚小楓道：「弟子只不過心有所思，形諸口舌。」

宗領剛默注楚小楓片刻，未再深究，目光卻轉到董川的身上，道：「董川……」

董川肅然躬身，道：「弟子在。」

宗領剛道：「你們出師之後，首座弟子就自然肩負起了無極門的重大責任，行蹤所至，如師親臨。」

董川忽然屈下雙膝，拜伏於地，道：「弟子自知責任，但又自恨才智不足以負重，還望師父耳提面令，多賜指針。」

宗領剛道：「你起來。」

董川站起身子，垂手一側。

宗領剛道：「你們出師之後，我授機代師行法，暗中考察老二、老九三年，如若發現他們行有不軌，心術難就，那就代為師追回他們武功。」

董川道：「弟子遵命。」

宗領剛目光一掠楚小楓、宗一志，道：「你們協助大師兄。」

楚小楓、宗一志，齊齊躬身道：「是！」

宗領剛道：「好！現在，你們留心看為師的迴旋手法。」

這一次，他沒有真的發出暗器，但卻很緩慢地比起了手法的竅訣，並且反覆解說。

董川等三人，已經先行目睹了那暗器的威勢，所以，每個人都聚精會神的學習。

宗領剛花了一個時辰，眼看三人都已盡得要訣，才微笑頷首，嘉勉了三人幾句，重新上馬，直奔迎月山莊。

董川心記那青衣少女之言，低聲道：「師父，咱們真要找一些胡蜂，送過去麼？」

宗領剛道：「現在，你們學藝正值緊要關頭，這些事，不用你們煩心，為師自會應付。」

董川應了一聲，不再多言。

回到迎月山莊，已是太陽偏西時分。

楚小楓急急奔向馬棚，但人去室空，看馬的老陸，卻早已不知去向。

驚愕之間，卻是宗府管事，緩步行了過來。

這人是一代無極門主留下的老總管，已然六十多歲，但身體健朗，聲如洪鐘，一見楚小楓，立時高聲說道：「小楓，你來此地作甚？」

楚小楓道：「王總管，看馬的陸老伯呢？」

王總管嘆息一聲，道：「好好一個人，忽然間，得了急症，一個上午就過不去。」

楚小楓道：「一個上午就過不去？難道他死了？」

王總管道：「是啊！卯時發病，不到午時就嚥了氣，唉！真是天有不測風雲，人有旦夕禍福……」

楚小楓似是突然被人在前胸上打了一拳，心頭震動，口中喃喃說道：「怎麼會呢？昨天，他還好好的。」

二　荒谷魔蹤

王總管道：「唉！今天早上，他還替馬匹加了料，我來馬房查看，還瞧不出什麼異樣，過了不到一個時辰，我再看他，他已經臉色鐵青，全身冷汗，話也說不清楚了。」

楚小楓道：「這不可能啊！」

王總管嘆息一聲，道：「小楓，這是真的，鐵一般的事實，不容你不信。」

楚小楓道：「他的靈柩呢？」

王總管道：「埋了，他孤苦一人，無親無故，夫人傳話，盛殮入棺，由我率領府中上下人等，奠祭一番，而且，夫人也親到靈前，行禮致祭，申時左右，就運出府外埋葬了。」

楚小楓呆呆地站著，臉上是一片淒涼、茫然混合的神色，似乎是還無法接受這個事實。

王總管一皺眉頭，道：「小楓，你好像很悲傷，怎麼！你和老陸之間……」

楚小楓心中警覺，臉色一整，恢復了常態，接道：「晚輩常來洗馬，和陸老伯言談甚歡，驟然間不見老人家，內心確有著惘然若失之感。」

王總管一笑，道：「老陸很少和人交談，看來，你的人緣實在不錯。」

楚小楓笑一笑，道：「總管，陸老人家的遺體，埋葬何處？」

王總管道：「怎麼，你還要去那墳上弔祭一下麼？」

楚小楓道：「陸老人家熟悉馬性，告訴了我不少養馬的知識，想不到他驟然間撒手人寰，晚輩到墳前弔祭一番，也不過是聊表心意。」

王總管道：「小楓，你讀書多一些，果然是與眾不同，老陸埋在莊西二里處淺山坡中，新墳黃土，一眼可見。」

楚小楓一抱拳，道：「多謝總管指點。」

晚飯之後，楚小楓沐浴更衣，離開了迎月山莊。

這地方，他已經住了將近十年，很快找到了那座新墳。

那是無極門所有的私地，一片綠油油的淺山坡上，果然有一座新墳，新墳雖不大，但卻獨佔一大片山坡。

墳前紙灰很多，想來，那王總管在這墳前燒了不少的紙錢。一個流浪江湖的老人，無親無故，死後能有這樣一個局面也算不錯了，但楚小楓的心中，一直有著一種奇怪的感覺，感覺老陸不是一個普通的人。

雖然黃土新墳，橫陳面前，但楚小楓不相信他真的死去。

這已是黃昏時分，楚小楓撩起長衫，跪在新墳之前，低聲說道：「老前輩一代奇人，賜贈劍譜，晚輩已如約焚毀，特來稟告靈前……。

仰天吁一口氣，道：「昨日得承教誨，想不到今日已天人永隔，前輩陰靈有知，請受晚輩一瓣心香。」恭恭敬敬在墳前大拜了三拜。

雖然，他行禮如儀，但內心之中，依然沒有完全接受老陸死亡的事實。求證之法，只有掘墳啟棺，一睹遺容。

楚小楓內心之中，確也有這一股衝動，但他又怕萬一陸老伯確已死去，這等作法，豈不是大為不敬了！

何況，掘墳啟棺之事，一旦傳入師父耳中，必將追問原因，那時，既不能據實稟告，又不能謊言相欺。想了想，楚小楓打消了求證的念頭。

天色黑了下來，迎月山莊中，已經點起了燈火。楚小楓在那座新墳之前，已經跪了半個時辰之久。

忽然間，傳來了一個低沉的聲音，道：「七師弟。」

楚小楓霍然一驚。飛身而起，回頭看去，只見董川背著雙手，緩步行了過來。

拍拍身上塵土，楚小楓快步迎了上來，抱拳一禮，道：「見過大師兄。」

董川笑一笑，道：「師弟，這座新墳是……」

死了個看馬的老陸，算不得什麼大事，董川還未聽到消息。

楚小楓道：「是看馬的陸老人家。」

董川哦了一聲，道：「看馬房的老陸？」

楚小楓道：「是！昨晚上，他還幫我洗馬，想不到今天上午竟急症暴斃。」

董川道：「師父通達醫道，如若師父在家，也許能救了他。」

楚小楓道：「唉！真是富貴若浮雲，生死一瞬間。」

董川道：「小楓師弟，你對他大禮參拜，如對尊長，你與老陸之間，有如許深摯的情意麼？」

楚小楓心頭一震，忖道：「看來，我這舉動，已然引起了大師兄心中之疑？」

但他對此，早經熟慮深思，萬萬不能洩露老人家賜贈劍譜一事，鎮靜了一下心神，緩緩說道：「大師兄有所不知，這位陸老人家，對小弟似乎特別投緣，每次小弟洗馬，他都動手幫忙，而且，告訴了小弟不少識馬之術。」

董川哦一聲，道：「他雖是一個看馬老僕，但死後卻能得師弟大禮參拜，長跪憑弔，他可含笑九泉了。」

笑一笑，接道：「七師弟，你是否感覺到老陸這個人，有些怪異之處？」

楚小楓道：「小弟確有此感，只可惜他已經死了。」

董川一上步，也對新墳拜了一拜，道：「死者為大，小弟也拜他一拜。」

他心中本對楚小楓這等大禮叩拜一個看馬人的舉動，有些懷疑，但因楚小楓對答得體，消去了董川心中不少疑念。

消去不少疑念，但並非全消，只是董川未再多問下去。

楚小楓生恐董川再談此事，轉過話題，道：「大師兄，那位歐陽先生，為什麼要養那麼多胡蜂？」

董川笑一笑，道：「七師弟，此事不但師兄不知道，就是師父，只怕也無完全瞭然，但如七師弟想知曉內情，那就不難問得出來了。」

楚小楓呆了一呆，道：「我要問誰？」

董川道：「就目下所知，知曉胡蜂作用何在的，恐怕只有兩個人！」

楚小楓道：「哦！」

董川道：「一個是那養胡蜂的歐陽老先生，一個是那位青衣姑娘。」

楚小楓道：「大師兄，這兩人，小弟都不熟啊！」

董川低聲道：「這一點，你盡可放心，只要你敢開口，那位姑娘，定然會告訴你。」

楚小楓道：「只怕小弟不敢開口。」

董川道：「咱們必須弄清楚那胡蜂作用，你問那位姑娘時，要選定適當的地方、時間。」

楚小楓道：「什麼樣的時間、地點，才算適當呢？」

董川道：「師父不在面前的時間。」

楚小楓道：「大師兄，如若此事是人家私人之秘，咱們又當如何呢？」

董川道：「小師弟，以小兄的看法，不像是隱有什麼私人之秘，縱然真是，咱們也得查問清楚，不過，咱們不再告訴別人就是。」

楚小楓沉吟了一陣，道：「小弟盡力而為就是。」

董川道：「我找你，就是想說這幾句話，想不到，你已離開了住處……」

語聲一頓，接道：「小楓師弟，我記得，你和老陸，接觸並不太多，怎會有著如此濃厚的情意？」

楚小楓道：「原因我已經說過了，大哥，對陸老人家的死，我震驚多於情意，唉！一天之隔，一個好好的人，就撒手人間，昨宵言猶在耳，今日幽冥永隔，怎不叫小弟感慨萬端呢？」

董川道：「原來如此，小楓，別誤會大師兄是在追查什麼，咱們師兄弟同門八、九年了，但過去，咱們都太小，知道的事情不多，而且，也集中心神練武，兄弟雖然日夜相見，但我們彼此之間，卻是相知不多。七師弟，師父今日幾句話，無疑在小兄的肩上，壓了一副千斤重擔，七弟，你讀過萬卷書，胸懷博大，小兄是自嘆弗如，但我對師門，卻有一份忠誠無比之心，細想二師弟和九師弟這幾年的作為，實在有很多使人不滿之處，二師弟太陰沉，九師弟太邪氣，小兄細想兩個人作為，越想疑點越多。」

楚小楓道：「大師兄發現了什麼？」

董川道：「今日，師父不說這些話，不交給小兄一個擔子，小兄也許不會想這麼多，但今日師父給我的壓力太大了，使我想起了兩年前的一件事。」

楚小楓道：「什麼事？」

董川道：「也在這一個地方，二師弟和一個來歷不明的人見面……」

楚小楓接道：「那是什麼樣的人？」

董川道：「我沒有看到，所以，這件事，我也一直沒有對人說過。」

楚小楓道：「二師兄發覺了沒有？」

董川道：「奇怪的就是這一點，咱們幾個師兄弟中，除了你的造詣，叫人有些莫測高深之外，小兄相信不論哪一門功夫，我就不會再輸別人，但二師弟卻是先發現了我。」

楚小楓道：「哦！」

董川道：「當時，我沒有想這麼多，但如今想來，卻是疑竇重重。」

楚小楓道：「大師兄，你既沒有看清楚，那就武斷二師兄和人在此見面？」

董川道：「當時，我雖然還很嫩，但我清楚地記憶著，我在和老二談話，看到一條人影破空而去。」

楚小楓道：「當時，大師兄沒有呼叫嗎？」

董川道：「沒有，也許當時我還無法確定那是一個人，飛得太高了，也太快，但三個月前，我學會了『潛龍升天』那一招武功，如今再回憶那天晚上見到的，小兄已可確定是一個人了。」

楚小楓道：「以後呢？」

董川道：「當時，你二師兄對我說，他睡不著，到這裡練夜功，我心中雖疑念未消，但也信了十之七、八，但如今想起，老二說的全是謊言。」

楚小楓道：「以後，還見二師兄來過這裡？」

董川道：「以後，沒有再見過他們。有一段時間，老二更陰沉、孤獨，大約，他覺著我會把這件事告訴師父，但我一直沒有說，而且，兩天之後，我就淡忘了那件事，我也沒有告訴

過師父。」

楚小楓道：「大師兄，這件事的確有些可疑，不過，我們也不能肯定二師兄就有軌外行動，所以，我覺著，我們應該再求證。」

董川道：「這就是我找你的原因，我們出師在即，師兄弟們，也許會暫時分手，離家將近十年，大家都應該回家看看父母了，算起來，可能只有三個月的時間，希望能平安度過，不要發生什麼事情。」

楚小楓呆了一呆，道：「大師兄，這怎麼會呢？」

董川道：「七師弟，我說不出很通達的道理，但我覺著，如是有什麼事，應該就在咱們藝滿出師時發生，師弟，事情確定了，就不會再等待下去……」

楚小楓接道：「大師兄說得是，咱們出師大禮，在無極門中，也算是一件大事，可能會有不少遠客，到來致賀，那一陣，可能很混亂，如是真有人別有用心，想從師父手中，求到一些什麼？也該有了結果……」

董川接道：「對！小兄就是這個意思，已得到手，他們用不著再等什麼？如是還沒有得到，已成定局，似乎是也用不著等下去了。」

楚小楓道：「大師兄對此事，是否已經有成竹在胸？」

董川道：「還沒有，七師弟，你人緣好，年紀輕，嘴巴甜，出身書香世家，別人都對你另眼看待，除了在無極門學武之外，全身不沾一點江湖氣，……」

笑一笑，接道：「最高明的是，你懂得藏鋒斂刃，不事炫耀，別人也許不知道，但大師

兄心中明白，真正承繼了師父真傳的是你，但你在表面上，卻不肯露出鋒芒，師父心中明白，但他老人家不肯說出來，其他的人，我相信，都沒有瞧出來……」

楚小楓接道：「大師兄，你……」

董川道：「七師弟，不要爭論，大師兄說的話，是真是假，你心中明白，所以，我要你做一件事，為師門安危，也算替大師兄幫忙。」

楚小楓道：「大師兄吩咐，小弟萬死不辭。」

董川道：「好！你肯幫我，使小兄增強了不少信心、勇氣……」

沉吟了一陣，接道：「由明日開始，你替我暗中監視二師兄和九師弟，最好能和他們接近一些，你為人隨和，平日和他們都處得不錯，唉！同門師兄弟，本不該用什麼心機，尤其是我這個做大師兄的，實不該教你如此，不過，我忘不了那件往事。」

楚小楓道：「我明白，大師兄，小弟雖非出身江湖之家，但這些年耳濡目染，也聽到了很多的江湖中事，防患未然，小弟自當盡力而為。」

兩人回到山莊，宗一志已快步邁上來，道：「大師兄，七師兄，你們到哪裡去了？」

楚小楓道：「有什麼事？」

宗一志笑道：「成師叔找你們。」

董川哦了一聲，道：「在哪裡？」

宗一志道：「還在花廳中等你們。」

董川道：「走！咱們快些去。」

宗府的花園很大，一面是花園，一面是練武的場所。

荷花池旁，有一座花廳，花畦環繞，景物雅緻。

成中岳就坐在花廳正中的一張太師椅上。

他是個三十歲左右的中年人，白淨面皮，神態很瀟灑。

但此刻，他卻是微微皺著眉頭，若有無限心事。

宗一志帶兩人行入花廳，一面大聲叫道：「師叔，我找到大師兄和七師兄了。」

董川、楚小楓齊齊一躬身，道：「見過師叔。」

他們雖是輩份不同，但年齡相差有限，平日裡，也談得來。

成中岳揮揮手，道：「你們過來坐。」

對這位師叔，董川和楚小楓都不像對師父那麼拘謹，行過去，圍桌而坐。

成中岳道：「一志，去叫廚下送壺酒，和幾樣可口的小菜，師叔今天的興致很好，我要你們陪我喝一盞。」

宗一志為難地說道：「爹說過，除了他下令之外，平常不准我們喝酒。」

成中岳道：「今天不同，是師叔要你們陪我喝的，你爹怪罪下來，由師叔承擔就是。」

宗一志應了一聲，轉身而去。

目睹宗一志離去之後，董川低聲說道：「師叔，有事情？」

成中岳神情嚴肅地點點頭，道：「這件事，我本來不該告訴你們，但我實在又想不起什麼人商量，而且，我也需要幫手。」

楚小楓道：「事情很重大？」

成中岳道：「可大可小，也許是你們師叔瞎猜疑，但也可能關係著咱們無極門的聲譽，你們師父一世英雄，不能讓他受到這樣的傷害。」

董川和楚小楓，都聽得愣住了。兩人實在想不出什麼事，竟然使成師叔如此的緊張。

兩人對望了一眼，董川緩緩說道：「究竟是什麼事？」

成中岳道：「今夜二更過後，你們帶上兵刃、暗器，到迎月山莊里許外，那株大榕樹下等我」

董川怔了一怔，道：「師叔，這個……」

成中岳接道：「你師父知道了，全部由我承當，你們儘管放心……」

語聲一頓，接道：「這件事，不能讓一志同去，等一會兒，咱們把他灌醉。」

楚小楓感覺到事非尋常，先行點頭，道：「好！咱們照師叔的吩咐行事。」

兩人談話之間，宗一志已帶著一些酒菜而來。

宗一志的酒量並不好，再加上三個人有心算計他，不過半個時辰，已喝得酩酊大醉。

楚小楓扶著宗一志回到住處，抱他上床，才回到自己房內。

原來，宗一志、董川、楚小楓，三個人合住在一幢房子之內，各居一面。如是宗一志沒有喝醉，兩個人夜間如有什麼行動，自然無法瞞過宗一志的耳目。

二更過後，董川、楚小楓換上了深色勁裝，趕到了老榕樹。兩人並非聯袂而來，但卻先後腳同時抵達。

這說明了，兩個人都有著相當準確的時間觀念。

董川四顧了一眼，道：「成師叔還沒有來？」

只聽老榕樹上，傳下來成中岳的聲音，道：「董川、小楓，你們快上來。」

董川低聲道：「師叔早來了。」一飛身而起，躍上老榕樹的濃密枝葉之中。

只見成中岳坐在一片濃葉密枝掩遮的樹杈子上，面對著迎月山莊。

董川低聲道：「師叔，究竟是什麼事？」

成中岳道：「你們自己看吧！記著，不論發現了什麼事，都不能叫出聲，要靜靜地看下去。」

董川道：「師叔，這件事，好像很神秘？」

成中岳道：「唉！的確，是一樁很神秘的事，也很意外，你們慢慢看吧！」

董川、楚小楓分別在成中岳兩側坐下，目光也都望著迎月山莊。

足足過了有一頓飯工夫之後，依然不見有人出現。

董川忍不住低聲道：「師叔，咱們究竟要看什麼？」

成中岳道：「忍耐些，慢慢地等下去。」

片刻之後，果見一條人影，如飛而來。

成中岳道：「小心，閉住呼吸。」

董川和楚小楓依言閉住了呼吸。

來人的身法很快，轉眼之間，已到了大榕樹下。

看清了來人之後，董川和楚小楓幾乎要失聲而叫。

如不是成中岳事先交代得很清楚，只怕兩個人都已經躍落樹下，大禮拜見。

來的竟然是平日十分敬愛的師母。

無極門掌門人宗領剛的夫人，一代俠女白鳳。

無怪，成中岳不敢輕易出口，必須要兩人親眼看到。

宗夫人白鳳，行到了老榕樹下之後，忽然晃燃了一個火摺子，高舉手中，在空中搖動了一陣。

董川呆了一呆，忖道：「這分明是一種暗號，難道師母要和什麼人聯絡不成？」

霎時間，疑雲重重，湧上心頭。

白鳳打出了火光暗號之後，就在大榕樹下，肅立未動。

荒野幽寂，靜得聽不到一點聲音。以白鳳造詣之高，如若成中岳等三人，傳出一點呼吸之聲，白鳳亦必可以聽到。

幸好，成中岳早已交代了兩人，閉住呼吸。

大約一壺熱茶工夫之後，一條疾如飛鳥的人影，飛奔而至。那人穿著一身黑色的衣服，臉上也蒙著一片黑紗，無法看到他的面目。

白鳳迎了上去，道：「你們決定了？」

黑衣人道：「要看夫人的意思了？」

白鳳嘆息一聲，道：「好吧！我再去見見他。」

那黑衣人道：「區區帶路。」轉身向前行去。

董川忽然間有一股衝動，想飛身而下，攔阻那黑衣人，但卻被成中岳一把拉住。

兩人去勢如箭，片刻間，消失在夜色之中不見。

董川吁一口氣，道：「師叔，咱們是否追下去？」

成中岳苦笑一下，道：「這是我看到的第二個晚上了，以前，有多少次，我就不清楚了。」

楚小楓道：「師叔，以師父內功的精深，師母的行動，如何會瞞過師父的耳目？」

成中岳道：「小楓，你可知道，你師父正在夜關麼？」

楚小楓道：「坐夜關？」

成中岳道：「是！每夜初更入關，第二天五更過後出關，在這段時間，他和外界完全隔絕。」

董川道：「師父為什麼要坐夜關？」

成中岳道：「你師父要練一種武功，至少要三個月的時間，每夜初更，都需要進入特設的密室，直到五更過後，才能離開。」

董川道：「這麼說來，師母這行動，師父是一點不知道了？」

楚小楓道：「大師兄，小弟覺著，這件事可以由師叔告訴師父，目下重要的是，先要瞭解師母去見什麼人，用心何在！」

董川點點頭，道：「師叔，現在咱們應該如何？」

成中岳道：「我就是想不出處理方法，才把你們找來……」輕輕嘆息一聲，道：「嫂夫人本是很賢淑的人，待我更是情意深重，在我記憶之中，她是可佩可敬的人，大師兄能由無極門這樣一個小門戶中，崛起江湖，成就了彪炳功業，我好為難、好痛心。」

楚小楓道：「師叔，師父這四、五年沒有在江湖上走動過了，師母也一直守在迎月山莊，如今有人找上門來，至少是種因在五年之前。」

成中岳點點頭，道：「自從她和師兄成婚，兩人一直是相敬如賓，嫂夫人端莊賢淑，應該不會有軌外行動。」

這些話，成中岳可以說，但董川和楚小楓卻是不能隨便出口。

沉吟了一陣，董川才緩緩說道：「不管事情如何，咱們應該查出真相。」

成中岳道：「來人的武功如何，咱們還不瞭解，只看剛才那傳話人的身法，就不難想到，來人也是一流身手，至於你們師母的武功，只怕比我還要高明，咱們要追上，必然會被她發覺。」

楚小楓點點頭，道：「師叔言之有理，想來，早已胸有成竹了。」

成中岳道：「這件事，我已經想了一天，辦法是想到了一個，不過，還要你們幫忙才行。」

董川、楚小楓齊聲說道：「弟子等理當效勞。」

成中岳說出了一番計劃，也分配了兩人的工作。

第二天，中午過後，楚小楓悄然溜出了迎月山莊。

他早已有了準備，把一套破爛的衣服，藏在了兩里外的草叢之中。

換過衣服，再在臉上塗了一點泥土，瀟灑俊秀的楚小楓，完全變了一個人。

一個衣服破爛、滿臉油污的小牧童，再配一隻牛，楚小楓就變成了一個十足的牧童。

跨上牛背，手橫竹笛，身上披上簑衣，趁一天晚霞，緩步向前行進，那正是宗夫人白鳳，隨那黑衣人去的方向。

楚小鳳草笠掩面，掩在牛背上，晚風吹得身上簑衣沙沙作響。

隱在草笠下面的一對眼神，卻不停四下流顧。暮色蒼茫，又是晚鴉歸巢的時分。

楚小楓已向前行了六、七里路，仍然未發現可疑的事物。抬頭看峰壁攔道，山徑一線，橫向一側彎去。

那是一道五十丈左右的斷崖，雖不太高，但卻壁立如削，十分險惡。

扁滑的石壁上，寸草不生，但在峭壁之間，突出了一堆大岩石。

楚小楓心中一動，忖道：「這片峭壁，視界遼闊，來路景物，都在眼下，我如藏在那大岩上，既可隱秘行蹤，又可監視到來路景物。」

念轉意決，繞過崖壁，脫下簑衣，放在牛背上，藏好牧牛，登上峰頂。

四顧無人，施展壁虎功，上游十丈，藏身大岩之石。

這堆大石，方圓過丈，岩石背後一片平坦，可坐可臥，足可以藏上三、四個人，除了由峰頂向下探視之外，由正面和兩側，都很難看到岩後有人。

星光隱現，天色已完全黑了下來。

迎月山莊已挑起燈籠。

東方天際，升起來半圓明月。

這是清朗的夜晚。三更時分，明月雖已偏西，但清輝匝地，月色皎潔。

一陣急促的步履聲，傳了過來，劃破了月色中山野的靜寂。

楚小楓凝目望去，只見山壁一角處，轉出來一頂轎子，兩個抬轎人之外，轎後面還跟著四個佩刀的勁裝人。

一色黑的疾服勁裝，連兩個抬轎的也穿著黑色的衣服。

轎子也是黑顏色的，如非今夜中月明如晝，這樣的衣服，在夜色掩護下，只怕是很難看得清楚。

幸好今夜中月色清明。

轎子就在峭壁前面停下，正對峭壁間的大岩石。

轎簾捲起，正對著迎月山莊。

四個佩刀勁裝人分列在轎子前面，兩個轎夫卻並排站在轎子後面。隱隱間，含有保護之意。

轎子停下之後，沒有一個人說話，山野又恢復了原有的靜寂。很顯然，這是一個約會。

楚小楓全神貫注，向下探視。

迎月山莊的來路上，疾奔來一條人影，身法快速，疾如飄風。

人影在轎前兩丈處停了下來。看身材，正是師母白鳳。

楚小楓心頭震動了一下，忖道：「師母果然又來了。」

提一口真氣，凝神傾聽。

只聽轎中傳出一個清冷的聲音，道：「請坐。」

左側一個佩刀黑衣人，突然伸手在轎子裡，取出一個可以折疊的木椅，打開來，放在轎子前面。

白鳳緩緩向前行了幾步，在木椅上坐下，道：「多謝。」

轎中人道：「獻茶」。

右手佩刀黑衣人從轎中取出一杯香茗奉了上去。

白鳳接過茶，喝了一口，道：「多謝。」

轎中人道：「這是咱們第七次見面了，希望今夜之中，咱們能有一個結果。」

白鳳緩緩放下手中的茶碗，道：「我每在靜夜中，來此和你相晤，實已有背婦道，恕我明夜不再來了。」

轎中人道：「所以，今夜咱們定要談個結論出來。」

聽兩人談話口氣，顯是早已相熟的人。

白鳳道：「你如有故舊之情，希望你能退讓一步，事過境遷二十年了，還有什麼過不去的。」

轎中人道：「我如能過得去，我就不會來找你了。」

白鳳道：「我青春已逝，兩鬢已斑，早已不是昔年的白鳳了。」

轎中人道：「我知道，時光，不只帶走了你的青春，我也一樣華髮增添。」

白鳳道：「我兒子已經十八歲，也應該娶妻生子了……」

轎中人接道：「我如娶妻，只怕早已抱孫子了。」

白鳳道：「你苦苦相逼，我們很難再說下去！」

轎中人道：「我只要一個答案，答應或是拒絕。」

白鳳道：「我不能答應你……」

轎中人接道：「那是拒絕了？」

白鳳道：「我！我……」

轎中人接道：「我要親耳聽到你說出拒絕二字，我才能下得了手。」

白鳳道：「放了他老人家，我可以束手待斃。」

轎中人長嘆一聲，道：「我要的是能言能笑的白鳳，我等了二十年，豈是只等待一具屍體。」

白鳳道：「你這做法，就是逼死我……」

轎中人道：「你應該明白，你真的死了，也無法解開這一個結，那會使事情更糟。」

白鳳道：「你是說，我死了，你也不會放過他們？」

轎中人道：「我不希望流血，更不希望有人死亡，但如流出了第一滴鮮血，那就會繼續不停地流出更多的鮮血，如是死了第一個人，就可能會死亡更多的人。」

白鳳輕輕吁一口氣，道：「我們都已是中年人了，難道一定要鬧出一場血淋淋的慘事不成？」

轎中人突然發出一聲淒涼的長笑，道：「不錯，我們都是中年人了，他已經度過了二十年的快樂生活，就是讓也應該讓給我了……」

白鳳霍然站起身子，道：「你，……把我看成什麼人了？」

轎中人道：「人！一個令我二十年無法忘記的人，這二十年，我忍受了最大的痛苦，習練武功，就只等今天，我要把你由宗領剛的手中奪回來。」

白鳳道：「你真的要這樣蠻幹下去？」

轎中人道：「白鳳，令尊的武功如何？大概你很清楚，我沒有施展任何暗算、手段，硬憑藉真實的武功，生擒了他，我不信宗領剛的武功，已經勝過令尊。」

白鳳道：「無極門實力強大，和我爹的情形不同，我爹強煞了，他只有一個……」

轎中人接道：「我也帶來了很多的幫手，但無極門中人，只要不聯手群毆，我就不用他們出手助我，最好的辦法，就是宗領剛堂堂正正和我一決生死，我死了，你們就可高枕無憂，宗領剛死了，他得了你二十年，也沒有什麼好遺憾的。」

口氣之間，似乎尚不知道宗領剛已是名滿江湖、望重武林的人。

白鳳嘆息一聲，道：「我爹現在怎麼樣了？」

轎中人道：「你爹現在很好，沒有受傷，也沒有失去武功，只生薑之性，老而彌辣，所以，我點了他的穴道。」

白鳳道：「我可以見見他？」

轎中人道：「可以，不過，他還在十里之外，我沒有帶他同來！」

白鳳道：「十里之外？」

轎中人道：「這裡有轎子，我這兩個轎夫，也是江湖中人，他們力量很大，不在乎多一個人乘坐。」

白鳳道：「和你坐在一個轎子裡？」

轎中人道：「是！你不敢？」

白鳳道：「是不敢，你知道，我還是宗夫人……」

轎中人接道：「想不到天不怕，地不怕，野馬一樣的白鳳姑娘，現在竟然變得如此文靜了！」

白鳳道：「過去與現在，完全不同，過去我是白鳳，現在，我是宗領剛的妻子，我夜出會你，已有逾越，怎能再和你一轎同乘？」

轎中人道：「你不想去看你爹了？」

白鳳道：「想看，但我不想把事情弄得不可收拾，我一連數夜，三更外出，五更回家，這些事領剛都不知道……」

轎中人冷笑一聲，接道：「你為什麼不告訴他？」

白鳳道：「我不想你們鬧出兵刃相見，血流五步，但現在，我似乎無能為力了。」

轎中人道：「白鳳，你認為宗領剛那幾招青萍劍法，真的能與我對手相搏麼？」

白鳳：「哼！別太小覷領剛，你苦練二十年，也未必就是他的敵手。」

轎中人道：「試試看吧！百招之內，我要他血流五步，橫屍當場。」

兩人談話的聲音很大，隱身在大岩石的楚小楓聽得十分清楚，頓覺一股激忿，充塞心頭。

但他卻強自忍了下去，此時此刻，實在不是自己露面的時刻。

不過，楚小楓自覺這半夜等候，很有價值，至少，可以澄清了師母本身的誤會。

成中岳雖然沒有很直接地說出什麼，但他神色和語氣之間，流露出的激忿和痛苦，任何人都看得出，他對白鳳充滿了懷疑。

事實上，初聞此訊時，董川和楚小楓也一樣在心中蒙上了一層陰影。

現在，楚小楓心中開朗了，他知道師母雖然在夜半時間和故人相晤，但卻未及於亂，面對著強敵威脅，仍然能嚴正以對。

但聞白鳳嘆息一聲，道：「我們兩人之間，看來，真的找不出一個雙方都可以接受的辦法了？」

轎中人道：「白鳳，本來，我想今夜之會，可以解決我們之間所有的問題，但我想不到，你對宗領剛情深如海，竟連你爹的生死都不顧了……」

白鳳接道：「難道你真的會殺我爹？」

轎中人道：「恨起來，我連你也會殺，何況你爹了。」

白鳳臉色一變，道：「你，你，……」

轎中人冷笑兩聲，打斷了白鳳的話，接道：「你聽著，能救你爹的只有你，能救宗領剛和無極門的也只有你，不論你心中怎麼想，你必須答應我的條件。」

白鳳道：「再說一遍，你要我怎麼樣？」

轎中人道：「我不在乎有人聽到，再說一遍何妨？……」語聲頓一頓，接道：「我要你跟我走，完完整整的跟我走，我可以放了你父親，也可放過宗領剛，放過整個的無極門。」

白鳳道：「我答應，領剛也不會答應！」

隱在大岩後的楚小楓聽得心頭一震，忖道：「師母現身之後，一直表現得節德凜然，不屈於威武、利誘，怎會突然變了？」

白鳳緩緩由袖中取出一把鋒利的匕首，說道：「我如立刻自絕於此，你會不會放過領剛和無極門？」

轎中人接道：「不會，我會先殺了你爹，然後，再找宗領剛一決生死，除非他殺了我，否則，我會毀了無極門。」

白鳳苦笑一下，道：「好吧！既然我死了也不能解決問題，看來，只有告訴領剛了。」

轎中人道：「白鳳，我未暗中傷害無極門，那是因為我還顧念到咱們一點相識之情，如非這一點故舊之情，無極門早已毀滅在我的手中了。」

白鳳道：「你就這樣自信？」

轎中人道：「我這堂堂正正的做法，只為逼宗領剛把你交給我。」

白鳳道：「夠了，咱們用不著再談下去。」

轎中人道：「再給你一個機會，明晚三更時分，你帶宗領剛到此，我要和他各憑武功，一決生死。」

白鳳道：「要不要無極門中弟子也來？」

轎中人道：「不行，只准你們兩個人來。」

白鳳點點頭，道：「好！我答應你，明天，我帶領剛來。」

轎中人道：「記著，超過三更，我就不候。」

白鳳道：「我答應你了，一定會守信約。」

轎中人道：「三更之後，我回去第一件事，就是先殺白梅。」

白鳳強忍著，沒有讓淚珠兒滾落下來，淡淡一笑，道：「我知道啦！」轉過身子，快步而去。

白鳳的背影消失，轎中人也下令起轎而去。

夜色又恢復了原有的靜寂。

楚小楓很有耐心，等了好一陣工夫，確定了那轎中人已經去遠，才悄悄溜下了山崖，解開拴在樹林中的馬索，奔回迎月山莊。

大榕樹下，挺立著兩個人，成中岳和董川。

這時，天還不到五更。

未待成中岳開口，楚小楓已搶先說道：「師母回去了。」

成中岳嗯了一聲，道：「今夜中回來得早一些。」

董川道：「師弟，你看到什麼？」

楚小楓道：「咱們幾乎誤會了師母！」

成中岳呆了一呆，道：「誤會她！怎麼回事？」

楚小楓嘆口氣，仔細地說出見聞經過。

成中岳道：「有這等事，那轎中人叫什麼名字？」

楚小楓道：「他一直未說出自己的姓名，師母也沒叫過他的名字。」

董川道：「這個師父一定知道。」

楚小楓道：「大師兄，師父是知道，可是誰能去問他呢？」

董川道：「這個也是，除了師母自己說出來之後，誰也沒法子開口給師父說這個。」

楚小楓道：「師叔，師母和那轎中人，約定了明晚三更會面，為了白老太爺的性命，我相信師母不會失約。」

董川道：「那是說，這件事，師母必須告訴師父了。」

楚小楓道：「問題在師父夜間練習武功，是不是明晚會功德圓滿？」

成中岳道：「小楓，你是說，你師母不會告訴你師父？」

楚小楓道：「小侄正是這樣的想法，我擔心師母會單獨赴約。」

成中岳道：「這件事既然被我們知道了，自然不能讓她赴約。」

董川道：「師叔的意思是……」

成中岳接道：「我去，我代師兄陪師嫂去。」

董川道：「師叔，有事弟子服其勞，這件事該由我去。」

成中岳笑一笑，道：「你們都還沒有出師，還是無極門中的弟子，這件事，只有我可以承擔。」

楚小楓道：「師叔，那轎中人，有很多的幫手，無論如何，不能由師叔一個人去。」

董川道：「師叔，此事關係重大，咱們不能擅作主意，應該稟報師父，請令定奪。」

楚小楓道：「大師兄說得不錯，這件事發展下去，可能關係到整個無極門生死存亡，我們擅自作主，可能會造成大錯。」

成中岳沉吟一陣，道：「天亮之後，我先去見見師嫂，讓他告訴師兄……」

語聲一頓，接道：「這件事先不要告訴一志。」

董川、楚小楓齊齊躬身應是。

天亮不久，成中岳找到了後院。

白鳳和宗領剛對面而坐，正在進用早餐。

宗領剛站起身子，迎了上來，道：「中岳，這樣早就起來啦，坐下，一起吃點東西。」

成中岳回顧了白鳳一眼，道：「給師嫂見禮。」

白鳳若無其事地笑一笑，道：「師弟，請坐。」

一面親自動手替成中岳擺上筷子，送過一張麥餅，道：「師弟，自己吃吧。」

成中岳本來有很多、很重要的話要說，但見白鳳氣定神閒，只好強自忍了下去。

宗領剛放下碗筷，笑道：「中岳，慢慢吃，我吃飽了，去去就來，這兩個月，咱們兄弟沒有好好談過，今天，我們好好地談談！」

成中岳站起身子，恭謹地說道：「師兄請便。」

宗領剛笑一笑，起身而去。

成中岳吃了一口麥餅，宗領剛人也去遠，才低聲道：「師嫂這幾夜三更之後，你都去見什麼人？」

白鳳臉色一變，道：「你怎麼知道？」

成中岳道：「小弟在莊外巡視，無意間發現了師嫂，那個人……」

白鳳搖搖頭，接道：「師弟，別再說下去了，這件事，不能讓你師兄知道！」

成中岳道：「師嫂，這件事關係著無極門的生死存亡，師兄身為掌門人，為什麼不能讓他知道？」

白鳳又愣住了，雙目凝注在成中岳的臉上，沉思良久，道：「師弟，你還知道好多？」

成中岳道：「小弟知道的，就是這些了。師嫂，這不是你一個人的事，也不是師兄一個人的事，這關係著整個無極門，所以，小弟斗膽進言，你必須把這件事，告訴大師兄……」

白鳳接道：「不能說，師弟，等一會兒我去找你商量，咱們如何應付這件事。」

只聽宗領剛的聲音，傳了過來，道：「什麼事？怕我知道？」話落口，人已行入大廳。

白鳳、成中岳面面相覷，一時間，個個啞口無言。

宗領剛臉色平和，目光轉注到成中岳的臉上，接道：「中岳，你說，什麼事？」

成中岳道：「這個，這個……」

宗領剛微微一笑，目光轉注到白鳳臉上，接道：「白鳳，中岳也許不方便說，你就告訴我吧！」

白鳳道：「我……領剛，也沒有什麼大事。」

宗領剛笑一笑，道：「夫人，是不是一位故舊好友，來找咱們了？」

白鳳道：「你……」

宗領剛接道：「我還知道來的是龍天翔。」

白鳳道：「你怎麼知道的，他說過，只通知我一個人的！」

宗領剛道：「這幾天，你每夜三更外出，五更回來，實也很辛勞了，龍天翔花費了二十年的苦功，怎肯就此罷休，夫人，這件事，你也用不著求他了。」

白鳳道：「你怎麼知道的？」

宗領剛道：「這幾年，我已經太疏忽，馬房老陸暴病而亡，在咱迎月山莊數十里內，隱居著江湖奇人，我竟然一點也不知道消息，想想看，我犯了多大的疏忽、錯失。」

白鳳道：「領剛，你告訴我練夜功，難道都是假的麼？」

宗領剛道：「是真的，只不過，有一點我沒有說清楚，三日之前，我已經功行圓滿，那是四更時分，我回來想告訴你時，卻不知你去何處？」

白鳳道：「你為什麼不問我？」

宗領剛道：「我出去找了一圈，沒有看到你，卻發現了中岳，他一個人，站在那裡呆呆想心事，我正想招呼他時，卻見你回來了，中岳隱起身子，我也不便招呼你，大約是你心中太激動，竟沒有發覺我跟在你身後，我聽你自言自語地說，這件事決不能讓我知道，你要自己擔起來，我就只好又回練功房了，這兩天來，我都希望你能告訴我，但你見了我，卻裝出一副若無其事的樣子，咱們夫妻相敬如賓，你不願說，我不便提，只好自己去查了。」

白鳳道：「你見了龍天翔？」

宗領剛道：「前天晚上，我早去了兩個更次，藏在那峭壁之間的一座大岩石後，聽到了你們的談話，夫人，我好感動……」

白鳳接道：「領剛，我看到過他的武功，我不願讓你和他拚搏。」

宗領剛道：「我知道你的苦心，不過，師弟說得不錯，他不只是對付你、我，他要對付整個的無極門，我可以忍，但不能不顧無極門，也不能不顧岳父的安危。」

成中岳心中暗道：「巧啊！楚小楓也躲在那峭壁大岩石後，師徒兩人，只不過是一夜之差。」

但聞白鳳黯然一嘆，兩行清淚緩緩滾落下來，道：「領剛，我好內疚，我覺得有虧婦

道。」

宗領剛道：「你沒有，白鳳，咱們江湖兒女，只求仰不愧天，俯不怍地，你雖做了我宗某人的妻子……」

拍拍白鳳的肩膀，接道：「夫人，你沒有對不起我，但我卻覺著愧對岳父他老人家，不管如何，明天，我們都要想法子把岳父救出來。」

白鳳苦笑一下，道：「領剛，救不出的，龍天翔已經有心要鬧一個血雨腥風，我已經費盡了口舌，希望他改變心意，但都無法如願。」

宗領剛道：「我知道，咱們無法說得服他，看樣子，只有放手一搏了。」

白鳳道：「他自己說，這一次，他帶來了很多的人，但明夜之約，他卻只准我們兩個人。」

宗領剛道：「夠了，你和我……」

成中岳接道：「不行，大師兄，你說過，這是無極門的事，咱們也未必要聽他的，無極門可以精銳盡出，和他們一決勝負。」

宗領剛點點頭，道：「話是不錯，不過，你大嫂的父親還在他們手中，我們雖然可以和他們拚一場，但卻無法保證他們不傷害他老人家。」

成中岳道：「大哥的意思呢？」

宗領剛道：「我的意思是，由我和你師嫂兩個人去，已經可以應付了。」

成中岳道：「大師兄，我相信你可以對付龍天翔，雖然龍天翔練了二十年的武功，但我

相信大哥可以對付他，但他帶的人太多，如是只有你們兩個人，如何能應付他們群攻？」

宗領剛道：「師弟，咱們不能不冒這個危險。」

成中岳道：「大師兄，小弟先向你請罪。」

宗領剛笑一笑，道：「什麼事？」

成中岳突然站起身子，深深對白鳳一個長揖，道：「嫂夫人，你要恕小弟之罪。」

白鳳吃了一驚，急急伸手扶起了成中岳，道：「師弟，這是什麼意思，快，快些請起來。」

成中岳道：「大嫂，如若你不能原諒小弟，小弟就不起來了。」

白鳳道：「我明白，小師弟，快起來，你是一片好意，也許，你的行動，更能證實嫂嫂的清白。」

成中岳站起身子，仔細說出了安排經過，接道：「大哥，不要處罰董川和小楓，一切，都是我的主意，他們不敢不聽我的。」

宗領剛道：「師弟，你放心，我不會處罰他們，而且，我還要謝謝你替我考驗了他們一下。」

成中岳道：「哦！小弟還想不明白，師兄指教。」

宗領剛道：「這一次，你選擇了董川和小楓，為你助手，證明師弟也有很深的識人能力，這一次，小楓表現的機智，董川表現的穩重，師弟表現出的領導才能，證明了咱們無極門，充滿著潛力，小兄心中安慰得很。」

白鳳道：「領剛，你究竟作何打算，只有一天時間了，咱們也要安排一下。」

宗領剛沉吟了一陣，肅容說道：「夫人，我想，這件事無論如何，不能讓下一代捲入其中……」

白鳳點點頭。

成中岳卻搖搖頭，說：「恐怕不容易。」

宗領剛道：「這話怎麼說？」

成中岳道：「董川、小楓都知道了，而且也參與了這件事情，若不讓他們參加，只怕是不太可能。」

宗領剛道：「師弟，這是我和你嫂子的私人恩怨，如何能把整個無極門捲入進去？」

成中岳道：「師兄，但他們對付的是整個的無極門，就憑此一點，我們無極門中弟子，都應該參與其事。」

宗領剛道：「師弟，你想到沒有，你嫂子父親的性命，仍然抓在他們的手中……」

成中岳接道：「小弟知道，這也更證明了那龍天翔的居心陰惡。」

宗領剛道：「他告訴你嫂子，不許我們多帶人去，只准我和你師嫂兩個人，趕往一晤。」

成中岳道：「掌門師兄，龍天翔這個人，居心很壞，咱們也用不著和他講什麼武林信義了。」

宗領剛道：「師弟的意思是……」

成中岳道：「小弟之意是，既是兵不厭詐，咱們也應該用一點手段。」

宗領剛道：「什麼手段？」

成中岳說出了一番計劃。

宗領剛微微一笑，道：「師弟，你是胸懷成竹而來。」

成中岳道：「小弟擅越，掌門師兄恕罪。」

宗領剛回顧了白鳳一眼，道：「夫人的意思呢？」

白鳳道：「中岳師弟的安排不錯，龍天翔有備而來，必有很惡毒的計劃，咱們也不能太君子了。」

宗領剛沉吟良久，道：「師弟，夫人，這幾天來，我一直有著一種奇怪的感覺，總覺著咱們迎月山莊，要發生一次大變動。」

成中岳接道：「大師兄，龍天翔擄走了師嫂的父親白老前輩，找上門來，自然是一次很震動人心的大事了。」

宗領剛嘆息了一聲，道：「師弟，好像事不止此，我沒有看到馬房老陸的屍體，但我知他很健壯，不應該突然死去。」

他究竟是一代掌門之才，觀察入微，實非常人能及。

成中岳道：「師兄，老陸的年紀大了，聽說，他又喜歡喝幾杯，也許他早有什麼暗疾，這一次，突然發作。」

宗領剛道：「唉！師弟，如是他早有致命的暗疾，這些年來，也應該發作一、兩次，但他卻從未發生過？」

白鳳道：「你究竟在懷疑什麼？」

宗領剛道：「中毒，是不是有人在暗中下毒，毒死了他？」

白鳳道：「不會的，我看過了他的屍體，不像中毒的樣子，再說，迎月山莊之中，又有什麼人，會對他下毒呢？」

宗領剛道：「我總覺著，這是一次警號，本來，我要徹底查查這件事，但想不到龍天翔又找上門來，唉！難道真是太多慮，想得太多了。」

成中岳道：「師兄，你把無極門帶入了一個極峰的成就，那會招來很多人的妒忌，師兄這幾年很少在江湖上走動，把精神集中在培養下一代門中弟子上，必將會引起更多的忌妒，自然也會有很多人破壞咱們。」

宗領剛苦笑一下，道：「創業不易，守業更難，無極門這點聲譽，想要保持下去，只怕要付出很大的代價了。」

白鳳道：「五年來，咱們都平靜度過了，當年，你在江湖上闖蕩，經歷的凶險，何止數十、百次，希望你能鎮靜應付。」

宗領剛笑一笑，道：「夫人說得不錯，我擔心的是，另一股隱形的力量，也在咱們迎月山莊之中活動。」

成中岳道：「大師兄，目下威脅咱們最大的，還是龍天翔這股力量，咱們想法子，先把這一股力量擊潰了，再作道理。」

宗領剛道：「對！師弟，目下咱們先想法子把龍天翔對付下去，現在，咱們談的話，不能洩漏出去，至少，不能讓他們知道，咱們已經發覺了什麼？促使他們同時發動，彼此配合。」

白鳳道：「領剛，你說有一股力量，在咱迎月山莊中活動，那是一股什麼力量？」

宗領剛道：「我也無法具體地說出來，其實，我如掌握了什麼證據，也不會坐視不問了。」

成中岳道：「師兄，對付龍天翔的事，是否要董川和小楓同去？」

宗領剛道：「師弟，龍天翔此番來犯，如若只是為了對付我和你師嫂，就不應動員了整個無極門的力量對付他……」

成中岳接道：「但他不是挾私怨而來，他要對付的是整個無極門。」

宗領剛道：「這也是我用整個無極門力量應付他的原因……」

語聲微微一頓，接道：「我想修正一下你的計劃，帶四個無極門弟子對付龍天翔。」

成中岳道：「哪四個人？」

宗領剛道：「一、二、七、九，四個弟子，不過，除了董川和小楓之外，其餘兩人，先不要告訴他們。」

成中岳道：「小弟明白。」

宗領剛道：「留下一志，幫助他三師兄防守迎月山莊。」

成中岳道：「是！」

宗領剛道：「這件事，到二更時分，再告訴他們，你去準備吧！」

成中岳道：「小弟告退。」一躬身，離開了內宅。

三　飲恨袖刀

近三更時分，宗領剛、白鳳如約到了那峭壁之下。

這是個清朗之夜，月明星稀，晴空如洗。

白鳳穿一身銀色勁裝，背插雙劍，脅間掛著一個革囊。

宗領剛也穿上了勁裝，佩著一柄長劍，帶上二十四枚鐵蓮花。

這本是他們夫婦闖蕩江湖時的衣服，已經收起了五年，今晚，又穿著在身上。

三更整，山角處轉出一行黑影，疾奔而來。片刻工夫，已到了兩人身前。

是一頂黑色的轎子，四個佩刀的黑衣人隨轎護行，兩個抬轎的轎夫。

轎子在宗領剛身前丈許處停了下來。

轎簾捲起，身著黑色長袍的人，緩緩由轎中行了出來。

宗領剛一抱拳，道：「龍兄，二十年別來無恙。」

龍天翔中等身材，白淨臉，是一個文士型的人，只是臉色太蒼白，月光下，白得不像一張活人臉。

冷漠、蒼白的臉上，泛起了一片仇恨之色，舉手一揮，道：「龍某人還沒有死，命長得出了你宗掌門意料之外。」

一開口，就有著一股勢不兩立的味道。

宗領剛道：「龍兄和拙荊幾度會晤，在下已聽拙荊說過了。」

龍天翔道：「白鳳失去了救你的機會，也失去了救她父親的機會。」

白鳳急聲道：「我父親現在怎樣了？」

龍天翔道：「他還好好的活著。」

白鳳道：「我攜夫婿而來，一切如你所約，但我希望能見見我的父親。」

龍天翔冷冷說道：「當然可以，不過，不是現在。」

宗領剛笑一笑，道：「我們如何才能見到他？」

龍天翔道：「談好咱們之間的事，就可以見他了。」

宗領剛：「哦！咱們要談些什麼？」

龍天翔道：「這些年來，你在江湖上出人頭地，混得很有名氣，藉藉無名的迎月山莊，也成了江湖中人共知之處。」

宗領道：「哦！」

龍天翔道：「我很容易找了來，也有很多種方法把迎月山莊一舉毀滅。」

宗領剛道：「迎月山莊能夠屹立至今，未遭傷害，那是你龍兄的仁慈了。」

龍天翔道：「我不會心存仁慈，對你更不會，我之所以遲遲不肯下手，那是因為我別有

用心，也就是等待今夜咱們這見面一晤，這些話，我已經告訴過白鳳了，只怕白鳳不敢告訴你。」

宗領剛道：「好！那麼你現在可以告訴我了。」

龍天翔道：「白鳳替你生了一個兒子，跟了你這些年，現在……」突然住口不言。

宗領剛仍然保持著平靜的神情，道：「現在，應該如何？」

龍天翔道：「現在，應該讓她離開你了。」

宗領剛道：「白鳳恪守婦道，對我幫助很多，在下今日有這點成就，大部分都由她賜助而得，我對她十分敬愛。」

龍天翔道：「這話的意思是說，你們永遠不願分離了。」

宗領剛道：「龍兄自己不覺著提這條件太過分了？」

龍天翔冷笑一聲，道：「宗領剛，我不會白白要了你的妻子，我要你心服地讓出她來。」

宗領剛修養再好，此刻，也有些忍耐不住了，雙目一瞪，道：「龍天翔，你也是年近半百的人了，說話，最好要留些口德，如此信口雌黃，就不怕為人不齒麼？」

白鳳也怒聲叱道：「姓龍的，你滿口污言穢語，胡說些什麼？」

龍天翔道：「龍某人有備而來，每一句都要它實現，宗領剛，你非答應我的條件不可。」

白鳳雙手已握住了劍柄，眉宇間滿是殺機怒意，大有立刻出手之意。

龍天翔卻是神情凌厲，道：「白鳳，你要敢稍一妄動，令尊將立刻死亡。」

白鳳呆了一呆，緩緩放下了握在劍柄上的雙手。

宗領剛也恢復了冷靜，緩緩說道：「好！說出你的條件吧！」

龍天翔道：「要你的岳父和妻子坐山觀火，看咱們一場龍爭虎鬥。」

宗領剛點點頭。

龍天翔道：「還有更重要的一點是，咱們動手之前，立下約書，我如殺了你，白鳳就為我所有……」

白鳳怒叱道：「你這瘋子，你胡說八道。」

宗領剛卻哦一聲，道：「還有麼？」

龍天翔道：「要令岳父大人作保，姓宗的，如若到時間，他們敢毀約不行，我就消滅了你整個無極門中人，迎月山莊將片瓦無存，雞犬不留。」

宗領剛淡淡一笑，道：「龍兄，咱們之間還有沒有別的辦法解決？」

龍天翔道：「只要你肯讓出白鳳，既可救了她的父親，又可保全你無極門掌門的位置，說不定，日後無極門遇上了什麼凶險危難，在下還可以相助一臂之力。」

宗領剛肅然說道：「龍天翔，區區對閣下，內心中也許有一點歉意，但這點歉意，卻因閣下的瘋言狂語，而消失於無形之中。」

龍天翔冷笑一聲，接道：「宗領剛，龍某人就是為了這一口難嚥之氣，忍辱偷生了二十年，除了把白鳳讓我之外，咱們之間，沒有第二個條件好談。」

宗領剛道：「龍天翔，看來咱們之間似乎是只有放手一戰了。」
龍天翔道：「宗領剛，在未動手之前，我要先告訴你一件事情。」
宗領剛道：「龍天翔，你有什麼條件，乾脆一齊開出來，宗某人一起接下來就是。」
龍天翔道：「最好咱們先把事情說明白，所有的恩恩怨怨，都在這一戰之中解決。」
宗領剛平靜地說道：「在下洗耳恭聽！」
龍天翔道：「我帶了很多的人來，這些力量，足可對付你們整個無極門。」
宗領剛道：「哦！」
龍天翔道：「但他們不會出手，除非聽到了我的招呼。」
宗領剛道：「哦！」
龍天翔道：「你如死於我的刀下，白鳳卻不能死，我要帶著活生生的白鳳離開此地。」
宗領剛臉上泛起了怒意，道：「還有麼？」
龍天翔厲聲說道：「她如是死了，不論是自絕而死，還是你們無極門中人把她殺死，你們整個無極門都將遭到毀滅，我要殺光和無極門中一切有關的人。」
宗領剛道：「好惡毒的想法，還有麼？」
龍天翔道：「夠了，你可以亮劍啦。」
宗領剛目光轉動，打量了龍天翔一眼，道：「你的刀呢？」
龍天翔道：「刀在我身上，用得著的時候，我自然會亮出來。」
他神情鎮靜，若似胸有成竹。

這就使得宗領剛提高了警覺，右手緩緩握住了劍柄，吸一口氣，納入丹田，道：「龍兄，你說了半天，都是要我遵守的事，但如我宗某人勝了呢？」

龍天翔道：「勝了？你根本沒有取勝的機會。」

宗領剛道：「山高水流長，龍兄也不用太過自誇。」

龍天翔道：「你如真能勝我，龍天翔絕不會生離此地。」

那是說明了這一仗是生死之戰。

宗領剛輕輕一按機簧，嗆的一聲，青萍劍脫鞘而出。

龍天翔冷笑一聲，道：「小心了。」忽然欺身而上，迎胸搗出了一拳。

宗領剛是江湖上極受敬重的劍術名家，手中一把青萍劍，數十年來，已不知擊敗了多少武林高手。

但龍天翔對那武林名劍，竟然不放在心上，空手攻招。

這等大背常情的舉措，不外兩個原因，一個是龍天翔太過狂傲、輕敵，二是他別有陰謀。

宗領剛心中明白，龍天翔絕不是狂傲。

一吸氣退了兩步，身子閃到兩尺以外，長劍才斜斜切落，斬向了龍天翔的右腕。

龍天翔冷哼一聲，挫腕轉身，呼的一聲，身子飛起，兜了一丈多遠的一個大圈子，繞到了宗領剛的身後。

宗領剛道：「好一招，『八步迴空』。」

青萍劍一抖，展開了攻勢。

但見劍影縱橫，青萍劍幻化成一片寒芒，人隱劍中，劍與人合，名動天下的青萍劍法，施展開來，果非凡響。

龍天翔竟然是還未亮刀。

但他絕佳的輕功，配合著八步迴空大挪移，飛游於劍光之中，雙手忽指忽掌，點、切並用，完全是突穴斬脈的手法。一時間，保持了個秋色平分的局面。

宗領剛連攻了三十餘招，竟未佔一步先機。二十年不見的龍天翔，已非吳下阿蒙，而且，成就之高，大出了宗領剛的意料之外。

但這也激起了宗領剛的好勝之心。長嘯一聲，劍勢更緊。

但見寒芒飛繞，劍光由小而大，擴展成一個一丈方圓的大圈子，把龍天翔完全罩在了一圈劍光之中。劍光再由大收小，有如網中之魚，魚網一緊，更見綿密。

這一次，劍光層疊而至，綿密凌厲，兼而有之。

龍天翔的八步迴空大挪移，已然無法再在這等綿密劍光之下遊走。

立刻間，被那凌厲劍光，迫的無法施展。

龍天翔雖然受制，但還一直保持著鎮靜。

忽然間，宗領剛手中的青萍劍，「千鋒合一」，一劍刺向龍天翔的前胸。

這一劍不但功力強猛，而且攻的正當適時，那一劍正是龍天翔一掌待攻、一掌發出的時刻。

龍天翔八步迴空大挪移身法，已在宗領剛封鎖之下，無法施展，這一劍突如其來，想施展已自無及。

除了硬封劍勢這一著之外，已無法閃避開去。

哪知龍天翔拍出的右掌一揮，硬向百鍊精鋼的青萍劍上封去。

但聞噹的一聲，青萍劍竟被擋開。

宗領剛的內力，是何等強猛，就算龍天翔練有金鐘罩、鐵布衫一類的功夫，也無法擋開這一劍。

但事實上，那一劍卻被龍天翔擋了開去。

但宗領剛豐富的江湖經驗，一聽之下，那分明是金鐵相觸的聲音。

難道龍天翔手臂是鐵鑄？

龍天翔出刀了。

就在宗領剛劍勢被封開之後，微微一怔神間，龍天翔出了刀。

刀由袖口中飛出，寒芒一閃，流星般刺了出去。好陰損的一擊。

宗領剛霍然警覺，一吸氣，暴退五尺，但仍是晚了一步。

有股鮮血，急噴而出，射出了三、四尺遠。

龍天翔袖口急出的一刀，刺中了宗領剛的右肩。

宗領剛那一條握劍的右臂。

白鳳急步行了過來，道：「領剛，你受傷了。」

宗領剛淡淡一笑，道：「不要緊，一點皮肉之傷而已。」

鮮血狂噴，何止是一點皮肉之傷。

白鳳未再多問，取下衣襟上的白色絹帕，迅速地包起宗領剛的傷口來。

龍天翔兩道目光，一直盯注在白鳳一雙潔白的玉手上，臉上泛起了一片嫉恨之色。

但他卻未借機出手。

宗領剛神情冷厲，口中雖是和白鳳交談，但雙目卻一直盯注在龍天翔的身上。

白鳳包紮好丈夫肩上傷勢，悄然向後退開。

兩顆晶瑩的淚珠，在她向後退去時，滾落了下來。

宗領剛緩緩抬動一下右臂，道：「龍天翔，我這條手臂，還可用劍。」

龍天翔道：「你閃避的快了一些，如是你慢一步，那條手臂，就不是你所有了。」

宗領剛淡淡一笑，道：「君子欺之以方，閣下手臂上戴了一個精鋼護臂，出乎在下的意料之外。」

龍天翔道：「那只怪你目光不銳，判事不明。」

宗領剛道：「龍天翔，你已經錯過了殺死我的機會，我不會再上第二次當。」

龍天翔道：「你大言不慚，別忘了，我只是空手接你名滿天下的青萍劍，等我第二次出刀時，你絕無僥倖可言。」

宗領剛道：「你如自信能殺死我，這是一個很好的機會，不過，在咱們二度動手之前，我想先看看我的岳父。」

龍天翔搖搖頭，道：「白梅好好的活著，我也寸縷未傷，你已經血濺半身，這一戰，你已經是死定了，見見白梅又如何？」

縱聲大笑一陣，接道：「不過，你如是戰死了，白鳳倒可以見到她的父親。」

宗領剛神色平靜，對龍天翔的羞辱之言，似是完全未放在心上。

一個劍術高手，在臨陣對敵之時，必須保持著心不浮、氣不躁的安穩、鎮靜。

宗領剛做到了這一點。

龍天翔微微震動了一下，忖道：「看來，要想使他發怒，實在不是一件容易的事。」

心中念轉，右手一抬，白芒一閃，刺向前胸。

宗領剛道：「袖裡藏刀，是北海騎鯨客的絕技，難道你投入了騎鯨門下？」

口中說話，手中青萍劍卻連綿推出，封開了龍天翔七刀快攻。

這一次，他換了打法，以靜制動。

龍天翔攻出了七刀之後，就停下未再攻。雙目卻在宗領剛的臉上查看。他希望瞧出對方傷口受震之後的痛苦之色。

但宗領剛臉色一片平靜，如一湖靜水，瞧不出一點異樣神情。

其實，宗領剛受傷不輕，勉強運劍，封開了龍天翔七刀之後，傷口確然極為疼痛。

但他強忍著傷口的痛苦，維持住了表面的平靜。

那是很難掩遮的事，但宗領剛做到了。

他身經百戰，對敵經驗十分豐富，知道此刻此情，如想搏殺強敵，必須等待著最有利的時機，做致命的一擊。

雙方對峙著。忽然間，龍天翔雙手齊揮，兩道白芒交射而出，一取前胸，一取小腹。

宗領剛青萍劍一震，灑起一片寒芒，護住身子，一個轉身，直欺而上。

這是捨命的一搏，雙方都用出了全力。

兩道交射的攻敵白芒，構成了一道剪形的防衛陣勢。封住了宗領剛向前衝進之勢。

但宗領剛向前欺進的身軀，卻挪移的恰到好處，避開了胸、腹上的要害，使雙刀一齊射中。

兵刃中敵，和反向剪形構成的防衛，使得龍天翔很放心自己的安全。

由歡悅構成的大意，使得他防守上半身的門戶大開。

青萍劍如一道閃電直射而入，正中了前胸的要害。由前胸，直穿到後肩。

龍天翔愣住了，事實上，全場中所有的人，都呆在了當地。半晌，聽不到一點聲息。

白鳳急急地行了過來，龍天翔兩個從衛，也抽出了身上的單刀。

但見人影閃動，流星趕月一般，兩個人疾飛而至。

正是董川和楚小楓。

後面絕壁上一條人影，疾滑而下，正是成中岳。

白鳳長劍揮出，封住了龍天翔兩個從衛，冷冷說道：「你們要動手？」

楚小楓緩發先至，越過了董川，閃過白鳳，迎向兩個執刀者，道：「師娘，看著師父，這兩個交給我了。」

龍天翔張大了雙目，道：「宗領剛，你破了我的『天星刀法』……」

宗領剛身受三處重傷，也全憑一口真氣撐住，但他仍然表現出了一代宗師的氣度，笑一笑，道：「我破不了你的刀法……」

龍天翔接道：「但你刺了我致命的一劍。」

宗領剛道：「我憑仗著對敵經驗，想出的破敵之策，你這一招，有攻有守，凌厲至極，但你太大意了。」

龍天翔雙目流下淚來，緩緩說道：「我下了二十年的苦功，仍然沒有法子得到白鳳。」

言罷，一閉雙目，口、鼻間，突然間湧出血來。

宗領剛一振右腕，抽出青萍劍，劍創處，前後都冒出鮮血。

白鳳已取下了宗領剛身上的雙刀。

所謂袖裡刀，是兩片很薄、很窄的利刃，可以捲起來。

龍天翔在袖中，藏了兩個鐵盒，平常時刻，兩柄薄刀，就捲在鐵盒之中，兩個鐵盒，連在龍天翔兩個精鐵護臂之上，用刀時，只要用力一甩，兩柄薄刀就會在鐵盒中激射而出。

但鐵盒中的機簧，可以在不用時，收回薄刀。

這種兵刃，練到了相當的境界之後，可以配合著精鋼護臂施用，在封擋對方的兵刃時，可以激射而出。是一種很惡毒、但卻又極難練成的刀法。

眼看著龍天翔倒了下去，宗領剛也有著支持不住的感覺，身子搖了兩搖，向地上倒去。

白鳳伸手扶住了宗領剛，低聲道：「領剛，你……」

宗領剛接道：「我不要緊，只是用脫了力。」

白鳳道：「中岳師弟，和董川、小楓都趕到了。」

宗領剛道：「別放走他們，要他們帶路，救你父親。」

事實上，不用宗領剛吩咐，成中岳、楚小楓和董川，已然分成三個方位，把四個人給圈了起來。

兩個轎夫，兩個從衛。

龍天翔的死亡，使他們感受到的震動很大，一時間，呆在了當地，既未攻敵，也不知逃走。

成中岳冷冷說道：「董川、小楓，先殺了他們四人中的兩個。」

董川和楚小楓應聲出劍，但見寒芒一閃，兩個轎夫已應聲而倒。

兩人目睹師父重傷，心中悲忿異常，只因師長在場，不敢擅自出手，成中岳一聲殺字出口，餘音未落，兩人已雙劍並出，攻向距離較近的轎夫，劍如電閃，一聲取命。

兩個持刀護衛，刀還未及揮出，兩支帶著血珠的劍芒，已然抵上咽喉。

青萍劍法本以快速見長，董川和楚小楓，都已得了宗領剛大部真傳，出劍之快，有如閃電。

白鳳急急叫道：「別殺了他們。」

成中岳長劍一揮，用劍身拍落下兩人手中的單刀，冷冷說道：「我沒有敝掌門人那份好修養，所以，你們最好回答我的問話，要確確實實地回答。」

兩個從衛互相望了一眼，彼此都沒有開口。

成中岳冷笑一聲，道：「是不是我還要殺一個，餘下一個人才肯回答？」

兩個人對望一眼，仍未答話。

只聽宗領剛的聲音，傳了過來，道：「師弟，不要殺他們，他們只是聽從龍天翔的話，因為，龍天翔一舉手，就可以殺了他們。」

成中岳點點頭，道：「只要他們肯合作，我不會殺他們，不過，要是沒有一點苛厲的條件，他們也不肯聽命。」

宗領剛嘆息一聲，閉目調息未再答話。

成中岳道：「你們聽著，我每一個人問你們一句，如是不回答，我就刺你一劍，刺的輕重，那要靠你們的運氣了。」

目光轉到左面一個大漢的臉上，道：「白老前輩在哪裡？」

左首大漢口齒啟動，欲言又止。

成中岳唰的一劍，削了過去。

那大漢只覺臉上一涼，半個鼻子，落了下來，鮮血滿臉，流了下來。

成中岳目光又轉到右首一個大漢的臉上，道：「你說，白老前輩現在何處？」

右首大漢看著同伴滿臉鮮血淋漓而下，嘆口氣，道：「在距此十餘里處一座農舍之中。」

成中岳目光又轉到左首大漢，道：「說！白老前輩受到了什麼傷害？」

那大漢被削去了半個鼻子，此刻，正疼得暗暗咬牙，哪裡還敢逞強，急急說道：「沒有受什麼傷害，只是被點了睡穴，一直在暈迷之中。」

成中岳又轉到右首大漢的身上，道：「那裡有幾個人在看守他？」

右首大漢道：「五個。」

成中岳道：「他們武功如何？」

右首大漢道：「不太壞……」

目光一掠董川和楚小楓一眼，接道：「如若和他們比起來，那就不可同日而語了。」

成中岳目光又轉到左首大漢，道：「你們追隨龍天翔多久時間了？」

左首大漢道：「不過三個月的時光。」

董川冷冷說道：「這麼說來，你們和龍天翔，不是一夥的了？」

左首大漢道：「我手下八十多個兄弟，一向活動在豫東、魯西一帶，三個月前，很不幸地遇上了龍天翔，也是我們看走了眼，誤認他是一頭肥羊，準備對他下手，卻未料到竟然找上了煞星，他赤手空拳，百招不到，就殺了我過半的人手……」

成中岳接道：「所以，你們就甘心降順，做了他的從人、轎夫？」

右首大漢道：「是!當時，他有兩個同行的朋友，其中之一，主張把他們一起殺了，免得留作後患，但龍天翔卻說留下我們有用，就這樣，我們做了他的從人屬下，而且，一個個都要立下重誓，不得妄生異志，如有抗命或是存心逃走，被他發現必殺無赦……」

成中岳急急接道：「你說，他有兩個同行之人，是什麼樣子？」

右首大漢道：「一個三十多歲，一個還不到二十，都穿著同樣的黑色衣服……」

成中岳搖搖頭，制止右首大漢再說下去，卻轉望左首大漢，道：「你接著說下去。」

左首大漢道：「龍天翔收服了我們之後，第二天就和兩個人分手，他帶我們來到了此地，另外兩人，卻不知行向何處，不過，龍天翔和他們約好了，明年正月十五，在黃鶴樓上會面，不見不散。」

成中岳道：「那兩個黑衣人長相如何？」

左首大漢道：「那三十歲的黑衣大漢，中等身材，留著短鬚，方臉濃眉，並無什麼奇特之處，但那年輕的一個，卻是有些很明顯的特徵。」

成中岳說：「說。」

左首大漢道：「他有一身很奇怪的膚色，全身一片金黃。」

成中岳道：「哦！」

左首大漢道：「最奇怪的是，他身上好像有著一片一片的鱗甲。」

成中岳道：「鱗甲？難道他不是人？」

左首黑衣大漢道：「是人，而且，長得也不太難看，臉上、手上，還算光滑，但手腕以上，卻隱隱有著鱗甲，閃閃生光。」

董川道：「胡說，世上哪有這樣的人？」

左首黑衣大漢道：「小的說的句句是真，求證此事，並非太難，只要等到明年正月十五，諸位到黃鶴樓上，就可以見到他了。」

成中岳道：「董川，你留下來，幫助你師母，照顧師父，小楓跟著我，先去救出白老前輩來，然後，再作處理。」

白鳳強忍著內心的酸楚，道：「師弟說得不錯，先去設法救出我父親，他老人家見多識廣，也許能給我們一點指教。」

她雖然心急父親被困，但又眼見夫婿的傷勢很重，一時間，大感為難，不知道應該是去解救父親呢？還是守著夫婿？

宗領剛的傷勢太重了，重到隨時都可能發生變化。

幾經思索，白鳳決定留在夫婿身側。

成中岳揮手一指，點了左首大漢的穴道，道：「你留下來，咱們救過白老前輩之後，回頭來再放了你……」

目光轉注到右首大漢的身上，接道：「走！帶我們去救人。」

楚小楓輕吁一口氣，低聲道：「師叔，咱們要不要先把師父送回迎月山莊，師父傷得太重。」

白鳳接道：「不用了，他傷得太重，目下還不宜移動。」

楚小楓一欠身，道：「師母說得是，大師兄請好好照顧師父。」

說完話，和成中岳押著那右首黑衣大漢，急步而去。

白鳳望著宗領剛滿身滾落的大汗，淚水滾滾而下。

董川突然屈下雙膝，跪在宗領剛面前，左右開弓，自己打了兩個耳括子。

白鳳忍著淚，黯然說道：「董川，你這是幹什麼？」

董川道：「我們為什麼不早些現身，眼看著師父受此重傷，真是該死。」

白鳳嘆息一聲，道：「董川，你不要自責，我在旁邊站著，一樣沒有動手。」

董川道：「弟子也有些奇怪，師母為什麼不肯出手呢？」

白鳳道：「我幫不了他，這些年來，你師父的武功進境很多，我已經不是他敵手，我如出手，很可能使他分心落敗。」

董川道：「師母，龍天翔的武功真的很高麼？」

白鳳道：「很高，高到只要一出刀，就可能取我們的性命。」

董川說道：「如若我拚著一死，接下他一刀，師父能不能殺了他？」

白鳳道：「不能，你根本沒有辦法阻止他，就算你出手，也只不過是白送了一條性命。」

董川道：「哦！這麼說來，就是我們出手，也無法幫助師父了？」

白鳳道：「一點也不能，所以，你們不用愧疚，也不用難過，如若有人難過，那個人應該是我。」

董川道：「師母……」

白鳳接道：「快些起來。」

董川道：「不！跪這裡也是一樣。」

白鳳道：「董川，別跪著，留心著四處，也許還有敵人留在這裡。」

董川霍然警覺，站起身子，道：「師母說得是。」手提長劍，先在四周巡視了一下，又回到了原地，凝神靜立，四下警戒。

白鳳一直不停地流著眼淚，但她不敢哭出聲來。她看出了宗領剛的傷勢，實是沉重已極。

時光在等待中消失。

董川心中急，白鳳心中更急，但也沒有說話。等了足足有一個時辰之久，成中岳才帶著楚小楓等轉回來。

楚小楓揹著白梅。

白鳳舉手拭去臉上的淚痕，緩緩說道：「我爹的穴道沒有解開麼？」

成中岳搖搖頭，道：「小弟試用了兩種手法，但都未解開白老前輩的穴道，小弟就不敢再妄自出手了。」

白鳳淒然一笑，道：「那是一種獨門點穴手法。」

成中岳道：「白老前輩氣息猶存，那證明了他仍然活著，咱們回到迎月山莊，再想法子解開白老前輩的穴道就是。」

白鳳點點頭，道：「也只有如此了。」

成中岳低聲道：「師嫂，師兄的傷勢如何？」

白鳳搖搖頭，道：「他傷得很重，只是不知道家中靈丹，能不能治療他的傷勢？」

成中岳道：「師嫂，你們怎麼不回去，師兄傷得這樣重，你為什麼不回到迎月山莊呢？」

白鳳道：「師弟，老實說，他傷得太重，我和他闖蕩江湖，見識過無數凶惡的陣仗，但像今日之戰，連我也沒有見過。」

成中岳道：「師嫂的意思是……」

白鳳道：「他傷得太重了，我不敢移動他，一移動，就很可能使他丟了性命。」

成中岳道：「哦！那是說……」

白鳳接道：「他能不能撐得下去，要看運氣和他的功力了。」

成中岳道：「大嫂，這話怎麼說？」

白鳳道：「我擔心，他已被刺中心脈，如今，流血雖然稍止，但我懷疑他是憑深厚的內功，把傷勢穩住，暫時保住一口元氣不散，所以，我不敢移動他。」

成中岳道：「師嫂，可是，咱們不能永遠地停在這裡不動啊！」

白鳳道：「等一等吧！等到領剛傷勢完全穩下來之後，再作道理。」

成中岳道：「師嫂，你看師兄的傷勢，幾時才能穩下來？」

白鳳道：「至少，這要半個時辰以上。」

只聽董川失聲叫道：「火、火、火。」

成中岳、楚小楓抬頭看去，只見一片火光，從天而起。

起火之處，正是迎月山莊。

其實，方圓數十里內，除了迎月山莊之外，再無可燒的村落。

成中岳一下子跳了起來，道：「是迎月山莊。」

楚小楓道：「迎月山莊，有一志師弟，還有五位師兄，十幾名精壯的漢子，怎麼會被火燒了呢？」

董川道：「師叔，弟子先回去看看！」

成中岳道：「小楓，你留下來，董川，走！咱們回去。」

白鳳突然站起身子，道：「師弟，不可以妄動。」

成中岳道：「師嫂，你……」

白鳳道：「這是有計劃的陰謀，你們不能回去……」

成中岳急急說道：「師嫂，難道咱們連莊院被人燒了，也坐視不理麼？」

白鳳究竟是久歷江湖的人，大變之後，反而鎮靜了下來，冷冷說道：「也許人家早已布置好了，你們回去，正好把無極門一網打盡。」

成中岳道：「師嫂的意思是……」

白鳳接道：「這顯然是別人早已訂好的計劃，龍天翔的出現，分散了咱們的實力，大部分人手，夜襲迎月山莊。」

這時，坐息的宗領剛，突然睜開了眼睛，道：「一著失錯，追悔無及……」

白鳳大吃一驚，伸手抱起了宗領剛，道：「領剛，你……」

宗領剛又睜開閉上的雙目，道：「我，不行了……」

白鳳道：「咱們回迎月山莊去……」

宗領剛強提著一口氣，道：「白鳳，不要妄想以靈丹救治我的傷勢，我心脈已裂，生機全絕，除非能換一個心來，就是華佗重生，扁鵲還魂，也是一樣不能醫好我的傷勢，而且，我元氣將散，說完這幾句話，定會死去……」

話到此處，口張血湧，又吐出兩口血來。血色深紫，而且十分濃稠。

白鳳輕輕吁一口氣，伸出一掌，抵在宗領剛的背上，道：「領剛，有什麼話，你請說吧！」

宗領剛臉上泛起了一抹笑容，道：「我這一生中，有你這麼一位賢淑的妻子，是我最感快慰的事情之一……」

白鳳強自忍下的淚水，又滾落了下來，道：「領剛，事實上，是我連累了你，如若不是為了我，你又怎會有今日的遭遇……」

宗領剛苦笑一下，道：「不是你的幫助和鼓勵，我怎會有今日的成就，龍天翔的武功很怪異，但我仍然先殺了他，對今日一戰的結果，我已經很感慰藉，袖裡刀只是傳誦於江湖上的一種奇門兵刃，今日……在我一生的經歷中，還未遇到過，白鳳，不要為我之死傷心，我已經得到的太多了……」

他似是有很多的話要說，喘了兩口氣，藉由白鳳輸注在身上的內力，接道：「這些年來，我一直想保住無極門的聲譽，甚至，要更上層樓，把無極門發場光大，但我卻忽略了很多細微的小節，那些小節，才是我們失敗的原因。」

白鳳道：「領剛，說說看，我們此後應該如何？」

宗領剛望了白梅一眼，道：「多向老人家請教……」

又吐出一口鮮血，道：「把他們叫過來。」

白鳳舉手一招，成中岳、楚小楓應手行了過來。

三個人一齊跪了下去。

宗領剛的雙目已經散光，三人雖然就在他的面前，他已無法看得清楚。

眨動了一下眼睛，宗領剛終於看清楚了成中岳，緩緩說道：「中岳，無極門這個重擔，交給你了，你……」

成中岳急急接道：「大師兄，這個不成體統，把掌門之位交給董川，小弟盡我全力，協助他，把無極門振興起來。」

宗領剛點點頭，道：「董川在哪裡？」

董川跪前兩步，到了宗領剛的身前，道：「弟子在此。」

宗領剛道：「你聽著，由此刻起，你已是無極門的掌門人……」

董川接道：「弟子等尚未出師，如何能接掌門之位，應該成師叔繼掌門戶。」

成中岳道：「董川，你師父已奄奄一息，遺言是何等重要，還不用心去聽，卻在從中攪擾。」

董川呆了一呆，不敢再言。

宗領剛的聲音已很微弱，緩緩說道：「董川，不用推辭了，不過，任何事，都要和你師叔商量。」

董川含淚道：「弟子遵命。」

宗領剛輕輕吁一口氣，道：「小楓呢？」

楚小楓道：「弟子在這裡。」

宗領剛道：「小楓，我知道，你是個深藏不露的人，也是咱們無極門中這一代，最具潛力的人，為師的對你期望最深，希望不要使我失望。」

楚小楓道：「師父吩咐，弟子萬死不辭。」

宗領剛道：「你天賦異常，我也不敢強留你在無極門中，允許你將來，可以再投名師，不過，你要答應我全力輔助無極門，幫助你大師兄撐起門戶。」

楚小楓拜伏於地，道：「弟子不敢，弟子不敢，弟子是無極門中人，無極門中事，自然也是弟子的事，自當全力以赴。」

宗領剛道：「小楓，師父看得出來，日後你如有成就，無極門，可能會對你是一個限制，董川，記著我的話……」

董川道：「弟子洗耳恭聽。」

宗領剛接道：「我以無極門十一代掌門人的身分，傳下最後一道令諭，楚小楓已不是無極門的弟子，不受咱們無極門中的規戒約束。」

董川道：「弟子遵命……」

楚小楓急急說道：「師父，難道你要把弟子逐出門牆……」

宗領剛道：「不是，我只是要你有更多的自由，小楓，你可以見機行事，不受門規束縛……」

話到此處，已經盡了最後一點元氣，雙目一翻，氣絕而逝。

董川急聲叫道：「師父。」伸手抓住了宗領剛的衣袖。

大變後的白鳳，反而鎮靜、堅強了起來，放下宗領剛的身軀，站了起來，道：「董川，放開你師父的衣袖。」

董川呆了一呆，放開宗領剛的衣袖。

白鳳目光復由董川、楚小楓、成中岳的臉上掠過，道：「你們都給我站起來。」

成中岳、董川、楚小楓，都依言站了起來。

白鳳臉色肅穆，道：「董川、小楓，你們師父死而無憾，他年過半百，不算夭壽，數十年來，闖蕩南北，把無極門，由一個不見經傳的小門，造成舉世皆知的大門派，他死在北海騎鯨客門下的袖中刀下，不算丟人，何況，他在先殺了敵手，而後才死，將軍難免陣上亡，這是一件足可以光耀武林的事。」

她把一件哀傷死亡，說成了可歌可泣的光榮之事，頓使人心一振。

白鳳吁一口氣，道：「你們師父，我的丈夫，死得無恨無憾，他傳位有人，把門戶交給了他苦心培育的大弟子。」

董川一臉悲忿、激昂之情，道：「弟子接掌門戶，誓為門戶榮辱奮力，決不負師父期望。」

白鳳道：「那很好，……」

目光轉到楚小楓的身上，接道：「小楓，別誤會你師父的用心……」

楚小楓躬身應道：「弟子不敢。」

白鳳道：「騎鯨客的袖中刀，由北海到了中原，那說明了，武林中經過幾千年的短暫平靜之後，又要掀起風浪，這是一場大風暴，眼下只是一個開始，無極門由小而大，門規戒律，更見森嚴，這些可以約束人的戒律，固可以使本門中人都成光明磊落之士，但卻減少了應變的方法，你文武兼資，深明是非，所以，不願意讓你受門規的約束，好讓你放開手腳，替你授業的師長報仇，維護無極門的生存，以非常手段，應付非常之事……」

她把授業恩師，說成了師長，顯然把楚小楓和無極門的關係，又離遠了一層。

董川對著師父的遺體大拜了三拜，又轉過身子，突然對著成中岳跪了下去。

這時，迎月山莊的火勢愈來愈大，已成燎原之勢，看上去，整個的迎月山莊，似是都要在這次大火中，付之一炬了。

但堅強的白鳳，對那騰空烈焰，竟似視若無睹。

成中岳急急伸手，扶起了董川，道：「董川，你這是幹什麼？」

董川道：「師父遺言，弟子不敢推卸，日後，還望師叔以門中長老身分，耳提面命，多賜指教。」

成中岳道：「董川，把掌門之位傳給你，那才是武林中的正統規矩，也是我的意思，自然，我會全力以赴地幫助你，無極門榮辱，我也有一份……」

嘆息一聲，接道：「師兄代師傳藝，對我愛護備至，他雖是我的師兄，……但待我恩情之厚，尤過你們十倍，公誼、私情，我都無法推卸這個責任。」

董川一抱拳，道：「多謝師叔成全。」目光轉到了楚小楓的身上，道：「師弟……」

楚小楓抱拳欠身，道：「掌門師兄吩咐。」

董川道：「師父的遺命你都聽到了？」

楚小楓道：「小弟字字記在心中。」

董川道：「師娘解說，你也瞭解了？」

楚小楓道：「小弟明白。」

董川道：「恩師遺言，浩瀚博大，內藏玄機，師弟要多用心體會。」

小楓道：「小弟都聽到了。」

董川道：「由此刻起，無極門中規戒，對你沒有約束，海闊任魚躍，天空任鳥飛，只要你覺良心所安的事，不用顧慮我的干預。」

楚小楓道：「小弟還要追隨掌門人、成師叔和師母，為無極門盡我心力。」

白鳳突然取過宗領剛的青萍劍，緩緩遞到董川手中，道：「無極門中代代以青萍劍，傳諸掌門人，這把劍交給你了。」

董川恭恭敬敬地接過長劍，道：「董川受命。」

成中岳眼看著傳接門戶之事，已在充滿著悲痛中完成，立時一改話題，道：「掌門人，咱們要不要回迎月山莊看看？」

董川道：「應該去看看，也許幾位都還在浴血苦戰。」

楚小楓突然蹲下身子，道：「咱們解開白老前輩的穴道！」

突然揮手點出三指。原來，他突然悟出那劍譜有一種解穴手法，不自主地施用了出來。

只見白梅身子一陣顫動，挺身坐起，道：「好個兔崽子，竟敢暗算……」

忽然發覺了宗領剛的屍體，不禁一呆，道：「這是怎麼回事？」

白鳳道：「爹，你醒過來啦。」淚如泉湧，奪眶而出。

成中岳對楚小楓一舉間解開白梅穴道之事，心中震驚十分，呆了一呆，道：「小楓，你……」

楚小楓低聲接道：「弟子只是碰巧。」

原來，成中岳用了十餘種手法，竭盡所能，都未解開白梅的穴道，楚小楓點出三指，卻輕易地解開了白梅穴道，那顯然不是無極門中的手法。

成中岳沒有再問下去，他想到師兄遺言，難道他們師徒之間，真的早已心有靈犀。

獨行叟白梅，經驗是何等老到，略一沉思，已想通了大半的內情，嘆息一聲，道：「領剛和龍天翔同歸於盡了！」

董川接道：「是師父先殺死龍天翔，失血過多而死。」

白梅點點頭，道：「迎月山莊那片大火，也是龍天翔的人放的。」

白鳳拭去淚痕，道：「爹，我看不像，好像是兩件事，碰在了一起。」

白梅道：「孩子，事情不會如此趕巧，這必是早有預謀，不過，很可能出自一方的預

謀，龍天翔沒有參與……」

回顧了一眼，接道：「一志呢？」

白鳳道：「留在山莊中，沒有出來。」

白梅道：「不能再讓一志遇害，我去瞧瞧。」

董川道：「白老前輩體能未復，還是由晚輩們去吧！小楓，跟我走！」走字出口，人已到了兩丈開外。

楚小楓振袂而起，緊追在董川身後而去。

成中岳低聲道：「師嫂，照顧著白老前輩，讓他坐息一陣，小弟也去查看一下。」

白梅穴道被解，實力增強甚多，使成中岳放心了不少。

董川一馬當先，全力奔馳，直撲向迎月山莊。

漫天火光中，充滿著血腥之味。

但凝神傾聽，卻不聞兵刃相擊之聲。

那說明搏殺已經結束。

董川奮不顧身，衝入火窟。

楚小楓、成中岳，都衝了進去。

三人冒火災之險，抱出了所有發現的屍體。

不久之後，白梅、白鳳帶著宗領剛的屍體，也趕到了現場。

成中岳等，空有一身武功，但也無法止住這已經燒開的火勢。

還是白梅設法，推倒牆壁，阻斷火道，逐漸使大火小了下來。

大火全熄，已經是日升三竿的時候。

但迎月山莊已經被燒毀了十之八、九，只餘下西北角處，花廳未遭波及。

檢查屍體，共有三十九口，連僕婦、丫頭、莊丁、木工，都未放過。

沒有一個是被火燒而死，都是先被殺死，棄屍火窟。

也正因如此，這些人的面目，隱隱還可辨識。

四 火毀無極

無極門中一十二個弟子，除了董川、楚小楓，尚餘十人，遺屍六具，都是傷痕累累，顯然經過一場激烈的搏殺，力戰而死。

董川仔細查點，發覺了三、四、六、八、十、十一，六個師弟都已戰死，不見屍體是二、五、九和小師弟宗一志。

白鳳頭髮散披，滿臉都是黑灰。

其實，每個人，都是灰頭土臉。

一夜間，丈夫戰死，山莊被毀，愛子失蹤，生死不明，這打擊是何等巨大，白鳳雖然堅強，也是承受不住，呆呆地坐在花廳門口，望著那排列的屍體出神，目光渙散，哀傷已至極處。

董川緩步行了過來，低聲道：「師母，未找到小師弟的屍體……」

白鳳神情有些茫然，但她的神志還很清醒，點點頭，道：「我知道。」

另一面成中岳也在和楚小楓低聲交談。

自從楚小楓一掌解開了白梅的穴道之後，成中岳的內心之中，已對楚小楓有了完全不同的看法，輕輕咳了一聲，道：「你看，這是什麼人幹的？」

楚小楓道：「火場中找不出一點線索，顯然對方早已有了很周密的計劃，而且以泰山壓頂之勢而來，所以，幾位師弟、師兄，沒能逃出去……」突然住口不言。

成中岳點點頭，道：「小楓，一志一直和你們在一起練武，他的武功如何？」

楚小楓道：「一志師弟的年紀輕一點，內功不及大師兄，但劍上的造詣，決不在大師兄和我之下。」

成中岳道：「可疑處也就在此了，一志的劍術，如若真有你們相同的造詣，就算打不過來，至少，應該衝出一條逃走的路。」

楚小楓道：「除非宗師弟未動手，就受了暗算，他們百密一疏，留下了這條線索。」

成中岳道：「一志雖然年輕一些，但也不會全無心機。」

楚小楓道：「不是熟人，只怕無法暗算宗師弟。」

成中岳道：「誰是暗算一志的人？」

楚小楓道：「事關重大，在未找到明確的證據之前，小楓不敢亂說。」

只聽白梅高聲說道：「鳳兒，領剛死了，他把無極門交給了大弟子董川，又有中岳從旁指導，小楓全力幫助，無極門這個擔子有人挑起來了，但迎月山莊中這些僕婦、婢女，她們不會武功，而且，都是你和領剛請的，這些人含怨而死，你不能不管。」

白鳳霍然站起了身子，道：「一夕夫死子散，要女兒如何能承受得了！」

白梅道：「鳳兒，領剛有今天的結果，你也有很大的責任，一個揚名天下的門戶，竟然是全無戒備，他一心為維護無極門的聲譽打算，忽略了很多細節，但你卻未盡襄助之責，注意他的疏忽之處，唉……今日慘事，雖屬意外，但細想起來，冰凍三尺，也非一日之寒了。」

白鳳道：「父親教訓的是。」

白梅神情突轉冷厲，道：「我聽到龍天翔說過，至少，你在六天之前，已和他見過了面，但你卻沒有把這件事告訴領剛，也沒有跟中岳商量過。」

白鳳道：「女兒當時的想法，希望能化解去這場紛爭……」

白梅接道：「二十餘年交織的愛與恨，豈是你能用言語化解得了麼，你如早告訴了領剛，無極門有數日的準備，也不會有今日的慘事了。」

白鳳道：「女兒知錯了。」

白梅嘆口氣道：「可惜，他先把我制住了……」

成中岳低聲道：「龍天翔如何制服白老前輩的？」

白梅道：「說來慚愧，他單人匹馬來看我，我留他吃飯，他還帶了一罈好酒，我們開了酒，一面吃，一面說，不知不覺間，喝完了那一罈酒，初時，我一直有著很大的戒心，那罈酒喝光了，我才鬆下了戒備，想不到，在我送他離去時，他卻突然動手，點了我的穴道。」

成中岳道：「白老前輩，他們佔了一個農舍，農舍中的三個佣人，都被他殺了。」

白梅道：「老夫由死裡逃生，卻讓領剛送了一條命，唉！我本來住在迎月山莊的，但我看上了那片小山坪，就自立了門戶，唉！我如留在迎月山莊，也不會出這件事了！」

楚小楓輕咳了一聲，道：「老前輩，晚輩有一得之愚，不知可否說出來？」

成中岳道：「小楓，大膽的說吧！白老前輩見識廣博，胸襟寬大，是一個行過萬里路，讀過萬卷書的人，他老人家肯和我們在一起，對我們助益很大。」

白梅道：「我死了唯一的女婿，失去唯一的外孫，為著我唯一的女兒，我就不能放手不管這件事，何況，我還被他們囚了很多天……」

目光轉在楚小楓的臉上，接道：「小娃兒，你說吧，什麼高見？」

楚小楓道：「晚輩忖思此事，覺著只是兩個單獨的事情，組合在一起……」

白梅點點頭，道：「高明，小楓，再說下去。」

楚小楓道：「火燒咱們迎月山莊的，才是這件事的主謀，他們可能策劃了很久，剛好碰上了龍天翔這個機會。」

白鳳、董川，也都聽得神情專注，微微頷首。

成中岳道：「小楓，以後呢？」

楚小楓道：「誰都不要自責，他們如若沒有遇上龍天翔這件事，他們會有更惡毒的手段，他們已經計劃了很久，等待了很久，那說明了他們處心積慮，是一個陰毒的人物，龍天翔幫助了他們，但也破壞了他們。」

白梅道：「老夫也想到了這一層，但卻沒有你娃兒想得透徹，了不起，古人說，秀才不出門，能知天下事，書沒有白讀的。」

楚小楓道：「晚輩如沒有投入無極門，也不會懂這些斷事的方法。」

董川道：「這怎麼說呢？」

楚小楓道：「我到了無極門後，師父不太管我讀書的事，才使我有機會看了不少雜書。」

白鳳道：「你師父每次由外面歸來時，每次帶回來很多的書，都是給你看的了？」

楚小楓道：「師父很照顧我，但弟子受益最多的，還是白老前輩留下的那兩箱子書……」

白梅一瞪眼睛，接道：「小娃兒，你讀過我那兩箱子存書？」

楚小楓道：「是師父給我看的，晚輩怎敢擅動老前輩的東西。」

白梅道：「老夫的意思是，你能看懂那些書麼？」

楚小楓道：「老前輩收集的數量雖然不大，但卻都是很難看到的書，其中雖然有兩部確實太深奧，弟子有些看不太懂，但大部份，都還能瞭解，有一部不是咱們中原的文字。」

白梅道：「對！那是天竺文，我由一個垂死的老僧手中取得，那是不是一部經書？」

楚小楓笑道：「晚輩也不懂天竺文，但就晚輩的觀看所感，好像不是經文……」

白梅呆了一呆，接道：「不是經文，是什麼？」

楚小楓道：「好像是記述一個故事。」

白梅道：「能不能把那本書上的故事告訴我？」

楚小楓的臉紅了，無可奈何地說道：「我實在看不懂，後來，我讀完了所有的書，無書可看了，就看看那天竺文，看了幾十遍，連想帶猜的，才瞭解了一點，自然，那書上有三幅圖

畫，對我的幫助很大，不過，老前輩，晚輩實在無法確知我猜想的是不是對？唉！要是開頭錯了，那就一路錯下去了，連一句也不會對，所以，晚輩不敢輕易說出來。」

白梅道：「不要緊，你說吧！也許老夫還會給你一點幫助。」

成中岳突然插口接道：「小楓，我記得兩年前，先師兄對我說了一句話，當時，我還有些不信，看來，師兄說得不錯了。」

白鳳道：「領剛說的什麼？」

他們夫妻情深，宗領剛死了之後，白鳳更覺丈夫生前說過的每一句話，聽起來都有著慰我芳心的感覺，雖然，那不是丈夫的聲音，但那究竟是丈夫的心意。

成中岳道：「大師兄說，小楓只拿出四成的心力在學武功，六成的心力在讀書，花在讀書上的時間，比學武時間多。」

楚小楓道：「師叔，沒有的事，師父授藝，弟子每一次都在場中。」

成中岳道：「你師父生前這麼說過，是不是真如此，我就不知道了。」

白梅輕輕咳了一聲，道：「中岳，該去找些人來，整理火場，咱們還要重建迎月山莊。」

成中岳道：「小楓，走，咱們找人去！」

白梅輕輕咳了一聲，道：「留下小楓，我還要和他談談那本書！」

成中岳應了一聲，帶著董川轉身而去。

花廳上，只留下白梅、白鳳、楚小楓，和數十具排列的屍體。

白梅有些迫不及待地說道：「我看過那本書，但我底子差，不像你家學淵源，能夠猜得出來那三幅圖畫；我一直有著很詳細的印象，也許老夫能憑藉自己的經驗，給你一點幫助。」

楚小楓凝目沉思了片刻，道：「那書上的意思，好像是說一個人，逃離了他的家，到了一個很大的山中，在那裡住了下來，過著很寂寞的日子。」

白梅道：「那人是不是一個女人？」

楚小楓道：「這是全書上最晦暗的地方，也許是文字說得很清楚，只是我看不懂罷了。」

白梅道：「我看過那個圖，那些圖畫得也很晦暗，但我看得出那是一個女人，一個女人的影子，但奇怪的也就是在這裡，如若這是一部經文，那應該是出自和尚廟裡的東西，為什麼會有女人。」

楚小楓道：「也許那和尚只是寫他自己的……」突然住口不語。

很快的一個念頭，否定了他自己的想法，那是一本抄寫的很整齊的冊子，而且，有了相當的年代，不像是那和尚的初稿手筆。

白梅輕輕吁一口氣，接道：「小娃兒，那和尚把這本書交給我的時候，說過一句話，我如能把這本書，帶到青海飛龍寺去，交給一個摩伽大師，我可以得到三粒明珠。」

楚小楓道：「明珠無價，有好有壞，老前輩遠走青海，送上這本書，就算他們真的如約給你三粒明珠，也未必是很高的代價。」

白梅道：「當時，老夫倒未想到這件事，只是覺著這是一部佛經，對我，對武林，都沒有什麼重要，所以，我沒有答應他，可惜，那位老和尚也沒有和我繼續談下去，就圓寂了，事後，我常常看這本書，只想到這本書可能是佛經中的一個故事，老夫雖然也喜歡看書，但卻沒有你的天賦和基礎，如今聽你一說，使老夫茅塞頓開，那可能不是一本經書……」

楚小楓接道：「不是經書，是什麼？」

白梅道：「可能是一本記述什麼事情的傳記。」

楚小楓道：「是傳記？」

白梅道：「說不上傳記，那老和尚帶了這樣一本書，可能要找尋什麼？結果，他自知無法完成這個心願了，所以，想要我把這本書，交給另外一個人。」

楚小楓道：「那個人，就是摩伽大師。」

白梅道：「是……可惜，我沒有把這本書送過去，如今事已隔十年，只怕那位摩伽大師，早已離開飛龍寺了。」

楚小楓笑一下，道：「老前輩，咱們永遠沒有辦法把那本書，送到飛龍寺了。」

白梅呵呵一笑，道：「燒了。」

楚小楓道：「晚輩已經看過了存書的地方，已經燒得隻字不存。」

白鳳突然插口說道：「爹！你看過了現場，究竟是什麼人害了領剛？」

白梅道：「鳳兒，為父的如若說實話，你一定感到很失望。」

白鳳道：「你說吧。」

白梅道：「我沒有查出來什麼，這是非常老練的一次暗襲，精密的設計，一舉成功。」

白鳳道：「照你這麼說法，永遠無法替他們報仇了。」

白梅道：「天下沒有不透風的牆，而且，不見一志屍體，對咱們而言，還有一點希望。」

白鳳道：「什麼希望？」

白梅道：「一志可能沒有死，被他們生擒而去，這是一條線索。」

白鳳道：「我想不明白，他們為什麼會把一志生擒而去？」

白梅道：「那是他們算過了這筆帳，殺了一志，沒有留下一志的用處大。」

白鳳道：「他們手段毒辣，殺得雞犬不留，留下了一志，豈不是留下了蛛絲馬跡？」

白梅道：「無極門這樣的大門戶，被人一夕之間，人遭誅殺，房舍化作廢墟，你們無極門中人，可能不知道是怎麼回事，但絕無法瞞過整個的江湖，就算他們殺了一志，殺得一人不留，也不難查出線索，這一點，你倒不用急，急的是咱們應該先要瞭解，他們為什麼會留下一志，還有，無極門中的二弟子等這些人。」

白鳳道：「想來確實有些奇怪……」

楚小楓接道：「二師兄郎英、九師弟唐天，早已行蹤可疑，大師兄已奉命，監視他們行動，只是事情發生得太快了，我們還未來得及行動，對方已經搶先動手了，倒是五師兄張方中，也突然不見屍體，倒是一件很奇怪的事了。」

白梅道：「唉！冰凍三尺，豈是一日之寒，領剛就是太過仁厚，姑息養奸，他明明知道郎英這小子有問題，為什麼不早點對他下手，至少，也該早些派人跟著他，找出他們的陰

春秋筆

謀。」

楚小楓道：「師父已經注意到了，特別交代了大師兄，只可惜，他們發動得太快了一些。」

白梅道：「不能怪別人發動得快，孩子，江湖上，本來就是個很可怕的所在，既然發現了問題，為什麼不立刻處理，小娃兒，你要記住，因為你師父一念仁慈，付出了這樣慘重的代價，血淋淋的代價，幾十條命。」

楚小楓輕輕嘆息一聲，道：「老前輩語重心長，晚輩承教。」

白梅道：「孺子可教，小娃兒，你以後在江湖上走動時，心眼要活動一些，遇上了什麼事，一定要查個清楚，千萬不可中途撒手……」

輕輕吁一口氣，接道：「事有輕重緩急，如何找重要的先辦，這就是智慧了。」

楚小楓道：「老前輩教訓的是。」

此時此情，每一句話，每一個字，所發生的力量，都像金鐵一般，鏘然有聲。

這種適時的教導，比平常時間，多說一千句、一萬句，還讓人記憶深刻。

白鳳輕輕吁一口氣，道：「爹，這時，你們還談這些事，應該設法先找出凶手的來路。」

白梅道：「老一代的經驗，諄諄告誡下一代，但聽者，卻聽過就算了，這一刻，我告訴小楓的每一句話，都會使他記在心中，因為，他師父的血跡未乾，幾個師兄弟，和僕從下人的屍體數十具，排列在他的面前，這時間！他會記著每一句話、每一個字。」

楚小楓深深一揖，道：「小楓實在受益匪淺。」

白梅苦笑一下，道：「領剛不惜苦苦求你祖父、父親，費盡了口舌，才使你投入無極門下，這一點，他看得比我清楚，一代宗師之才，畢竟有他過人之處。」

白鳳道：「爹，你要不要再查看一下現場，多找一些證據？」

白梅道：「孩子，你放心，就算為父的再查兩遍，也一樣找不出證據，他們不會在現場留下證據，他們的行動太快了，殺人之後，還有足夠的時間，湮滅了任何證據，不過，你放心，他們這麼多的人行動，不會沒有跡象可尋，倒是我心中有些疑問，想問你們！」

白鳳道：「爹有什麼疑問？」

白梅道：「我記得迎月山莊不止這些人，好像是少了一半？」

白鳳道：「不知道為什麼，領剛好像是早有了什麼預感，三個月前，就開始陸續遣散了一些莊中老弱的堡丁，和多餘的僕婦。」

白梅道：「為什麼？」

白鳳道：「我好像聽領剛說過一次，他要調整一下迎月山莊的人事，準備訓練一部分年輕壯丁。」

白梅神情肅然地說道：「鳳兒，你想想看，他為什麼要這樣做？」

白鳳沉吟了一陣，道：「好像發覺了江湖上近月中會發生什麼？迎月山莊中第二代弟子出師之後，迎月山莊就會人手太少，所以，他要訓練六十四名壯丁，把迎月山莊的防守力量加強一些。」

白梅道：「想到了就該做，如若他的計劃早一些實現了，也許今晚的情形，會有很大改變。」

這時，董川已找來了很多工人，整理火場。

太陽偏西的時候，成中岳帶了數十輛騾車，拉著數十口棺材，趕回到了迎月山莊。

迎月山莊存放銀錢的地方，卻沒有任何損失，徹頭徹尾地證實了，這是一件有計劃的襲殺。

白鳳由悲傷中振作起來。

由於白梅的分析，成中岳和董川暫時不談追凶的事。

殘垣斷壁，數十口棺木並列，雖然有六、七十個工人在打掃、整理，但觸目現場，仍有著一種見者鼻酸，十分淒涼的感覺。

除了宗領剛和無極門下七個弟子的棺木之外，其餘的屍體，都擇地安葬。

迎月山莊沒有立刻重建，卻暫做了宗領剛和七個弟子的厝棺之所。

無極門發生變故的消息，傳入江湖，這是一個震撼人心的大事。

像晴天霹靂一樣，立時間，傳揚於江湖。

第三天中午時分，丐幫襄陽分舵的舵主金鉤余立，已趕到了現場。

素以耳目靈敏的丐幫分舵主，隨身帶來了四個丐幫弟子。

在余立指揮之下，四個丐幫弟子，立時下手幫忙，整理火場。

余立卻直奔花廳，迎月山莊僅剩餘未遭火毀的一座房舍。

白鳳認識余立，每年余立至少來一次迎月山莊，登門拜年，送上一份相當豐厚的禮物。

兩天下來，白鳳已恢復了鎮靜，把痛苦和仇恨埋藏於心底。無極門餘下的人太少了，每個都負擔了很大的責任，他們必須鎮靜下來，保持著冷靜。

斬草尚未除根，夜襲迎月山莊的人，很可能回頭再來一次突襲。

余立整理一下衣衫，抱拳一禮，道：「丐幫余立，見過宗夫人。」

白鳳苦笑一下，道：「不用多禮了。」

余立嘆息一聲，道：「想不到，擎天一柱的宗門主，竟會遭了暗算，這是武林中一大不幸，也使我們丐幫損失了一位良師益友，敝幫主聽到此訊，定然會十分傷心。」

白鳳道：「敝門不幸，遭人暗襲，此中變化，一言難盡。」

余立道：「宗門主是何等英雄人物，竟然身遭暗算，余立已把此訊，用十萬火急的快馬，轉報敝幫主，敝幫主只要收到此訊，自會親身趕來。」

白鳳道：「本門出事，如若驚動到貴幫主，那就叫未亡人心中不安了。」

余立道：「夫人言重了，敝幫主對宗門主，一向是出於至誠敬仰，也把宗門主視為好友。」

成中岳道：「最難風雨故人來，余舵主此時此刻，駕臨無極門，真叫咱們感慨萬端，只可惜，咱們無法招待余舵主了。」

余立道：「二爺，這是什麼話，平時之日，余某人，也不敢隨便說什麼，此時此刻，余

某人，卻如骨鯁在喉，有一種不吐不快的感覺了。」

成中岳道：「什麼事？」

余立道：「敝幫主敬重宗門主，完全出自內心，而且，交代過在下，無極門如有需要丐幫之處，要在下全力以赴，水裡水中去，火裡火中行，不得有一點猶豫。」

成中岳道：「貴幫主，對本門這份情意，實叫人感激萬分。」

余立道：「二爺，這些事是敝幫主交代我的，我本來不該輕易說出來，但是患難見真情，余某人如不剖心直陳，只怕宗夫人和二爺，也不會接受我余某略效微勞的心意了。」

語聲微微一頓，接道：「復仇大事，有如泰山壓頂，不是余某人這身分可以談的，善後瑣事，余某人，可以挺身而出，迎月山莊劫後重建，復原需時，諸位總不能在這裡待下去，我已叫人在襄陽城中，找了一座宅院，諸位暫時搬過去，等山莊復建完全，夫人再返回原址。」

白鳳道：「迎月山莊，暫不復建了，我要把這裡暫做亡夫和七位無極門弟子的厝棺之處，等替他們報了仇，再行入土，那才是重建迎月山莊的時刻。」

余立道：「夫人說得是……」

白鳳回顧了成中岳一眼，道：「師弟，你看咱們是不是要搬到襄陽城中去？」

余立道：「夫人，二爺，余某是一片誠意，敝幫主很可能會在近日趕到，諸位返入城中，彼此都方便不少。」

白梅道：「鳳兒，余舵主說得不錯，無極門現在的情勢，必須要有一段時間休息，領剛生前，既然和丐幫有這交情，那就不用再推辭了。」

余立道：「這位是白老爺子吧？」

白梅道：「老夫白梅。」

余立道：「余立久聞白老爺子大名了，今日有幸一會。」

白梅道：「余舵主，你也不用客氣了，老夫和貴幫幫主，也曾見過幾次面，彼此雖然說不上什麼深交，但也談得十分投機，無極門目下正逢大變，劫後餘生，必須要養息一段日子，貴幫雪中送炭，存歿均感。」

余立道：「白老爺子，江湖前輩，武林高人，斷事論理，均非常人能及，還望老爺子作個決定，此地劫灰未淨，宗夫人需要休息，不宜久留，還是早些請到襄陽，先作一段時間小息。」

白梅道：「說得是理，鳳兒，你要如何，也該作個決定了？」

白鳳道：「成師弟，你的意下如何？」

白梅看得暗暗點頭，把事權交成中岳，那是逼他挑起這副擔子。

成中岳道：「小弟也覺得，咱們應該先安靜地養息一下，好好的想一想這些事情，咱們應該如何著手。」

白梅道：「對！中岳的想法不錯，這時候，咱們需要的是養息、冷靜。」

成中岳道：「師嫂，咱們已決定暫不重建迎月山莊，那就不用在此地多留了。」

白鳳道：「好吧！師弟全權決定就是。」

為了尊重掌門人的身分，成中岳特地和董川商量一番。

董川自然是不會反對。

余立眼看白鳳、成中岳都點了頭，心中很高興，道：「諸位也不用在這裡了，這裡的瑣事，交給我叫化子，今日就動身到襄陽如何？」

白鳳眼看到丈夫的棺木，已經放入了暫存屍體的坵中，嘆息一聲，道：「好吧！咱們今天夜裡就動身吧！」

那是用紅磚、白石堆砌的一座大靈坵，宗領剛和七個弟子的棺木，都放在靈坵之中。

白鳳放下了堵門的一塊白石，後退五步，盈盈跪拜下去。

成中岳、董川、楚小楓、余立，都跟著跪了下去。

白梅沒有跪下去，但也肅然而立，老淚暗垂。

這時，忽聽一個丐幫弟子，叫道：「幹什麼的？」

成中岳、董川、楚小楓聞聲而起，董川手中還扣了一枚鐵蓮花。

轉頭望去，只見一個頭梳雙辮的青衣少女，緩步行了過來。

她右手捏著辮梢兒，臉上是一片訝異詫色。

兩個丐幫弟子，已然攔在了那青衣少女的身前。

董川低聲道：「小楓，山林中那位姑娘。」

楚小楓道：「是她。」

董川道：「她來做什麼？」

楚小楓道：「大概是為了那些毒蜂的事。」

兩個丐幫弟子，攔住了那青衣少女，她卻是毫無懼色，笑一笑，道：「這裡發生了什麼事？」

完全是各說各話，答非所問。

董川低聲道：「小楓，走！咱們過去看看。」

楚小楓緊隨在身後行了過去。

青衣少女看到了楚小楓，高聲說道：「楚公子，這裡發生事情？」

楚小楓道：「是的，姑娘，這裡發生了大變，很多人被殺，房舍被燒。」

青衣少女呆了一呆，道：「很多人被殺，為什麼？」

她天真無邪，不知人間險惡事。

楚小楓心中忖道：「這件事，如若談起來，很難一下子解說清楚。」

想了想，只能用最簡明的辦法說出來。

心中念轉，口中緩緩說道：「來了很多的壞人，一陣亂殺，殺了我們很多的人，也燒了我們的房子。」

青衣少女的生活過得太單純，對死亡的觀念，似乎是很淡漠，哦了一聲，道：「那一天，你們去了四個人？」

楚小楓道：「是！」

青衣少女道：「現在，我只看到了兩個人，另外兩個人呢？」

楚小楓道：「他們死了。」

也許青衣少女認識宗領剛和宗一志，聽到他們的死亡，不禁發出一聲輕輕的嘆息，道：「他們都死了，唉！好可憐啊……」

舉手理一理鬢邊散髮，接道：「這該怎麼辦呢？」

楚小楓道：「什麼事啊？」

青衣少女道：「我要來問問你，找的胡蜂怎麼樣了，那些胡蜂，很重要，如若你們賠不出來，恐怕會……會……」

董川行了過來，接道：「會怎麼樣？」

那青衣少女對楚小楓似是有些凶不起，楚小楓既俊秀，又舉止斯文，說話和氣，很難叫人對他發火，董川為人嚴肅，語氣中有些威嚴，這就給了青衣少女發作的機會。

冷冷接道：「會要你們賠償，賠不出胡蜂，就要找殺死胡蜂的人。」

董川道：「殺死胡蜂的，是我師父，但他現在已經死了。」

青衣少女道：「你沒有死，那一天，你也在場，所以，賠不出胡蜂，就會抓你去抵償。」

董川一皺眉頭，想要發作，但話到口邊，卻又忍了下來。

白梅一皺眉頭，道：「什麼胡蜂？究竟是怎麼回事？」

董川道：「那一天，師父帶我們去練暗器手法，以胡蜂做靶，但卻沒想到，那蜂竟然是別人養的。」

白梅道：「有這等事？」

董川點點頭，把經過之情，很仔細地說了一遍。

白梅輕輕吁了一口氣，道：「小楓，你去跟那位姑娘談談，問清楚她的來意。」

楚小楓應了一聲，向前行了幾步，一抱拳，道：「姑娘，家師不幸，為人所暗算，我們正為此事，籠罩在一片哀傷之中，姑娘能不能把今日來此的用心，告訴在下？」

青衣少女道：「我就是怕你們忘了這件事，不知後果嚴重，特地趕來，告訴你們一聲，想不到，你們已經出了事，我還道拐伯伯胡說八道，想不到竟然真的被他猜對了？」

楚小楓道：「猜對了什麼？」

青衣少女道：「猜對了你們這裡出了事情了。」

楚小楓道：「哦！他怎麼知道呢？」

青衣少女道：「這我就不清楚了，他就住在那片樹林外面，每一個人，經過那片樹林時，他都能看到。」

這時，白梅已緩步行了過來。

成中岳跟白鳳，雖然沒有動，但卻在凝神傾聽。

楚小楓心中也有著很大的波動，但他卻盡力控制自己，緩緩說道：「姑娘，你那位拐伯，是怎麼樣一個人？」

青衣少女雖然涉世不深，胸無城府，但她卻聰明絕倫，笑一笑，道：「你們懷疑他麼？」

這等單刀直入的問法，使得楚小楓頗有招架不住之感，略一沉吟，才道：「不是懷疑他

什麼，只是覺著這件事很奇。第一、那一天我們穿越過一片樹林，但卻沒有見人，第二、他和先師素不相識，怎麼知道這件事情？」

青衣少女道：「你沒有留心聽麼？我叫他拐伯伯，他是個拐子，行動不便……」

楚小楓接道：「行動不便，如何能住在樹林之中？」

青衣少女道：「他住的地方好奇怪，是幾株連在一起的大樹，他很巧妙地在上面建築了幾個住處，而且，布置很多好玩的機關，但是不知內情的人，決不會看得出來……」

這分明是一位胸羅奇術的高人，所有的人，都聽得全神貫注。

青衣少女望了楚小楓一眼，接道：「他會相人術，也會給別人算命，而且算得準，可惜，他兩條腿都拐了不能行動，我常常幫他做事，所以我們處得很好，除了我之外，陪伴他的只有一頭白猿。」

白梅雙目中神芒一閃而逝，道：「姑娘，能不能帶我們去見他？」

青衣少女搖搖頭，道：「不行，他不會見外人，他告訴過，不許把他的事告訴別人，但我今天已經說出來了，心中好難過。」

楚小楓道：「他怎會知道先師遇難的不幸事？」

青衣少女道：「他看到過你們，我來這裡遇上他，告訴他來找你，他說，你師父恐已遇害，不讓我來，但我想到我來這裡，主要是來找你的，所以，還是來了。」

白梅低聲道：「小楓，試試看，請這位姑娘帶咱們去！」

楚小楓道：「姑娘，我知道你很為難，不過，我們實在想見見他，你能不能幫我們個忙？」

青衣少女低下頭，沉吟不語。

顯然，她已被楚小楓的請求所困擾，她不忍拒絕楚小楓，但又似有著不能帶人去的苦衷。

白鳳低聲道：「爹，你看她困惑，別難為人家了。」

白梅搖搖頭，道：「你不要多管。」

白鳳瞭解父親，既然這樣強人所難，必有原因，所以，不再開口。

楚小楓看到青衣少女的為難之情，心中亦是很感不安，嘆一口氣，道：「姑娘，你如實在有為難之處，在下就不勉強了。」

青衣少女緩緩抬起頭來，道：「只有你一個人去麼？」

白梅接道：「還有老朽。」

青衣少女道：「你也要去……」

長長吁一口氣，接道：「我看到了你們發生的事情，好悲慘、好淒涼，你們一定沒有時間，再去找些胡蜂了。」

楚小楓：「我們確有這個困難。」

青衣少女道：「但你們如不能交還胡鋒，歐陽伯伯，一旦動怒，只怕會造成很大的麻煩，這件事，只有拐伯伯有辦法。」

楚小楓道：「哦……」

青衣少女道：「我也想到了帶你去求求他，只是，我不知道他會不會幫你忙。」

楚小楓道：「你那位拐伯伯，和歐陽先生認識麼？」

青衣少女道：「應該認識的，不過，我從來沒有見他們說過一句話。」

楚小楓道：「姑娘有此好心，我們都很感激。」

青衣少女道：「好吧！我帶你們兩個去見他，不過，他的脾氣很壞，你們見了他之後，要多多忍耐一些。」

楚小楓道：「多謝姑娘指點。」

白梅輕輕咳了一聲，道：「鳳兒，領剛靈坵墓門已封，也不用留在這裡了，隨余舵主去襄陽城中，我和小楓去見見那位高人之後，就趕回襄陽。」

成中岳低聲道：「老前輩，要不要多去個人？」

白梅道：「不用了……」

放低了聲音，接道：「中岳，約束余立，不可把這件事說出去，那位姑娘說的人，可能是失蹤江湖三十年的拐仙，這人胸羅萬有，學究天人，尤其是對河洛神數、星卜奇術，研究的極是精深，能夠知人凶吉禍福，老朽四十年前，曾有過一面之緣，承他一句指點，使我躲過了一次大劫。」

成中岳道：「晚輩明白了，老前輩請去吧！」

在那青衣少女帶路之下，白梅和楚小楓到了樹林前面。

青衣少女道：「你們在這裡等等我，我先去告訴拐伯伯一聲。」轉身行入林中。

望著那青衣少女的背影，楚小楓有些擔心地說道：「老前輩，如若他不肯見咱們，那將如何？」

白梅道：「碰碰運氣吧！他如是堅持不見咱們，就算是咱們見到他，也是沒有用。」

楚小楓道：「怎麼，老前輩認識他麼？」

白梅道：「如是我沒有猜錯，他該是昔年名滿江湖的拐仙，三十年前春秋筆批評他一句玩弄數術，使他退出江湖，想不到竟然到了隆中來，過去，他被少林寺上一代掌門，迎接到寺中，事非他所願，因此留居三個月，他都不說一句話。」

兩個人談話之間，那青衣少女已經快步行了過來，道：「楚公子，拐伯伯答應你了。」

白梅道：「小姑娘，你提到老夫沒有？」

青衣少女道：「提到了。」

白梅道：「他怎麼說？」

青衣少女道：「他本不要見你的，是我苦苦求他，他才答應見你了，不過，他要我轉告你一句話……」

白梅接道：「慢著，他問我的樣子沒有？」

青衣少女道：「問過了。」

白梅道：「好！你說下去吧！」

青衣少女道：「他要我轉告你，和你見面之後，只准你說兩句話，所以，你要好好的想

了。」

白梅道：「好！老夫明白了。」

青衣少女帶著兩個人，向樹林之中行去。

楚小楓一行很留心，他想瞧出來，為什麼，上一次被人瞧見，自己卻無法瞧到別人，心中很不服氣，一進樹林，就不停地在轉動目光，四下瞧著。

青衣少女微微一笑，道：「你瞧不到他的，他隱身在濃密的樹葉之中，而且經常移動位置。」

楚小楓低聲道：「姑娘，一個人，在濃密的樹林中移動，難道就不會發出聲音？」

青衣少女道：「不會的，拐伯伯好瘦好瘦，再加上他很靈巧的設計，能夠不落聲音的移動身軀。」

楚小楓輕輕吁了一口氣，道：「原來如此！」

談話之間，已到了一株大樹之下。

青衣少女指指那棵大樹，道：「咱們在這裡等。」

楚小楓望望那棵大樹，道：「他就住在這棵大樹上麼？」

青衣少女高聲叫道：「拐伯伯，我們在這裡。」

但聞刷刷一陣響動，一個用軟籐編成的小坐兜，滑到了大樹下面。

青衣少女笑一笑，道：「楚公子，坐上去。」

楚小楓哦了一聲，坐上籐兜。

青衣少女道：「拐伯伯說過，坐上了籐兜之後，人一定要閉上眼睛，籐兜才會移動，一直要等籐兜停下來，才能睜開眼睛。」

楚小楓心中明白，定是對方擔心破了機密，但他仍然把眼睛閉了起來，而且閉得很認真，閉得很緊。

籐兜開始上升、轉動，感覺中，似乎是還經過了不少的起伏，才停了下來。

直到籐兜停穩，楚小楓才睜開雙目。

只見停身處，在一處枝葉茂密叢中，四顧不見景物。

眼前卻橫有一根木樁，一個淒冷的聲音，傳了過來，道：「走過來。」

楚小楓行過木樁，只見盡頭處是一座小小的木屋。

那是樹枝在粗大的樹幹上排成的木屋，裡面放著五張矮小的木凳子，正中一個小木凳上，坐著一個枯瘦的老人。

長袍掩遮了雙膝、雙足，但他的面目，雙臂、雙手，卻是清楚可見。

但見他緩緩舉手，一拂顎下的白色長髯，低聲說道：「你叫什麼名字？」

楚小楓道：「晚輩楚小楓。」

白髯老人道：「你是無極門中弟子？」

楚小楓道：「是！」

他已從青衣少女口中，知曉這老人不喜多言，所以，答話盡量簡短。

瘦老人道：「你師父宗領剛死了沒有？」

楚小楓道：「死了，無極門中弟子，死了七個，失蹤三人，只餘下在下和大師兄董川。」

瘦老人冷哼一聲，道：「宗領剛太重功業，不知修身之道，損他的壽元。」

話說得不客氣，但卻很中肯。

楚小楓只覺無法接口，只好默不作聲。

瘦老人道：「小娃兒，你可是不服老夫的批評？」

楚小楓道：「不是，晚輩只覺著老前輩語含玄機，不知如何答言。」

瘦老人笑一笑，道：「答的好，宗領剛如若有你一半柔性，也不會招得今日之禍了，但他求仁得仁，風範足可傳揚武林，死也死得值得了。」

楚小楓道：「先師公正、仁慈、宅心忠厚，致遭宵小算計……」

瘦老人接道：「他雖死得早一些，但卻留下了英名，功過是非，自有春秋筆去評論，咱們不談這個了……」

話鋒一轉，道：「小娃兒，你看看老夫，和常人有何不同之處？」

這句話突如其來，楚小楓打量了瘦老人一眼，道：「晚輩眼拙，實在瞧不出什麼。」

瘦老人道：「一臉死氣，命不久長。」

楚小楓又打量那瘦老人一眼，道：「晚輩實在瞧不出來，老前輩活得很好啊！」

瘦老人道：「要死的人，臉上必會出現一股晦死之氣，但如人人都能瞧得出來，老夫如何還能被人稱做拐仙？」

楚小楓道：「你真的是三十年前名滿江湖的拐仙？」

瘦老人道：「如假包換的拐仙黃侗……」

輕輕嘆息一聲，道：「玉丫頭說出了我的形貌，白老頭子，猜出我的身分，是麼？」

楚小楓道：「老前輩如同目睹，情形確實如此。」

黃侗道：「小娃兒，你可知道，老夫為什麼非死不可？」

楚小楓真的愣住了，一個人該死了，還有死的原因，如能預知原因，豈不是可逃避死亡之劫麼？

那是太玄虛的事情，世上沒有永遠不死的人。

黃侗道：「小娃兒，你怎麼不說話了？」

楚小楓道：「晚輩不知如何接口，一個人，能預知死亡，已經洞曉天機，這太高深了，晚輩胸中所有，實在無法貫通。」

黃侗哈哈一笑，道：「可教啊！孺子，你相信有天機麼？」

楚小楓道：「冥冥之中，若有一個主宰，那是視之不見，觸之不在，是佛曰因果之論，或是道家的消長之機，或是俗眾之說的善惡報應，晚輩無法論斷，但綜合三說，大同小異，這是不是天機呢？」

黃侗笑一笑，道：「似是而非，三聖制易，窮通天地萬物，可參可用者，為之機，這本書，深奧博大，窮一人畢生精力，也無法研究透徹，不過，只要能研究入路，那就夠一個人終

身受用不盡了。」

楚小楓道：「老前輩之論博深，晚輩恐怕很難領悟。」

心中卻在暗暗忖道：「白老前輩也該到了。」

黃侗笑一笑，道：「小娃兒，老夫弄了一點小小的機關，咱們之間的書談完了，他們很快就到。」

楚小楓聽得一怔，暗道：「無怪春秋筆批評玩弄數術，這麼的精巧、沉深，確是可怕。」

心中念轉，口中說道：「老前輩，要和晚輩說什麼，請明白吩咐，語含玄機，晚輩實在聽不明白。」

黃侗道：「好！我們明白點說，老夫的大限，就在這十日之內，我雖然活了很大年紀，但是還不想死，再說，我一生研究天機，也希望憑仗我胸中所學，躲過這一次死亡的劫難。」

楚小楓道：「哦！」

黃侗道：「老夫察天象、卜神卦、排奇門、推算數，發覺了我還有一分生機，但必需相助有人，才能躲過劫難，那助我之人，就應在你閣下的身上。」

楚小楓道：「老前輩學究天人，胸羅神術，無法救得，我有什麼能力助你？」

黃侗輕輕嘆息了一聲，道：「我躲了三十多年，韜光養晦，也借機採藥補神，養我生機，自然，你此番助我，老夫也不會白白受你之助，必有一番重重的酬謝。」

楚小楓道：「晚輩如若真有這個能力，自願為前輩效力，酬謝不敢當得。」

黃侗道：「第一，你必須答應在此地十日，這十日之內，一切聽老夫的吩咐行事。」

楚小楓沉吟了一陣，道：「好！晚輩答應，還有什麼吩咐？」

黃侗道：「我如難抗天命，不幸而死，你要遵我遺囑，辦完我的後事。」

楚小楓道：「好，晚輩從命。」

黃侗笑一笑，突然伸手牽動了座椅下面一根青籐。

但見籐兜游空而來，上面坐著白梅。

白梅謹記那青衣少女之言，進屋落座，一語不發，連招呼也未打一個。

黃侗輕輕咳了一聲，先行開口：「那丫頭留在下面守望，你們有什麼話，可以說了。」

白梅點點頭，仍是不肯開口。

楚小楓道：「白老前輩，這位黃前輩要在下守在此地，留居十日，幫他辦點小事，不知是否可以？」

白梅仍然沒有答話，卻把目光轉注到黃侗身上，仍然未開口。

他只能說兩句話，太珍貴了，每一句都必須要說得針針見血。

楚小楓仍然不明白兩個人是怎麼回事，只好說道：「兩位，有什麼話可以說了。」

黃侗笑一笑，道：「白梅，你可以多說兩句話，請開口吧？」

白梅吁一口氣，道：「你早知道宗領剛要死？」

黃侗道：「嗯！我看到他臉上的死氣。」

白梅道：「為什麼不救他？」

黃侗道：「天意如此，你要我逆天而行？」

白梅嘆息一聲，道：「我已看透了生死，不想再問自己的吉凶、禍福，我想請教一件事，宗領剛的聲譽如何？是不是不值得你救他？」

黃侗道：「易卜之說，以宗領剛目下的成就，豈肯相信我一句話，徒洩天機，於事何補？」

白梅道：「原來如此，老夫話已說完了，就此別過。」

黃侗怔了一怔，道：「白梅，要我指點你兩句？」

白梅道：「不用了，上一次，承你指教，使我躲過一劫，但那兩年，我過得很不安，如今，我已年過古稀，生死早已不放在心上，只望死得值得，死得心安。」

楚小楓道：「老前輩，我能不能留下來？」

白梅道：「可以，不過，你要先問他胡蜂如何尋得？十天後，我來接你。」飛身而下，消失不見。

黃侗呆呆望著門外出神，半晌不發一言，神色間一片肅然。

楚小楓道：「老前輩，你有什麼吩咐，可以吩咐在下了，不過，我……」

黃侗接道：「你有一點條件，希望能交還給歐陽老怪物的毒蜂？」

楚小楓：「是！約是先師所訂，師父既死，我們做人弟子的，應該替他履約。」

黃侗點點頭，道：「我會幫你解決這個煩惱。」

楚小楓道：「好！我的事情已完，老前輩要在下助你，可以吩咐了。」

黃侗緩緩由身上取出三個錦囊，道：「上面有編號，由今天算起，第三天中午時，拆第一號，第五天拆第二號，第七天拆第三號，按上面記述行事。」

楚小楓接過錦囊，道：「晚輩都記下了，但先師和歐陽先生之約，要如何踐履，還望老前輩指點指點。」

黃侗點點頭，由懷中取出一個玉瓶，道：「去吧！把這玉瓶交給歐陽先生，他就不會再追究毒蜂的事。」

那是一只白色玉瓶，楚小楓接過之後，在手中把玩一陣，道：「老前輩，這裡面是什麼？」

黃侗道：「是藥物。」

楚小楓道：「晚輩可不可以打開瓶蓋瞧瞧？」

黃侗道：「可以，你打開吧！」

楚小楓打開瓶蓋，凝目望去，只見小玉瓶中有半瓶白色粉末。

那玉瓶只不過如一個拇指大小，半瓶藥物，量極有限。

黃侗道：「孩子，放心吧！這些藥物已足夠他賞心悅目了，不過，歐陽老怪是個很吝嗇的人，你要好好地敲他一記。」

楚小楓道：「敲他一記什麼？」

黃侗道：「他有一種奇奧的武功，叫做接力手，是卸字訣中，最高的成就，也是歐陽老怪傲視江湖的武功，能夠接力、發力，你要他傳授給你。」

楚小楓苦笑一下，道：「黃前輩，那既是人家的絕學，豈肯輕易傳授？」
黃侗道：「這瓶藥物，就是迫他就範的條件了。」
楚小楓道：「乘人之危，這件事，叫在下如何開得了口。」
黃侗道：「孩子，開不了口也得開……」
楚小楓接道：「為什麼？」
黃侗道：「因為，這接力手，對你日後振興無極門，為師報仇的幫助很大，孩子，你要明白，歐陽老怪重出江湖的機會不大，縱然偶爾現身一次，也不過一現即隱，你不學他這武功，很可能使這接力手就此失傳。」
楚小楓道：「他沒弟子和家人麼？」
黃侗道：「小楓，這等絕技奇功，不是人人都可以練的，他雖然有個兒子，但不是練武的材料。」
楚小楓沉吟了一陣，道：「如若練這武功，不是為了晚輩個人，晚輩倒願試試！但那歐陽前輩如是不肯答允呢？」
黃侗道：「這就要用手段了，你師父答應的約定，不是你答應的，這半瓶藥物，即是交換他的接力手法，也是替你師父履約的條件。」
楚小楓沉吟一陣，道：「晚輩試試吧！」
黃侗道：「孩子，咱們後天再見，你去吧。」
楚小楓仍然坐著軟兜，行了下去。

軟兜停處，那青衣少女早已在樹下等候。

青衣少女道：「楚公子，拐伯伯和你說些什麼？」

楚小楓道：「他給了半瓶藥物，咱們去見歐陽先生去吧！」

青衣少女似是對拐仙黃侗有著無比的信任，笑道：「好！我帶你去……」

一面舉步而行，一面接道：「歐陽伯伯和拐伯伯處的很不好，他們兩個人，做了很多年的鄰居，但我卻從來沒有見他們說過一句話。」

楚小楓道：「哦！」

青衣少女笑一笑，接道：「聽說歐陽伯伯，曾和拐伯伯吵過一次架，不過，我沒有看到。」

楚小楓嘆息一聲，道：「歐陽老前輩，可有門人、弟子？」

青衣少女道：「歐陽伯伯有一個病人，很奇怪的病，我不知道他幾時病的，也不知他多大的年紀，因為，他一直躺在一個山洞中，沒有出來過。」

楚小楓道：「你沒有進過那座山洞麼？」

青衣少女道：「沒有，歐陽伯伯不讓我去。」

楚小楓嘆口氣，道：「想不到，這座樹林，這座僻靜的山崖下面，住了這麼兩位風塵奇人，我們近在咫尺，竟然不知道。」

青衣少女眨動了一下大眼睛，道：「他們為什麼住在這麼一個地方呢？……」

輕輕吁一口氣，接道：「楚公子，就我所知，這裡除了拐伯伯、歐陽伯伯之外，還有其

他人，可惜我不認識他們，也不知道他們的姓名、身分。」

楚小楓道：「姑娘，你貴姓？又怎麼會住在此地呢？」

青衣少女笑一笑，道：「其實說起來，我並不知道我自己的姓名，我只是人家收養的一個可憐人罷了。」

楚小楓哦了一聲，道：「姑娘和什麼人在一起生活呢？」

青衣少女道：「我養母。」

楚小楓道：「你養母姓什麼？現在何處？」

青衣少女道：「我養母已經死了三年，就埋在那邊的山崖下面，留給我一間茅舍。」

楚小楓道：「哦！」

只覺這青衣少女的身世十分淒涼，想說幾句安慰之言，又不知從何說起。

青衣少女回視楚小楓一眼，道：「養母死了，我就一個人，生活在那座茅舍之中，拐伯伯、歐陽伯伯，他們雖然是相處不好，但對我都很照顧。」

楚小楓道：「你會不會武功？」

青衣少女道：「會。」

楚小楓道：「什麼人傳你的武功？」

青衣少女道：「我養母傳我的武功，還有歐陽伯伯，也常常指點我，拐伯伯有時候，高興了，也會傳我兩招。」

楚小楓道：「這麼說來，姑娘的武功很高明了？」

青衣少女道：「我不知道，我從來沒有和人家打過架。」

楚小楓沉吟了一陣，道：「咱們去找那位歐陽先生吧！」

青衣少女很溫柔地笑一笑，道：「好！我給你帶路。」

楚小楓道：「姑娘，見著歐陽老前輩時，由我說話。」

青衣少女點點頭，道：「楚公子，我和你在一起時，都聽你的就是。」

帶著楚小楓行過樹林，到了一座山崖下面，高聲說道：「歐陽伯伯，有人找你來了。」

但見人影一閃，兩丈多高的險崖上，突然飄落下一個人影。正是楚小楓見過的那個灰衣老者。

青衣少女道：「歐陽伯伯，這位楚公子有事找你。」

灰衣老者哦了一聲，道：「你是無極門中人？」

楚小楓道：「在下代師赴約而來。」

灰衣老人道：「令師為什麼不來？」

青衣少女道：「他師父死了！」

灰衣老者怔了一怔，道：「什麼時候的事？」

楚小楓道：「兩天之前。」

灰衣老者道：「無極門中，只餘下你一個人？」

楚小楓道：「留下了四個人，幾個失蹤的人，也許還活著，但我無法預料。」

灰衣老者道：「那一天你在現場？」

楚小楓：「是。」

灰衣老人道：「你師父答應我的毒蜂，我可以既往不究。」

楚小楓道：「你知道，我們沒有找到那毒蜂的時間，那要到很遠的地方。」

灰衣老人道：「但令師卻認為這是一件很容易的事，他有身分、地位，所以，我任他離去，我相信，他不會跑，但我卻沒有想到他死了！」

語聲一頓，接道：「不過，他還有個弟子，替他赴約……」

楚小楓接道：「原來，你放我們走，早已有陰謀。」

灰衣老人道：「娃兒，陰謀這兩個字，用得不太妥當，難道要老夫當時殺死你們不成。」

楚小楓嘆息一聲，道：「在下初入江湖，想不到江湖給我的印象，竟是如此的險惡。」

灰衣老人道：「江湖上，本就是險惡重重，娃兒，你代師赴約而來，準備如何向老夫交代？」

楚小楓道：「不！現在我改變心意了。」

灰衣老人道：「改變心意？」

楚小楓道：「是！先師臨死的時候，也沒有交代過我替他赴約，我來了，只是為了盡一份我做弟子的心願，想不到，江湖上太險惡，我也用不著這麼和人講信義了。」

五　寶鼎玄機

灰衣老人冷笑一聲，道：「你既然來了，不交代清楚，就想回去麼？宗領剛死了，但你們無極門還有活著的人，活著的，應該給老夫一個交代。」

楚小楓暗暗忖道：「看來，黃侗說得不錯，這位歐陽老人，縱然不是壞人，也是個很怪癖的人物，只知有己，不知有人的人。」

這一刻，他體會到很多事，也體會到江湖上的險惡，使他感覺了江湖上的生涯，不能夠太以誠待人，有時候，必須要隨機應變。

心中念轉，他決心開始利用自己的智慧、心機，進入江湖。

忽然間，想到師父臨死之前，把自己逐出門牆的事，確然可以解去了很多的束縛，對自己方便太多了。

灰衣老者似乎是已經等得不耐，冷笑一聲，道：「年輕人，你聽到老夫的話麼？」

楚小楓道：「聽得很清楚。我不用交代，訂約的不是我，先師死亡之時，也沒有交代過，我向閣下如何交代呢？」

灰衣老者怒道：「小娃兒，你敢戲弄老夫？」

楚小楓道：「老前輩，言重了，在下並未戲弄老前輩。」

青衣少女道：「歐陽伯伯，楚公子是一個很好的人。」

灰衣老者冷哼一聲，道：「佩玉，不要管這件事，走開去。」

青衣少女道：「歐陽伯伯，他真是好人，你不能打他。」

楚小楓揮揮手，道：「姑娘，你去吧！我要和歐陽先生好好談談。」

對楚小楓的話，青衣少女似是完全聽從，真的轉身而去。

灰衣老者冷笑一聲，道：「小伙子，說！你準備怎麼辦？」

楚小楓道：「這應該晚輩向你請教的。」

灰衣老者道：「如你師父不能守約，那就由他補償。」

楚小楓道：「補償，怎麼一個補償法？」

灰衣老者道：「宗領剛殺了我數百隻巨蜂，如是他賠不出來，我要他一條命，不算多吧？」

楚小楓道：「先師如若在世，他決不會賴帳，可惜他老人家遇害了。」

灰衣老人道：「他遇害了，但宗夫人還活著，就算是他的家人死光了，他門下弟子還活著。」

楚小楓嘆息一聲，道：「在下也是他的弟子。」

灰衣老人道：「所以，你也要補償。」

楚小楓搖搖頭，道：「歐陽先生，江湖上有一句話，人死不計仇，家師已經死了，你又何苦咄咄逼人？」

灰衣老者冷笑一聲，道：「你可以走……寃有頭，債有主，宗領剛死了，但他的夫人還活著，我還找不到你，你可以走了。」

這個人，也並非全不講理，只不過，他講的是自己的理。

楚小楓吁一口氣，道：「歐陽前輩，本來，我也覺著，我們欠你一份情，也確有補償之心，但現在，我的想法變了。」

灰衣老者道：「你變了，變得怎麼樣？」

楚小楓道：「變得少去了那份歉疚之心，現在，撇開家師和你之間的約定不說，我要和你談一筆交易。」

灰衣老者冷哂一聲，道：「你和我談什麼交易？」

楚小楓吸一口氣，暗作戒備，右手拿出玉瓶，道：「老前輩認識這個麼？」

灰衣老者淡淡說道：「一個玉瓶？」

楚小楓道：「是！一個玉瓶。」

灰衣老者道：「那瓶中放的是什麼？」

楚小楓心中一動，忖道：「他要的是瓶中藥粉，這玉瓶，他自然不會稀奇了。」

心中念轉，打開瓶塞，倒出少許金色的粉末，放在不遠處一堆大石頭上。

冷冷說道：「歐陽前輩如是能識得藥物，那就不妨過去瞧瞧。」

灰衣老者緩步行了過去，伸出食指沾起石上白粉，聞了一聞，臉色突變，道：「萬應生肌散。」

楚小楓忖道：「原來，這叫做萬應生肌散。」口中卻說道：「不錯，老前輩認識。」

灰衣老者突然一個轉身，撲了過去，右手一探，抓了過去。

楚小楓右手一沉，疾退五尺，冷冷說道：「你聽著，你如存搶奪之心，我就擊碎玉瓶，使瓶中的藥粉，撒在土中。」

灰衣老者呆了一呆，道：「你，你有什麼條件，說！」

楚小楓道：「第一，咱們無極門和歐陽先生所有的約定、仇怨，一筆勾銷。」

灰衣老者道：「這個自然。」伸手向玉瓶抓去。

楚小楓又向後退了一步，道：「還有第二……」

灰衣老者接道：「快說下去。」

楚小楓道：「聽說你會一種武功……」

灰衣老者接道：「老夫會的武功很多。」

楚小楓道：「我只要你一種。」

灰衣老者道：「你要學什麼武功？」

楚小楓道：「接力手！」

灰衣老者呆了一呆，道：「接力手，你怎麼知道老夫會接力手？」

楚小楓道：「這個，咱們不談，只問你會不會接力手這門武功。」

灰衣老者道：「會！這是老夫獨步江湖的奇技，只此一家，別無分號。」

楚小楓道：「那很好，不過話要先說明白，接力手我要學，但這只是交換藥物的條件，我們之間，沒有傳藝之情，在下也不會感激你。」

灰衣老者身上長衫無風自動，臉上是一片冷肅之色，緩緩說道：「好！老夫傳你接力手，不過，你這點年紀和內功成就，只怕無法在短期之內學會接力手法，所以，我要你先把藥物交給我。」

楚小楓道：「你能忍受很長一段日子，想來，也不在乎多一、兩天，至於在下的修為功力，老前輩儘可不用費心，在下要學的，只是你的接力手的手法要訣，不是要練內力，也許我學會你手法之後，還要三、兩年才能施用出來。」

灰衣老者突然笑一笑，道：「你這小娃兒，這幾句話說得倒還有些道理，接力手法，不是憑仗才慧就可速成的武功，我看得出你的天份很高，也許老夫這接力手法的奇技，你就是衣缽承繼之人。」

楚小楓輕輕吁一口氣，道：「老前輩……」

灰衣老者搖搖頭，接道：「現在，我立刻傳你心法，這手法最重要的是，把內力化成一股旋轉的暗勁，承受下敵人的千鈞之力，等你練到了一定的境界，就會把那股力道引作己用，攻向別人，這是天下最奇奧的武功之一。」

兩人經過這一陣交談之後，彼此之間的敵意，消退了不少。

楚小楓吁一口氣，道：「老前輩，這心法很難學麼？」

灰衣老者道：「不容易，但如遇上了極聰明的人，那也許學得很快，最重要的是，把內力反運出去，化成一種旋轉之勁。」

忽然間，灰衣老者似乎產生了一種急欲傳授武功的行動，笑一笑，道：「孩子，來，咱們現在就開始。」

楚小楓從來沒有這麼用心過，學習一件，那實在是很難運用的一種心法。

灰衣老者傳得很用心，楚小楓學得也很認真。

只不過兩、三個時辰，楚小楓竟然已完全體會出了個中的要訣。

灰衣老者有些大感驚異地說道：「孩子，你自己做一遍給我瞧瞧。」

楚小楓應了一聲，依照那灰衣老者傳授，做了一遍。

灰衣老者大感驚異地說道：「成了，我想至少要三、五天，才能使你學會的事，想不到你竟然幾個時辰就學會了，你的聰慧出乎我的意外，內力的深厚，也出乎了我的意外，孩子，早知如此，就算沒有交換條件，我也會傳給你。」

楚小楓心中忖道：「人性本善，盜亦有道，這個人，並非是凶惡之人，只是有些怪癖罷了。」

站起身子，緩緩把玉瓶交給了灰衣老者，道：「老前輩，多多保重，晚輩告辭了。」

灰衣老者黯然一嘆，道：「當心拐子，他胸羅玄機，手握智珠，只是他心地太壞了。」

楚小楓心頭一震，停下腳步，道：「老前輩是說……」

灰衣老者道：「我說的拐子黃侗，這個人，才高八斗，學富五車，只可惜，他不具慧根，生性冷酷，你要當心一點。」

楚小楓道：「多謝指點。」轉身向前行去。

灰衣老者望著楚小楓的背影，嘆息一聲，道：「好一副練武的材料。」

經過一番鬥智，楚小楓發覺了歐陽先生只是生性怪癖，並不是一個真正的壞人。

他沒有太多的時間，也不願捲入歐陽先生和拐仙等的恩怨之中。

所以，他沒有說一句感激的話，匆匆離開。

楚小楓也沒有去見黃侗，在樹林中找了一個隱蔽的地方，開始練習那接力手法。

那青衣少女到處找他，而且，不停地高聲呼叫。

但楚小楓心中瞭解，此刻時間對他的重要，他必須要利用這一日夜的時間，把接力手法的奠基工作完成。

他沒有答理，裝作沒有聽到，一直靜坐運功。

他感覺丹田的真氣，果然在歐陽先生傳授的訣竅下，能夠倒運，能夠發出兩種的力量，形成一股旋轉的暗勁，心中驚喜莫名。

他證實了一件事，歐陽先生沒有騙他。

直到和黃侗約會的時間，他才從密林中行了出來。

那青籐軟兜，早已經停在了樹下，楚小楓扯動了軟兜上的機關。自然，這都是黃侗先行告訴他的辦法。

軟兜在樹間空隙中穿過，行過兩重濃密枝葉的掩護，到了小室面前。

只見拐仙黃侗雙目緊閉，仰臥在樹幹鋪成的地板上。

楚小楓吃了一驚，暗道：「難道真的是天命難違，他自己做了了斷？」

行上前去，伸手一摸黃侗的鼻息，氣息似是已經斷去。但楚小楓感覺之中，黃侗好像還沒有死。

這一刻間，楚小楓竟然無法決定，拐仙黃侗，是否已經死去。

暗暗吁一口氣，暗道：「這拐仙黃侗，當真是詭異得很，生死是如何容易分辨的事，他竟然能使你沒有法子分辨清楚。」

凝目思索了片刻，摸出身上的一號錦囊，那正是今天打開的日子。

楚小楓拆開了一號錦囊，只見上面寫道：「老夫已口不能言，目不能視，氣若游絲，雖未死，實已入死亡狀態，請用身後小木箱中，黃綾十尺，包起身軀，東行五里，出此密林，林外有一峭壁，攀升至十丈處，見一黑色巨石，上面寫有仙居二字，運功力，用一指在字上力描，自開門戶一處，可見幽洞，洞深十丈另六尺，曲轉三次，見一石室，室有一燈，可見景物，中有巨型石鼎一座，把老夫置於鼎中，守候鼎側，以防外界侵擾。」

這個錦囊，寫得十分清楚，完全沒有研商餘地，楚小楓只有照著錦囊的吩咐行事。

找出十尺黃綾，包起來了像死、又像未死的黃侗，依照吩咐行事。

果然是早已經過的精密策劃，一路上所經、所見的景象，和錦囊中吩咐，完全一樣。

找到了那個山洞，以及後面的石室。果然在大廳正中放著一只巨鼎。

不知是什麼石頭做成的石鼎，楚小楓伸手摸去，只覺那石頭入手光滑，使人覺著有一種油潤、溫暖的感覺。

石鼎之中，還冒著淡淡的輕煙。

不知道那是什麼東西，撲入鼻中，有一種清香的感覺。

這座石鼎很怪，分為兩層，上面一層平滑光整，而且還鋪著很厚的毛氈。下面一層，溢出一種淡淡的青煙。

楚小楓把黃侗放入石鼎之中，剛好可以露出來一個頭。

似乎是這座石鼎，專門用來放黃侗之用，一切都和他的身材配合。

放好了黃侗，楚小楓才抬頭回顧了一眼，目光落到那盞長明燈上。

那是經過精心設計的一盞燈，水晶作罩，下面石壁中伸出一個燈芯，那水晶燈罩上，開了很多的小孔，以通空氣，但那燈芯卻不知是何物做成，竟然不用人撥動。

室中的光亮，並不太強烈，但隱隱可以看清楚室中的景物。這座石室，除一座石鼎和長明燈外，再無其他的東西。

本來，這地方，帶著一種古色古香的味道，但加上了黃侗像是已經死了的人，黃綾包裹著的身軀，坐在石鼎中，立刻使得情形變得十分詭異，使整個氣氛，都有了很大的改變。

打量過了整個石室的情形之後，楚小楓開始考慮自己，還有兩天的時間，才能拆閱第二個錦囊，這一段時間，是不是就守在這座石室之中呢？

一番沉思之後，決定留下來，這是一個很好的機會，他可以在這裡好好用一番功，練習好那接力手的手法。

兩天過去了，楚小楓陶醉在接力手法之中，忘記了饑餓，忘記了疲勞。直待他感覺到接力手法，已完成了奠基成就，才停了下來。

這一停，立刻感覺到腹中饑腸轆轆，十分難耐。站起身子，快步向外行出。

他為人冷靜，對事情的輕重緩急，都看得十分清楚，所以，他不希望在這時刻中，見到任何人。

這地方太靜了，正是練武的好機會，而且是必須留此，心中出奇的寧靜。

他要停下來看，看到一個結果出來。

他小心翼翼地離開了石室，離開了山洞，一直隱蔽著。

弄得了一些山果，打了一隻山雞烤好，仍然十分小心地行了回來。

黃侗的設計很好，人離山洞之後，洞口仍被封閉了起來。

不知內情的人，縱然由山洞口處行過，也無法瞧得出來。

楚小楓的顧慮沒有錯，他看到一個青衣少女的身影在山崖下奔行。輕輕嘆息一聲，楚小楓隱起了身子。

那青衣少女似是找人，片刻以後，轉向別處。

楚小楓回到了山洞之中。

這已是拆閱第二號錦囊的日子。

第二號錦囊中，也是一封素箋，只見上面寫道：「你如若還守在這座石室之中，請開石鼎下面兩扇活動的小孔，室中的香氣更濃，助我度過此難，老夫必有重酬，請等候拆閱第三個錦囊。」

這素箋之上，寫的甚是簡單，但卻隱隱揭示了第三個錦囊的重要。

楚小楓伏下身子，在石鼎下面尋找。果然，在石鼎之下，找到了兩個活紐，轉開活紐，立刻有更為濃重的煙氣，冒了出來。

石室中，立刻瀰漫著一種撲鼻的香氣。

可能黃侗早已計算過這石室中的通風能量，煙氣雖然增加了很多，但楚小楓卻沒有不舒暢的感覺。

望著石鼎中的黃侗，楚小楓心中泛起了重重疑問，忖道：「這黃侗為什麼要安排這樣一個逃避方法，他在避什麼難？或是在治療什麼疑難病症。」

「一個人如是真有大限，這樣的逃避之法，就能夠避開麼？」他心中有著太多的疑問，也引起了心中更多的好奇。

他繞室游走，仔細地檢查了石室一遍，發覺那長明燈，有著明顯的人工雕琢痕跡。那是說，人可在石壁上鑿一個石洞，蓄了燈油，使這盞燈，能夠燃燒到預計的時間。

楚小楓目光又轉到石鼎之上。

可疑的是這座石鼎，是什麼石質雕成，那底層的煙氣，又是在燃燒些什麼？黃侗是衰老？抑或是病傷？還是他故意服用了一種藥物，使自己暈迷過去？

如是一旦外物入侵，對黃侗是否會有很大的影響？

想到外物入侵，楚小楓突然聽到了一陣步履之聲，傳了過來。

這一驚非同小可，急急轉過身子。只見一個全身黑衣的老者，當門而立。

這老者的個子不高，看上去，有點像黃侗的樣子，但比黃侗稍微胖了一些。

楚小楓吸了口氣，道：「你是什麼人？你怎麼進來的？」

黑衣老人冷冷道：「老夫正要問你，怎麼進來的？」

楚小楓呆了一呆，道：「我知道開啟之法，自然容易進來。」

黑衣老者道：「開啟之法，什麼人告訴你的？」

目光轉到了拐仙黃侗的身上。

楚小楓意識到事情不簡單了，哦了一聲，道：「這就不用你管了。」

黑衣老者突然仰面大笑起來。

楚小楓借機會鎮靜一下心情，吸一口氣，緩緩說道：「閣下笑什麼？」

黑衣老人突然停住了笑聲，道：「這本來是我的地方，我離去了三年，想不到地方被人佔了，而且，還喧賓奪主，問起老夫來了。」

楚小楓暗暗忖道：「黃侗雖然在此地住了很久，但他雙腿殘廢，行動不便，這雖然是一座天然的石洞，但那裡面的布置，也不像一個殘疾人容易辦到的，除非他有幫忙的人，莫非這座石洞，真是這黑衣老者所有，唉！他離去了三年，卻在這時候不早不晚的回來了，三年和十天，簡直不成比例，但巧的是，這個三年不回來，偏偏在黃侗借用這石室十天中的第八天，他

回來了，難道真如拐仙黃侗所言，大限難逃？」

如若這是大限，楚小楓現在就是掌握契機的人，冥冥之中，如真有一種力量，可以主宰人生，目下，楚小楓就變成了那一種力量。

他想得入神，一時間，竟然忘記回答那黑衣老人的話。

黑衣老人輕輕吁一口氣，接道：「小娃兒，你在想什麼？」

楚小楓緩緩說道：「在想老前輩的話。」

黑衣老者道：「你不相信老夫？」

楚小楓道：「老前輩，你可認識那位坐在石鼎之內的人？」

黑衣老人凝目打量了黃侗一眼，道：「這個人，老夫似是見過！」

楚小楓道：「老前輩，可記得在哪裡見過他？」

黑衣老人道：「好像就在左近……」

突然臉色一變，冷冷接道：「住口，你這小子，對老夫如此口氣，有如過堂一般，是何用心？」

楚小楓笑一笑，道：「晚輩只在求證一件事。」

黑衣老人道：「什麼事？」

楚小楓道：「這石洞究竟是何人所有？」

黑衣老人道：「自然是老夫所有了。」

楚小楓道：「那座石鼎呢？」

黑衣老人道：「自然也是老夫所有。」

目光轉到那長明燈上，接道：「這座長明燈，就不是老夫所有的了。」

楚小楓道：「那鼎下不停冒出的煙氣，又是什麼呢？」

黑衣老人道：「這個，也非老夫安排的。」

楚小楓道：「老前輩，這座石鼎，是不是很寶貴？」

黑衣老人點點頭，道：「如非這座石鼎，老夫也不會回來了……」

語聲一頓，接道：「這座石洞，老夫可以給你們，但那石鼎，老夫要，立刻把你的朋友抱下來吧！」

楚小楓回顧了拐仙黃侗一眼，忖道：「莫非真的是大限難逃……」

黑衣老人冷冷說道：「雀巢鳩佔，老夫可以不怪你們，但這石鼎，乃老夫費盡心血得到之物，老夫要馬上帶走！」

楚小楓嘆息一聲，道：「老前輩，你瞧到沒有？那石鼎中放著一個人。」

黑衣老人道：「老夫瞧到了，才讓你把他抱下來。」

楚小楓道：「他是一個病人。」

黑衣老人道：「老夫知道，他如是沒有病，那就不會坐在石鼎中了。」

楚小楓道：「老前輩，你既然知道了他有病，為什麼要把他抱下來？」

黑衣老人道：「因為，老夫也要用這個石鼎。」

楚小楓道：「做什麼用？」

黑衣老人道：「老夫也要救人，小娃兒，你可知道，救人如救火麼？片刻也不能多等。」

楚小楓一皺眉頭，道：「這個，你可曾算過這筆帳？」

黑衣老人道：「算什麼帳？」

楚小楓心中暗道：「看來，星卜劫數之說，實在是不能不信了。」心中念轉，口中卻說道：「他如離開這座石鼎，可能立刻會死？」

黑衣老人道：「老夫如若不帶走這座石鼎，老夫那位朋友也可能死了。」

楚小楓道：「兩個人，都是一條命。」

黑衣老人道：「但那一個人，是老夫的朋友。」

楚小楓道：「老前輩，這一個人是我朋友。」

黑衣老人道：「我有些不明白，小娃兒，這座石鼎，救你的朋友重要呢？還是救我的朋友重要？」

楚小楓忖道：「這石鼎不知有什麼寶貴之處，竟然可以救人？」但此時，他又不便問，只好硬著頭皮，道：「世上的事，竟然有這樣巧，老前輩三年沒有回來過，偏偏我這位朋友用了石鼎，你就回來了。」

黑衣老人突然快步向前行來，一面說道：「小娃兒，你記著，這石鼎是我的，我要帶走，你不肯抱下來你的朋友，老夫只好自己動手了。」

楚小楓一橫身，攔住了黑衣老人，道：「請留步。」

春秋筆

黑衣老人冷冷說道：「怎麼？你準備和我動手？」

楚小楓道：「不是，在下只是想求求老前輩。」

黑衣老人道：「哦！你說。」

楚小楓道：「我這位朋友，用石鼎，還有三天就行了，希望你緩個三天……」

黑衣老人搖搖頭，接道：「三天？一天也不行。」

楚小楓道：「可是，老前輩，別忘了，他也是一條人命，你把他拖出石鼎，他如死了，你就是凶手了。」

黑衣老人怒道：「老夫至多落一個見死不救，怎麼說我是凶手呢？」

楚小楓心中暗笑，道：「這個老人，倒是可以講理的人。」

當下輕輕咳了一聲，道：「老前輩，就算這石鼎真是你的吧，但他已經坐在石鼎之中，你把他抱出石鼎，那豈不是殺了他的凶手麼？」

黑衣老人皺了皺眉頭，道：「小娃兒，你這話，並不是沒有道理，老夫也是急用，就算我是凶手，但我也是為了救人，救一命，傷一命，老夫在這中間，自然應該有選擇一個的權利。」

楚小楓道：「老前輩，我看這樣，有點不妥！」

黑衣老人道：「什麼不妥？」

楚小楓道：「你拿去石鼎救人，未必能夠救活，但你抱開他，他就死定了。」

黑衣老人道：「你知道這石鼎的來歷麼？」

楚小楓心中暗道：「如若我據實而言，他必然仍有很多話問，倒不如承認下來，可以省去不少口舌。」

主意暗定，點點頭，道：「知道。」

黑衣老人點點頭，道：「這就難怪了！這就難怪了！這樣名貴的東西，我竟然這麼大意的，沒有把它珍藏起來，唉！這是老夫的錯。」

黑衣老人道：「那石鼎中的老人，生的什麼病？」

楚小楓道：「這石鼎，我們頂多再用三、五天，你老人家何不成全我們？」

楚小楓道：「很重的病，已經奄奄一息，快要氣絕了，所以，一定要借用你的石鼎。」

黑衣老人道：「你這娃兒，講話溫和多禮，叫老夫好生為難！這人是你的師父吧？」

楚小楓心中暗道：「無論如何也要認下來才行。」當下點點頭。

黑衣老人道：「如若一定要把他抱下來，你是非用武功阻止不可了。」

楚小楓道：「是！」

黑衣老人道：「小娃兒，有一件事你想過沒有？」

楚小楓道：「什麼事？」

黑衣老人道：「你不是老夫的敵手！」

楚小楓確實沒有想過這件事，笑一笑，道：「這件事，晚輩確實沒有想過，不過，老前輩似乎是個胸懷仁慈的人，看來，你好像不會硬把一條命棄之不顧。」

黑衣老人道：「唉！老夫好為難，這樣吧！老夫再給你們用到明天中午。」

楚小楓道：「不行！老前輩，這件事你如若要答應，那必須給我們使用五天……」

黑衣老人接道：「如若是我不答應呢？」

楚小楓道：「不答應，晚輩就只好全力維護……」

他雖然為勢所迫，承認了黃侗是他師父，但他還是沒有辦法自行叫出師父二字。

黑衣老人沉吟了一陣，道：「娃兒，用五天絕對不行，最多老夫只能再借你們一天，除非，你能以武功阻止老夫搬走石鼎。」

楚小楓道：「晚輩如非前輩之敵，讓你帶走石鼎，那豈不是害了他老人家一條命，晚輩如是勝了，老前輩……」

黑衣老人接道：「你如勝了，那就是無可奈何的事，老夫那位朋友，是命中注定，非死不可了。」

楚小楓道：「唉！老前輩，就算咱們要動手，也不用急在今天。」

黑衣老人道：「不行，就是現在，我如若無法勝你，你可以安心使用石鼎，十天、八天聽憑尊便，你如若不是老夫之敵，還有一夜、半日的時間給你，你該想想法子，如何處置你師父。」

楚小楓道：「好吧！老前輩如是一定要動手，晚輩就恭敬不如從命了。」

黑衣老人臉上泛起了一抹喜色，道：「小娃兒，你真敢和老夫動手？」

楚小楓道：「晚輩實在不願動手，但老前輩相逼，晚輩也是沒有法子了。」

黑衣老人淡淡一笑，道：「有一句俗話說，相打無好手，老夫出手，萬一傷了你，希望

你不要記恨老夫。」

楚小楓道：「不會的，老前輩儘管施展，一旦傷了我，我也只怪我學藝不精，怨不得老前輩手下無情。」

黑衣老人嘆息一聲，道：「小娃兒，老夫實在是很喜歡你，不願傷你，咱們就點到為止吧！」

楚小楓笑一笑，道：「多謝老前輩，請出招吧！」

黑衣老人右手揮動，正想出掌時，卻突然又收了回來，道：「小娃兒，你在哪方面最有成就？」

楚小楓道：「這個麼？晚輩就只好據實而言了，晚輩最有心得的是劍法。」

黑衣老人道：「劍法？」

楚小楓道：「是……老前輩是否在這方面造詣亦高？」

黑衣老人道：「比什麼老夫自信都可以應付，不過，劍法是兵刃，只怕是太過凶險。但既然你指出劍法上造詣最高，老夫自然不能提出別的比試了。」

楚小楓道：「老前輩不用為難，拳、掌方面，晚輩也可應付。」

黑衣老人沉吟了一陣，道：「這麼吧！如是老夫在拳、掌上勝了你，而你心中又有些不服，咱們就再比一次劍法。」

楚小楓心忖道：「他如此托大，想來是武功上造詣必然很精深，倒是不能太大意。」

吸一口氣，道：「好！就依前輩吩咐。」

黑衣老人突然向前跨了半步，道：「小娃兒，來，老夫先讓你三招。」

楚小楓微微一笑，欺身而上，拍出一掌。

黑衣老者突然一個側轉，避開掌勢，果然沒有還手。

楚小楓左、右雙拳連環拍出，逼的那黑衣老人向後退了一步。

黑衣老人怔了一怔，笑道：「好！小娃兒，你不錯，難得，難得。」

楚小楓道：「老前輩，三招已過，你可以還手了。」

黑衣老人道：「老夫知道。」

楚小楓吁一口氣，右手一抬，一招窩心掌，搗了過來。

黑衣老者右手一抬，五指疾翻，疾如星火一般，扣向楚小楓的右腕。

楚小楓挫腕收掌，展開了一輪快攻，片刻之間，攻出了一十四掌。

黑衣老人的臉色凝重，而且拳、掌上的力道，也逐漸增強。

兩個人拳來足往，片刻間，打了兩百餘招，仍然是一個不分勝負之局。

楚小楓突然疾攻兩掌，停下手、腳，道：「老前輩，請住手。」

黑衣老人道：「咱們還未分勝負，如何能夠住手？」

楚小楓道：「咱們動手之前，忘記了一件事。」

黑衣老人道：「什麼事？」

楚小楓道：「規定招數。」

黑衣老人道：「規定招數？」

楚小楓道：「咱們動手之前，應該先有一個兩百招的規定，打到那時間，就該停手……」

黑衣老人道：「那算什麼人勝……」

楚小楓道：「自然算是我勝了。」

黑衣老人道：「怎麼說呢？」

楚小楓道：「老前輩，你年高德劭，如是在一、兩百招內，還無法勝我，那豈不是一樁很大的憾事麼？……」

黑衣老人道：「憾事歸憾事，但我們還是得分出勝負才行……」

楚小楓接道：「老前輩，就算你讓我吧！咱們如是再打下去，只怕要進入拚命的情景了，那時，我該如何？」

黑衣老人嘆息一聲，道：「小娃兒，說！你要用幾天？」

楚小楓道：「最長五天。」

黑衣老人未再多說一句話，轉過身子，大步而去。

楚小楓想起來，還未請教人家的姓名時，那老人已走得不知去向了。

輕輕吁一口氣，楚小楓拭去頭上的汗水，暗暗忖道：「看來，冥冥之中，確有一種力量在主宰著什麼！」

這一陣搏鬥，後面數十招，雙方都用上了全力，搏殺的十分認真，楚小楓感覺有些疲勞，但他卻也把無名劍譜上記的武功、招術，也都用來作一次實際應用。

那是很奇幻的招術，在搏鬥中發揮了絕大的威力。

澄清雜念，盤膝坐下，閉目調息。

矇矓之間，感覺到一陣輕微的聲音，傳入耳際。

楚小楓吸一口氣，道：「什麼人？」

「我！」一個清脆的女子聲音，傳了過來。

不用睜開眼睛，楚小楓已經知道了，來的是那青衣少女，嘆口氣，道：「你來此做甚？」

青衣少女道：「找你，找得好苦、好苦。」

楚小楓道：「找我有事？」

青衣少女似乎是無法分辨得出，楚小楓的神情好壞，甚至連語氣也無法分辨出來。

對楚小楓的冷漠，完全感覺不到，笑一笑，道：「是歐陽伯伯要我來找你的。」

楚小楓睜開了眼睛，只見青衣少女臉上一片笑容，笑的是那麼純真，那麼自然動人。

她實在是個很美麗的女孩子，只是那套過於寬大的衣服，和不善修飾的頭髮，掩去了天姿國色，掩去了美麗的光輝，任何人，都不會去仔細看她，楚小楓甚至沒有真真正正地看過她一眼。

現在，楚小楓真正地看了她一眼。又是在她微笑的時候。

楚小楓緩緩站起了身子，道：「歐陽老前輩找我有什麼事？」

青衣少女搖搖頭，道：「我不知道，他要我來找你，我就來了。」

楚小楓道：「姑娘，這四、五天，我不能離開這裡，你去告訴他一聲吧！」

青衣少女道：「哦！我可不可以留在這裡陪你？」

楚小楓搖搖頭，道：「不行。」

青衣少女沒有再說第二句話，轉身向外行去。

楚小楓心中一動，暗道：「我這樣冷淡對她，莫非使她生了氣？」

心念轉動，高聲道：「回來。」

那青衣少女聽話得很，人已經走到門口，又立刻轉了回來。

她臉上仍是那樣使人愉悅的笑容，緩緩說道：「你叫我回來麼？」

楚小楓看她神情如常，心中暗叫了聲慚愧，忖道：「看來，倒是我太多疑了。」

但一時之間，又不知對她說些什麼？只好隨口問道：「姑娘，可不可以告訴我你的名字？」

青衣少女笑一笑，道：「我叫佩玉，歐陽佩玉。」

楚小楓道：「你也姓歐陽？」

青衣少女道：「是！」

楚小楓道：「你和歐陽老前輩沒有關係麼？」

歐陽佩玉道：「沒有，我養母活著的時間，連話都不許我和歐陽伯伯說！」

楚小楓點點頭，道：「哦！」

歐陽佩玉道：「歐陽伯伯卻很喜歡我，他常常在暗中傳我武功，但我養母卻不准我學，

她只教我一件事。」

楚小楓道：「什麼事？」

歐陽佩玉猶豫一下，道：「我養母臨死之前，交代過我，不許對人說出去，我可以不告訴任何人，但是你問了，我自然應該告訴你了。」

楚小楓道：「如是你不能講出來，最好別講。」

歐陽佩玉道：「其實，我想了很久，但卻一直想不通，這些事為什麼不能告訴人？」

楚小楓被引起了強烈的好奇心，道：「那是些什麼事？」

歐陽佩玉道：「說起來，也不是什麼奇怪的事，她只是要我打坐而已。」

楚小楓道：「打坐，有什麼不可告訴人的？」

歐陽佩玉道：「我養母說，歐陽伯伯和拐伯伯，尤其不能告訴他們。」

楚小楓道：「哦！除了打坐之外，還做了些什麼事？」

歐陽佩玉道：「她教我識字，所以，我認識了很多字。」

楚小楓道：「是不是看了很多的書？」

歐陽佩玉道：「沒有看書，我認的都是單字，我養母在地上寫出來，教會我，就把字毀去。」

楚小楓道：「哦！她為什麼不替你買些書看呢？」

歐陽佩玉道：「我養母不願意讓別人知道，我認識很多字，不願意讓別人知道，她傳了我一種打坐的方法。」

楚小楓道：「佩玉姑娘，這有什麼神秘可言，我就想不明白。」

歐陽佩玉道：「我一直就沒有想過這件事。」

楚小楓道：「沒有想過？」

歐陽佩玉道：「楚公子，這有啥好想的呢？養母告訴我的話，我是否應該相信呢？」

楚小楓道：「應該相信。」

歐陽佩玉道：「既然應該相信，我就不該去多想它了，是麼？」

楚小楓道：「這倒也是！」

歐陽佩玉道：「但是我把這件事告訴了你，為了我養母，我求你答應我，不要再說出去。」

楚小楓道：「好！在下答應。」

歐陽佩玉道：「你還有什麼事要問我麼？」

楚小楓道：「沒有了。」

歐陽佩玉道：「我是不是還要出去？」

楚小楓道：「是！」

歐陽佩玉笑一笑，笑得有一點迷茫，有點凄涼。緩緩轉過身子，行了出去。

楚小楓看得出來，她背影之中，流現出的黯然，楚小楓幾乎想開口把她叫回來，但話到口邊時，又嚥了回去。

歐陽佩玉的背影緩緩在洞口消失。

楚小楓輕輕嘆息一聲，緩緩坐起身子，取過野味吃了一些，看看天色，還要等候幾個時辰之久。

雖然是幾個時辰，但在楚小楓的感覺中，卻好像過了很久的時間。這一段時光很難過，楚小楓一直圍著那座石鼎打轉。

不知道轉了多少次，才到了展開錦囊的時間。輕輕吁一口氣，拆開了三號錦囊。

只見上面寫道：「先回頭看一看，還有沒有別的人在這座石室之中。」

楚小楓心中暗暗忖道：「他們來得早一些，應該是不會有人了。」心中念轉，人卻忍不住回頭望去。

只見歐陽佩玉面含微笑，正站在石洞口處。

楚小楓心頭震動了一下，道：「你又來幹什麼？」

歐陽佩玉手中端著一個水瓢，道：「我想你一定口渴了，替你送一點水來。」

楚小楓暗暗嘆息一聲，忖道：「這真是陰差陽錯，般般趕巧。」

低頭看去，只見素箋上接著寫道：「如若有一個人在你的身後，那人又是歐陽佩玉時，你必須為我做到一件事。」

楚小楓心中震驚極了，呆呆地望著手中的素箋，雙手微微地發抖。

這是預留的錦囊，而且，這錦囊又一直帶在他的身上，不可能被人調換過。

再往下看去，素箋上寫道：「把她留下來，讓她繼承我的衣缽。如若你沒有發現那個女娃兒，那就請打開三號錦囊的夾層，如是看到了那女娃兒，就把這些工作，交給那女娃兒，你

唯一要做的，就是勸服她接替你的工作，她的養母已死，孤苦無依，但她的出現，卻使我功虧一簣，她應該有責任承擔起我的遺志。」

看完了素箋上的記述，楚小楓心中稍微平靜一些，黃侗的留書口氣中，顯然還說明了別有準備，歐陽佩玉的出現，並非唯一的結論。

同時，楚小楓也明白了另一件事，黃侗真正要說的話，都留在第三號錦囊夾層之中。

但他也明白，自己不應該再看下去了。

把手招了一招，歐陽佩玉緩步行了過來，道：「我來錯了麼？」

一切都成了事實，楚小楓人也變得和氣起來，笑一笑，道：「沒有錯，你看看這一封信。」

歐陽佩玉伸手接過，凝目望去。

她認識了不少的字，但卻從沒有把很多字連在一起看。

這是她第一次看到，所以，看得很吃力，花了好一陣工夫，才看明內情。

楚小楓道：「你明白了？」

歐陽佩玉點點頭，道：「明白了。」

楚小楓道：「你願不願意留下來？」

歐陽佩玉道：「你說呢？我應不應該留下來？」

楚小楓道：「你應該留下來，你已經具有了閱讀的能力，黃侗留下的函箋，每一篇都說得很清楚，你會看明白的。」

做。」

歐陽佩玉點點頭，道：「好！那我就留下來。」

楚小楓凝目望去，只見她滿臉歡愉，心中似是有著很大的安慰。

輕輕嘆息一聲，把身上錦囊交給了歐陽佩玉，道：「你答應了，照他錦囊中的吩咐去做。」

歐陽佩玉道：「我會的，而且會做得很好，你放心去吧！」

楚小楓道：「那麼在下告辭了。」

歐陽佩玉低聲道：「楚公子，以後，我能不能再去找你？」

楚小楓想到黃侗這番設計，確有著對抗天機的味道，以後的結果，實難預料，不禁有些黯然神傷。

輕輕嘆息一聲，道：「佩玉姑娘，我應該留下來，但我還有太多的事情要辦，希望你有勇氣接受這個擔子。」

歐陽佩玉笑一笑，道：「我一點也不害怕，不要為我擔心……」

楚小楓接道：「佩玉，拐仙黃前輩，現在是奄奄一息，隨時可能會死去，你一個女孩子，伴著就要斷氣的人，留在這小洞之中，心中不會害怕麼？」

歐陽佩玉道：「我不怕，過去，我養母死去之後，我一直陪了她三、四個月，我一點也不害怕。」

楚小楓道：「好！以後，很歡迎你去找我。」

歐陽佩玉笑容如花，舉手理一理亂髮，道：「我已經會看信了，我會瞭解上面寫的意

思，也會盡力去做，你放心去吧，辦完這些事，我會找你的。」

楚小楓道：「佩玉姑娘，你多多保重。」

歐陽佩玉道：「我好高興，以後能常常看到你。」

楚小楓拱拱手，退了出去。

算一算和白梅相約的日子，還早了一天，但他是很細心的人，先在約定處瞧了一眼，才回到樹林中，找一個隱密的地方，藏起身子。

楚小楓心中明白，無極門大變之後，自己已被捲入一個大混亂的局勢之中，此後歲月，不但雙肩上擔負的責任重大，而且，還要應付四方八面，紛至沓來的險惡變化。

那不但需要縝密的心智，也需要超強的武功。

他開始恨自己，為什麼學武的時候，沒有全力以赴。

書到用時方恨少，武逢強敵才知弱。

這時候，楚小楓珍惜每一寸光陰，他沒有把任何一點時間浪費。

一夜半天，楚小楓不但苦練歐陽先生的接力手法，也練習老陸無名劍譜的劍招。

楚小楓劍法上，本有著很深厚的根基，這一習練，立刻感覺到妙用無窮，深奧精博，實非青萍劍法能及。

十幾個時辰，他一直沒有停息，汗水濕透了他的衣衫。

直到了第二天中午時分，才回到和白梅約晤之地。

白梅如約而來。一見楚小楓，白梅駭了一跳，十餘日的小別，楚小楓不但瘦了很多，而且，眉宇間倦容隱隱，身上汗氣逼人。

他本是很愛乾淨的人，但看來，這十餘天中，他連澡也沒有洗過一次。

白梅一皺眉頭，道：「孩子，你出了什麼事？」

楚小楓道：「沒有啊！我很好。」

白梅道：「你瘦了很多，一身汗氣，似乎是連洗澡的時間也沒有。」

楚小楓道：「是！這幾天我很忙，忙得很厲害。」

白梅道：「什麼事，忙得連洗澡的時間也沒有？」

楚小楓道：「這幾天是真正的忙，古人說廢寢忘食，大概就是這個情景，這幾天，我不記得自己吃過幾次飯，幾乎是完全沒有睡過覺，疲勞得太厲害時，我就休息一陣。」

白梅道：「這十來天，真是苦了你啦！」

楚小楓道：「苦是苦一點，不過，苦的是筋骨、肌膚，晚輩的心神卻很愉快。」

白梅道：「哦！孩子，能不能告訴我，你這幾天都在做些什麼事，竟到了廢寢忘食之境。」

楚小楓道：「練武功。」

白梅笑一笑，未再問下去，轉過話題，道：「拐仙黃侗呢？」

楚小楓道：「現在，好像死了一樣，但卻又不像真死。」

白梅道：「這個人鬼鬼祟祟，研究的全是玄學、異事，不管他了，咱們回去吧！你得好

好洗個澡，睡兩天好覺。」

楚小楓道：「老前輩，咱們住在什麼地方？」

白梅道：「丐幫替咱們安排得不錯，鬧中取靜的，一座大宅院。」

楚小楓道：「老前輩這幾天發覺什麼可疑之處麼？」

白梅道：「沒有，丐幫派了很多人守在那裡。」

楚小楓道：「老前輩在前面走，我在後面跟著，保持一段距離。」

白梅怔了一怔，道：「孩子，你……」

楚小楓道：「我擔心有人在暗中監視咱們。」

白梅道：「行！孩子，鳳兒說，日後無極門能否發場光大，你師父大仇能否報得，全要看你的了，看來，她沒有說錯。」

楚小楓道：「師母太過看重我了。」

白梅突然微微一笑，道：「孩子，你是不是被逐出了無極門？」

楚小楓道：「好像是的。」

白梅道：「那敢情好，老夫一向就討厭那些門戶規戒，見桀紂動干戈，只要咱們的事，仰不愧天，俯不怍地，就算是用些手段，那也是無可厚非的事，你如被逐出了門牆，行動反而自由了一些。」

楚小楓道：「師恩深如海，晚輩不敢有一日忘懷，為方便查明師門大仇內情，晚輩倒願便宜行事。」

白梅道：「成！我在前面走，你在後面跟著，不過江湖詭詐，你要當心一些，別要人家早發覺。」

楚小楓道：「晚輩自會小心。」

白梅未再多言，轉身向前行去。

楚小楓果然極為小心，遠遠地跟在後面。

一進襄陽城，白梅借機會，回身望了兩次，竟然沒有發覺楚小楓，心中暗暗讚道：「這小子當真是不錯。」

宗夫人白鳳等，被安置在南大街一條橫巷中。

那是襄陽府高貴的住宅區，每一家都是深宅大院，紅漆大門。

白梅叩動門環，木門呀然而開，白梅閃身入內之後，木門立刻關上。

這是一座三進的大宅，宗夫人白鳳等都被安置在第二層宅院之中。

前院和後院，各有三名丐幫弟子駐守。

白鳳、成中岳、董川，都集中在廳中等候。

看白梅一人歸來，都不禁為之一呆。

董川第一個忍不住，道：「白老爺子，小楓呢？」

六　襄城殺氣

白梅道：「不用擔心他，這孩子比咱們想像中的，還要精明十倍……」

白鳳接道：「爹！他人呢？別安慰我們，是不是沒見到他。唉！再精明，他還是一個孩子啊！」

白梅微微一笑，道：「但他的才慧、智力，比我老經驗的決不遜色。」

成中岳道：「白老前輩，這該怎麼說？」

白梅笑一笑，道：「你們放心吧！詳細的情形，等他自己告訴你們。」

白鳳道：「我已失去領剛，丟了一志，不能再看到小楓有什麼意外，爹，你……」

只見人影一閃，楚小楓疾如流星般落入了廳中，雙目含淚，跪了下去，道：「多謝師母關心，小楓素無損傷。」

一則是楚小楓的身法太快，二則是大家說話分了神，竟未聽到楚小楓的聲音。

白鳳呆了一呆，道：「小楓，你怎麼成了這個樣子，快些起來，告訴師母。」

流露出無限關懷之心。

董川行過去，伸手扶起了楚小楓。

楚小楓站起身子，舉手拭一下目中淚水，笑道：「多謝師娘。大師兄……」

轉身又對成中岳躬身一禮，道：「師叔安好。」

他可人之處就在於此，謙恭而又不做作。

白梅微微一笑，道：「你們別認為他受了很多的苦，他是練武功，練得沒有時間睡覺、吃飯，甚至連洗澡的時間也沒有……」

約略說明了內情，不容別人開口，又搶先問道：「孩子，有沒有人跟蹤我？」

楚小楓道：「有！」

白梅呆了一呆，道：「什麼，真的有人跟蹤我？」

楚小楓道：「是！他們跟蹤的辦法很巧妙。在您入城之後……」

白梅哦了一聲，道：「是什麼樣的人？」

楚小楓道：「這短短一段路程，他們換了三個不同的人，可見他們是如何的小心了。」

白梅道：「這倒是大出老夫的意外了。」

楚小楓道：「晚輩幾乎也忽略了過去，直到她在大門處停留了片刻，晚輩才恍然大悟。」

白梅道：「厲害，老夫走了數十年的江湖，想不到竟然被他們瞞了過去。」

楚小楓道：「所以，晚輩才繞到後面，溜了進來。」

成中岳道：「小楓，你進來的時候，被他們瞧到沒有？」

楚小楓道：「沒有。」

白梅心中似是仍然有些不服氣，道：「孩子，說說看，我進了城中，十丈之後，什麼樣一個人盯著我？」

楚小楓道：「一個中年婦人，很像一般家中的主婦。」

白梅沉吟了一陣，道：「黑紗包頭，一身藍布衣服。」

楚小楓道：「是！就是那一個女人！她在門前面站了一陣，才緩緩而去。」

白梅道：「有沒有看到丐幫中人？」

楚小楓道：「沒有，他們應該發覺的，只要他們小心一些，不難發覺。」

白梅輕輕吁一口氣，道：「小娃兒，看來，我這老江湖，還不如你精明了！」

楚小楓道：「晚輩只不過是趕巧罷了。」

白梅神情凝重，冷冷說道：「鳳兒、中岳，你們用心聽著，也許我老頭子的疏忽，可能已經洩漏了你們住的地方，由現在開始，大家都要小心一些。」

楚小楓道：「老前輩，不知他們算過了咱們的人數沒有？」

白梅道：「他們是丐幫帶咱們進入襄陽城中時才盯上的，照目前情形看來，他們還不以掠走一志為滿足。」

白鳳道：「爹的意見，可是說，他要對付我們？」

白梅道：「很有可能，看起來，這兩件事情，大概不是有意的合作，而是另一方利用了那個機會。」

春秋筆

白鳳道：「龍天翔和襲擊迎月山莊的一批人，完全沒有關係了？」

白梅道：「過去，我還不敢肯定，但現在看起來，倒有十之八、九，不會是一起了，只是他們利用了那個機會。」

成中岳道：「他們的目的也不同？」

白梅點點頭，道：「是！龍天翔是為了鳳兒，為了私人的情仇，但另一面，卻是要徹底地毀了無極門！」

白鳳道：「會是什麼人呢？這些年來，領剛韜光養晦，很少得罪人，而且，無極門雖然有點名氣，實在也說不上什麼大門戶，為什麼他們要對付領剛？」

白梅：「這件事你要想想了，無極門雖然還沒有很廣大，但卻被領剛造成了一股奮發向上的朝氣……」

看了楚小楓、董川、成中岳一眼，接道：「這都是武林中第一流的人才，被領剛羅致入無極門下，再給他十年以上的時間，無極門非變武林第一個大門戶不可。」

成中岳道：「這麼說來，毀滅咱們的人，很難查了。」

白梅道：「這件事，驟然間看上去，像是不難查出什麼，但如仔細想一想，他們實已下了數年工夫，計劃得十分周密。」

楚小楓道：「晚輩覺著，咱們分開住，來一個反盯梢，先摸清楚他們的來路之後，就好辦了！」

白梅道：「好辦法！我去通知余舵主一聲，要他派幾個人幫你。」

楚小楓笑一笑，道：「這個不用了，老前輩可以通知丐幫，要他們注意一下，至於晚輩，我想還是單獨行動的好。」

白梅點點頭，道：「行，如若是前兩天，我絕對不同意你單獨行動，現在，我很放心。」

楚小楓道：「丐幫已有行動，我想必然會引起對方的反應，那時，晚輩也許可以找出一點蹤跡。」

白梅突然嘆息一聲，道：「孩子，你雖然表現出了過人的智慧，不過，我老人家還是有些不太放心你一個人單獨行動。」

董川道：「老前輩，你看，晚輩和小楓師弟一起行動如何？」

白梅搖搖頭，道：「不行，你是無極門的掌門人，有很多的事，必須你出面應付，你如何能夠離開此地？」

董川道：「老前輩教訓的是。」

白鳳道：「爹，你真的同意小楓一個人和敵人周旋麼？」

楚小楓道：「師母，徒兒的行動，只在暗中窺探一下敵人的舉動，決不會和敵人衝突。」

成中岳道：「師嫂，小弟和小楓一起……」

白梅搖搖頭，道：「中岳，不用了，還是由他一個人去，咱們這邊配合他，不能打草驚蛇，要小楓暗中查看。」

白鳳嘆息一聲，道：「小楓，我要你答應我，好好回來，不許有任何一點傷痛地回來！」

楚小楓感覺眼圈一紅，道：「小楓不會辜負師母的雅意。」

白梅道：「孩子，你去吧！」

白鳳道：「爹，你看他這個樣子，要他洗個澡，換件衣服再去。」

白梅微微一笑，道：「難得他肯這樣，這樣可掩人耳目。」

白鳳道：「唉！小楓，你要小心啊！有什麼事，立刻回來。」

楚小楓道：「徒兒知道，師母，萬安，小楓去了。」

白鳳揮揮手，楚小楓又向成中岳、董川行了一禮，才轉身而去。

望著楚小楓消失的背影，白梅緩緩說道：「我去通知丐幫，你們也準備一下。」

白鳳道：「爹，你要我們準備什麼？」

白梅道：「你們準備在襄陽城中走動一下。」

白鳳道：「哦！」

成中岳道：「讓他們盯上？」

白梅道：「對！老夫要丐幫派人在暗中跟蹤，找出他們的來路。」

白鳳道：「既有丐幫中人跟蹤了，為什麼還要小楓去呢？」

白梅道：「咱們的人手不夠分配，如是夠分配，最好，還要多派幾個人。」

白鳳點點頭，未再多言。

她失去了丈夫，丟了孩子，把一腔關愛之情，似乎都移注到了楚小楓的身上。

白梅低聲對成中岳吩咐幾句，才轉身而去。

白鳳望望天色，道：「成師弟，咱們也要戒備一下，迎月山莊擋不住敵人的攻襲，專靠丐幫一個分舵的人力，只怕也無法保護咱們。」

成中岳道：「師嫂休息吧！我和董川，自會妥作戒備。」

白鳳點點頭，自回房去。

成中岳輕輕吁一口氣，道：「董川，似是咱們已經面對了敵人！」

董川道：「師叔，弟子有點想不明白。」

成中岳道：「什麼事，你想不明白？」

董川道：「師父和龍天翔同歸於盡時，我們正有些方寸大亂，那時，他們是最好對付我們的時間，為什麼他們不肯下手呢？」

成中岳沉吟了一陣，道：「這個可能只有一個原因。」

董川道：「什麼原因？」

成中岳道：「可能迎月山莊中那一戰，他們也有了很慘重的傷亡。」

董川道：「對！無極門的青萍劍法，在當今武林之中，實也是很有分量的劍法。」

成中岳道：「那一戰中，無極門雖然是全軍盡沒，但對方，也嘗到了苦果，別人不說，單拿一志而言，要生擒他，對方必須要付出很大的代價。」

董川道：「師叔說得是，那一戰中，他們也餘下了有限的人力，所以，他們才匆匆而去。」

成中岳點點頭，舉步向外行去。

董川會意，緊隨在成中岳的身後，行出了室門。

兩個人，行入第三進院落之中，彼此都未再談話，但兩人的心意，卻是完全一樣，目光轉動，打量四下的形勢。

丐幫弟子很盡職，兩人行到第三道院落的大廳前面，立時閃出一個中年叫化子，道：「成爺、董川，兩位走走啊！」

成中岳道：「是！心中煩悶，想到後面花園中走走。」

中年叫化子道：「行！後面的花園不大，但卻很精致，要不要我替兩位帶路。」

成中岳道：「不敢有勞，你忙你的吧！」

中年叫化子一拱手，轉身而去。

成中岳和董川邊走邊談，很仔細地看了第三進院落中的形勢，又在花園中繞了一圈，才回到第二進院落之中。

白梅已在等候兩人。

成中岳低聲道：「老爺子，我們覺著不能只仗憑丐幫中人來保護我們，所以，我和董川先去看看三進院落中的形勢，一旦發生事故，也好應變。」

白梅道：「咱們早該小心一些了。」

突然間，似是想到了什麼重要之事，站起身子，接道：「中岳，你說，你在第三進院落

中，碰見了幾個丐幫中人？」

成中岳道：「一個。」

白梅道：「只有一個？」

成中岳道：「是！我只看到了一個人。」

白梅沉吟了一陣，道：「告訴我，那個人什麼樣子？」

成中岳道：「白老爺子，你是說，丐幫中的人也可疑麼？」

白梅道：「只怕他不是丐幫中人……」

回頭看了董川一眼，接道：「你留下來，我和中岳去瞧瞧。」餘音未絕，人已行了出去。

成中岳也覺得事情嚴重，緊追白梅身後而去。

董川望著兩人的背影，心中感慨萬端，想到師父未死之前，一切事務都由師父一肩承擔，師兄弟們除了練武之外，可以說無憂無慮，想不到一夕驚變，師父力鬥北海奇技，與敵皆亡，迎月山莊也在那一夜中化作劫灰，諸位師弟力戰而死，小師弟卻生不見人，死不見屍，原本充滿著歡樂的歲月，卻在大變後一片淒涼，原有數十口人，目下只餘了四個活的。

這不只是一筆血債，而且是一個責任，沉重的責任。

一步踏入江湖，立刻體會到凶險、奸詐的侵襲，一旦脫離了師父的照顧，頓覺著步步荊棘。

苦難的煎熬，最容易使一個人心智成熟，血淋淋的打擊，使得董川和成中岳，都開始運用自己的心智。

他覺著應先通知師母一聲。一旦有變時，不致措手不及。

緩步行到了白鳳的房前，伸手輕叩木門。

室內傳出了白鳳的聲音，道：「什麼人？」

董川道：「弟子董川。」

白鳳道：「什麼事？」

董川道：「白老前輩發覺了宅院中丐幫弟子可疑，已和成師叔查看去了，弟子想這件事波譎雲詭，萬一有變，定非小可，所以，特來稟告師母一聲。」

白鳳道：「好！我知道了。」

董川道：「弟子就守在廳外，師母如有差遣，招呼一聲，弟子就可趕到。」

木門緩緩打開，白鳳行了出來，道：「董川，難得你們一個個，都對師門如此忠心，疾風見勁草，我心中雖然悲痛萬分，但也得到了很大的安慰。」

董川道：「弟子沐受師門深恩，雖粉身碎骨，也不足報以萬一。」

白鳳嘆息一聲，道：「董川，你現在是無極門的掌門人，我這個做師娘的，應該保護你，董川，咱們一起在廳中坐著吧……」

董川道：「這個，叫弟子如何敢當，師母還是進房歇著吧。」

白鳳苦笑一下，道：「董川，我必須要很忙、很忙，只有忙碌，才能使我心中的悲痛稍

減一些。」

董川不敢再多說話，應了一聲，退到一側。

再說白梅和成中岳，匆匆地行入了第三進院落之中，直奔大廳。大廳一片靜寂，不見人影。

成中岳重重咳了一聲，道：「有人麼？」

連呼數聲，竟無回應之人。

成中岳臉色一變，道：「老爺子，看來被你說對了。」

白梅突然一長身，飛出大廳，落入院中。忽然間，寒芒一閃，三道白光，疾襲而至。

這時，已然夜幕低垂，景物都已模糊不明。

那三柄飛刀，掠身而過，波波波，三聲輕響，釘入廳前的木柱之上。

白梅目光轉注在暗器發射的暗影中，緩緩說道：「朋友，請出來吧，這樣藏頭露尾，不覺得有些太過小家子氣麼？」

暗影中突然飛起了兩條人影，直向屋面上躍去。

成中岳一揚手，兩枚鐵蓮花，脫手而出。

無極門的鐵蓮花暗器，乃武林中一絕，兩枚鐵蓮花閃電流星一般，破空飛去。

只聽一聲冷哼，一條人影，由屋面上翻了下來，但走在後面的一個，得到了前面同伴的掩護，急急一伏身，閃過了一枚鐵蓮花。

成中岳人已飛躍而出，躍落在那個身中鐵蓮花的大漢身旁。鐵蓮花擊中了那大漢的左胸，深入了一半，鮮血滲出衣衫。那大漢正在掙扎著起來，但卻被成中岳一指點中了穴道。

白梅靜靜地站著未動，任由另一個人逃走。

成中岳一皺眉頭，道：「老前輩，為什麼放了他？」

白梅道：「你留下一個就夠了，這些都是三流腳色，留下他們太多，也沒有用，反而會引起他們的關心，現在，咱們先找找丐幫的人。」

成中岳道：「老爺子，這些人都不是丐幫中人。」

白梅道：「但願老朽的猜想錯了。」

白梅的猜想不錯，兩個人在一座隱秘的房間中，找到了三個丐幫弟子。只是，這三個丐幫弟子，都已經成了死人。

白梅晃燃了一支火摺子，只見三個丐幫弟子臉色發青，似乎是中了奇毒一般。翻動三人屍體，查看了一會兒，輕輕嘆息一聲，道：「走吧！」

成中岳道：「他們死了！」

白梅道：「死了至少有四個時辰以上。」

成中岳道：「他們怎麼死的？」

白梅道：「中一種很歹毒的暗器，叫作『蠍尾針』，針上奇毒，見血封喉。」

成中岳道：「這件事要不要告訴余舵主？」

白梅點點頭，道：「告訴他，而且要越快越好，他們持有蠍尾針暗器，實已到了殺人於

無形的境界了。」

成中岳道：「老爺子，蠍尾針真的那麼厲害麼？」

白梅道：「此物源出南荒，由苗人中吹箭演變而成，後經人改用機簧發射，來時無聲無息，極盡歹毒能事，形如蠍針，長不過三分，很少有人能逃過這種暗器的襲擊。」

成中岳道：「這麼說來，豈不是無法對付了？」

白梅道：「它也有缺點，那就是因為體積太細小，不能及遠，大約在八尺以內才有效。」

成中岳道：「老爺子見聞之廣，好叫晚輩佩服。」

白梅嘆息一聲，道：「中岳，不要這樣說，讓老朽聽來臉熱。咱們走吧！」

成中岳道：「這個人呢？」

白梅道：「帶上他，有很多事，要從他口裡挖出來。」

成中岳扛起那人，道：「老前輩，咱們到哪裡去？」

白梅道：「到二進院落去，看看余立來了沒有？」舉步向前行去。

成中岳低聲道：「老前輩，後院之中的丐幫弟子，被謀害了，前院的三個丐幫弟子呢？」

白梅道：「前院還好，三個弟子，都還安然無恙。」

行近第二進院落，只見大廳中燈火輝煌，院落中，站滿了丐幫中弟子，這些人似是都認

識白梅，紛紛點頭招呼。

白梅帶著成中岳，直入大廳。

白鳳端坐在大廳一張太師椅上，身側站著董川。

丐幫襄陽分舵主金鉤余立，神情嚴肅地正和董川低聲交談，一見白梅行了進來，成中岳扛個大漢隨在身後，立時迎了上來，道：「白爺，後院三個丐幫弟子，怎麼樣了？」

白梅道：「都遭到了不幸。」

余立嘆息一聲，道：「我該死，我該死，我應該自己來的。」

白梅道：「余兄，不用自責，如若說疏忽，我比你們更疏忽，這些責任，應該由我擔負起來。」

余立道：「白爺，我已經傳書幫主，請他老人家早些來此，唉！這裡的變化太多，看起來，我是應付不了啦！」

白梅道：「好在中岳抓住了一個人，咱們先問問他？」

余立點點頭，道：「成爺放他下來，解開他的穴道。」

成中岳點點頭，放下肩上大漢，一掌拍活了他的穴道。

余立雙目盡赤，冷冷說道：「小子，你聽著，你一下整了我三個屬下，叫化子一腔怒火，你只要有一句話不回答，我就先挖你一雙眼睛。」

那大漢穴道被解，伸動了一下雙臂，道：「臭叫化子，少給老子來這一套，你要能從我口中掏出一句話，算你臭叫化子有本領。」

余立雙目中寒芒一閃，一伸手抓起了那個漢子一條右臂，道：「好！你小子有種，希望你別只是一張嘴巴硬。」

雙手一加力，但聞格登一聲，那大漢一條右臂，立刻折斷。

那大漢果然很剽悍，折骨之疼，竟然連哼也未哼一聲。

余立冷笑一聲，道：「好小子，有你的，叫化子不相信你是鐵打銅澆的羅漢，叫化子這一次，挖出你的眼睛。」

右手一探，向那大漢右眼點去。

白梅輕輕吁一口氣，道：「余舵主，歇歇手吧！這個人已經死了。」

余立怔了一怔，凝目望去，只見那大漢臉色竟變紫黑，分明服有劇毒，而且，已經毒發而死。

放下手中大漢屍體，余立的臉上泛起一片懊喪神色，道：「真是陰溝裡翻船，我早該想到這小子口中藏有奇毒！」

白梅道：「這就叫一步錯，步步錯，咱們一著失錯，步步落於人後。」

余立道：「我當這襄陽分舵主，雖然幹了五年，但這五年來，都是平平安安的沒有一點事情，幫主剛剛交給我一件事，我就弄成這個樣子，如何還有顏面去見幫主。」

白梅道：「余舵主，你不用難過，敵暗我明，他們手段又很陰毒，不能怪你，連老朽也栽了跟頭……」

語聲一頓，接道，「不過，咱們還未完全失敗……」

余立苦笑一下，接道：「還沒有完全失敗？我們丐幫弟子，無聲無息地被人家宰了三個，我們連敵人的來路也沒有摸著，還不算慘敗麼？」

他心中的懊悔、痛苦，已到了極端，臉色鐵青，身軀也微微發抖。

白鳳輕輕吁一口氣，道：「余舵主，你不用難過了，貴幫主問起這件事時，我會替你擔待下來。」

余立臉色稍現開朗，一躬身，道：「多謝夫人。」

白梅道：「余舵主，過去的已經遠去了，急在善後，先把三位丐幫兄弟的屍體，給安排好，咱們再商量對策。」

余立道：「白爺，三個遇難的兄弟，丐幫自有處理辦法，倒是如何對付他們，咱們好好準備，不能再出事情了。」

白梅道：「這個，我知道，這幾下弄得我手忙腳亂，也使我覺得十分頭疼，所以，我想，以後，不會再給他們機會了。」

余立道：「白爺，你見多識廣，幫我拿個主意，我先帶人把三個遇難的兄弟後事安排一下。」轉身行出客廳。

白鳳望著余立匆匆而去的背影，低聲道：「爹，你看出一點頭緒沒有，對方是什麼來路？」

白梅搖搖頭，道：「沒有！」

白鳳道：「爹，以你的見識廣博，難道也瞧不出一點內情麼？」

白梅道：「唉！鳳兒，你老子走了幾十年江湖，不敢誇見聞獨步宇內，但相信我知道的事情，不會太少，但眼下，我遇上了棘手的事，這些人，來無蹤，去無影，而且看不出他們的武功來路。」

成中岳道：「老爺子，以丐幫耳目的靈敏，他們應該知道。」

白梅道：「唉！可怕的，也就在此了，丐幫如是知道，他們也不會吃這樣的大虧了。」

白鳳道：「爹！咱們應該怎麼辦？」

白梅道：「鳳兒，愈遇上重大的事，愈是要鎮定，這是一個很嚴密的行動計劃，但他們疏漏了一些事情……」

成中岳接道：「疏漏了一些事情，那會是什麼事呢？」

白梅道：「老朽目下還瞧不出來，但他們一定有疏漏，這疏漏，可能會對他們構成很大的危害。」

成中岳道：「什麼樣的疏漏呢？」

白梅道：「他們自己發覺了，我們還沒有找出來。」

白鳳突然接口說道：「爹，我知道他們的疏漏。」

白梅道：「你知道？說出來聽聽吧。」

白鳳道：「爹，斬草不除根，春風吹又生，所以，他們想斬草除根，把我們一起殺了。」

白梅道：「鳳兒，如若事情真是這麼簡單，那就不叫疏漏。」

白鳳接道：「不叫疏漏叫什麼？」

白梅道：「那是基本上的錯誤，如若他該殺死我們，而沒有殺死我們，這種事不應該發生，目下，他們只是在修補疏漏，只是想不出他們在修補什麼？」

白鳳道：「他們混入此地，除了想害死我們之外，還有什麼別的用心呢？」

白梅搖搖頭，道：「不會是想殺死我們，他們身上帶有蠍尾針，那是天下至毒的暗器，見血封喉，中人必死。這種暗器，發時無聲無息，而且不帶一點風聲，如是暗施算計，只怕很少有人能夠逃避得過去……」

白鳳接道：「他們也許沒有偷襲的機會了。」

白梅道：「至少，他們有殺死中岳和董川的機會。」

成中岳輕輕吁一口氣，道：「白老爺說得不錯，那時，我和董川都沒有一點防備，如若他們施用蠍尾針，暗中偷襲，只怕，我和董川師弟，早已經死於那些蠍尾針之下了。」

白鳳道：「這麼說來，他們確是別有用心了？」

白梅輕輕吁一口氣，道：「鳳兒，任何事，都不可早下論斷，必須要多想想，再作結論。」

白鳳道：「爹，我實在想不通，他們究竟要做什麼？」

白梅道：「這是我們要找的原因。」

白鳳道：「其實，他們只要把我們殺了，那不是什麼問題也沒有了。」

白梅搖搖手，不讓她再說下去，接道：「鳳兒，別再說，讓我好好地想想。」

一時間，大廳中恢復了完全的靜寂，靜得聽不到一點聲息。

但聞一陣步履之聲，傳了過來，余立匆匆行入大廳。

白梅道：「三位兄弟的屍體呢？」

余立道：「已經收殮入棺，我從他們其中一人的身上，找出一枚暗器。」

白梅道：「什麼樣的暗器？」

余立道：「一枚細小的毒針，叫化子沒有見過，大約就是白爺說的蠍尾針了。」

白梅道：「拿給我看看。」

余立緩緩由衣袋之中取出一個白布小包，緩緩打開，燈光之下，只見一枚長不過三分，形如蠍尾之刺的短針。

白梅只瞧了一眼，立刻說道：「不錯，正是陰毒絕倫的蠍尾針。」

余立包起蠍尾針，道：「好！只要有這一枚蠍尾針，那就算有了找出凶手的頭緒。」

白梅四顧了一眼，道：「余舵主，吩咐他們散去吧！」

余立道：「是！我已經下令搜查了一遍，這座宅院中再沒有隱藏的敵人。」

董川突然一抱拳，道：「余舵主，為我們無極門的事，使貴幫一下子折損了三個人，咱們心中不安得很，在下這裡先行謝過了。」

白梅道：「余舵主，董川已經接下了無極門的掌門之位。」

余立急急一躬身，道：「見過掌門人。」

董川還了一禮，道：「不敢，不敢，最難風雨故人來，貴幫對無極門這份情意，無極門

絕不敢忘懷。」

余立道：「董掌門言重了，敝幫主再三告訴我說，無極門對丐幫有過一次天大的恩情，如非宗掌門人，當年一支劍化解敝幫和排教的衝突，只怕丐幫已無法再維持這個龐大的組織，敝幫這一代的幫主，已經掌權三十年，從來沒有承受過任何人的恩情，唯一受到無極門那次照顧，這件事，敝幫主一直放在心上，所以，每一次到襄陽來，諄諄告誡在下，希望我能為無極門，多盡一些心力、一點效勞，希望掌門人，不用掛在心上了。」

董川嘆息道：「無極門一夜間遭劫驚變，十損七、八，董川雖然承師遺命，接掌了門戶，但自知年幼功淺，難以當此大任，日後，還要余舵主多少賜助才成。」

余立道：「這個叫化子如何當受得起來，我已把貴門劫變，飛書轉報敝幫主，我想近日之內，敝幫主就算不會親自來，亦必派遣幫中長老趕到，目前敝舵屬下，人手雖然不少，但真正的高手，卻是不多，保護方面，恐難周全，要宗夫人、掌門人自行小心一些，余立先行告退了。」

白鳳站起身子，福了一福，道：「難婦恭領盛情。」

慌得余立連連抱拳，道：「夫人言重，夫人言重。」

丐幫人魚貫相隨，片刻間離開了大廳。

白梅坐在一張太師椅上，道：「這孩子，老夫不得不佩服他了。」

白鳳道：「爹說的什麼人啊？」

白梅道：「楚小楓啊，這孩子當真是高人一等。」

白鳳道：「怎麼說？」

白梅道：「他想到有跟蹤，而且，也料到了這裡面有敵人的眼線，所以，他交代了一聲，立刻離去。」

成中岳道：「老爺子，如非你經驗老到，我們只怕都將身遭毒手。」

白梅道：「這也是你們提醒了我，要不是你們談起了只遇上一個丐幫弟子，我也不會動疑，丐幫弟子，一向行動正大，除非有了警兆，他們不會隱在暗處，前院三個丐幫弟子，有說有笑，高談闊論，後院中怎會只有一個人迎接你們，而且，你們轉了一圈，還只見他一個人。」

成中岳道：「唉！處處留心皆學問，今夜裡，我們又學了一招，只是付出了丐幫中三條人命，代價太大了一些。」

白鳳道：「蠍尾針，如此歹毒，他們如若隱在暗處偷襲，真叫人防不勝防了。」

白梅道：「蠍尾針，是江湖上列入禁用的暗器，凡是使用這些暗器的人，都變成了武林的公敵，這東西已經有十幾年沒有在江湖上出現過了，想不到今夜中又叫我們遇上。」

成中岳道：「也好！他們因使出了這種暗器，也暴露出他們的來歷，照著蠍尾針這個方向查，定然可以找出他們的根來。」

白梅道：「這只能算是一條線索，目下咱們還無法著手去查，先等等再說吧！」

白鳳道：「等什麼呢？」

白梅低聲道：「等丐幫的幫主，眼下無極門傷得太重，元氣一時間也無法恢復，要想查

春秋筆

出內情來，必須要借重丐幫，咱們等丐幫的幫主來了再說。」

白鳳道：「小楓呢？」

白梅道：「不用擔心小楓，這孩子智計多端，我相信他可以應付變化。」

目光一掠成中岳和董川，道：「咱們都得好好地休息一下，我們要盡量地保持體能，此時此際，隨時可能發生變化，敵人也隨時會大批湧到，我們不能只靠丐幫中人應付變局，這只是一個分舵，不會有多少高手。」

成中岳、董川齊齊欠身，道：「多謝前輩指教。」

白梅道：「各自回房去吧，睡覺時要機警一些，我們無法再承受任何一次打擊。」

成中岳、董川點點頭，舉步出廳。大廳中，只餘下了白梅、白鳳父女兩人。

目睹成中岳等兩人離去，白梅才低聲說道：「孩子，你和領剛之間，是否保有著什麼隱秘的事？」

白鳳道：「沒有啊！爹問這話，是什麼意思？」

白梅道：「沒有別的用心，我只是想瞭解一下內情，這會對咱們幫助很大。」

白鳳沉吟了一陣，道：「細想這幾年中，領剛好像和人有什麼隱秘的約會，但他一直沒有給我提過。」

語聲一頓，無限傷感地接道：「他們就要出師了，卻發生這樣大的變化。」

白梅笑一笑，道：「鳳兒，領剛雖然已把掌門之位傳給了董川，但那是公事，替領剛報仇，你還要擔起最大的責任。」

白鳳道：「我知道，爹，我如沒有這一份心情，現在怎還能活得下去。」

白梅道：「好！你休息一下吧！我也去休息一下。」

回到臥室，白梅坐息了一陣，悄然起身，在四面巡視了一下。

只見丐幫弟子，遍布三重院落，屋面上、暗影中，布下了二十多個暗樁，戒備森嚴，如臨戰陣。

看到了如此森嚴的戒備，白梅心頭放下了一堆大石，回到房中，好好睡一覺。

連三天，都在平靜中度過。

白梅、白鳳、成中岳、董川，經過了三日夜的休息，體能大都恢復，但白鳳內心之中，卻是一點也不平靜。

她擔心楚小楓的安危，三日夜來，一直十分沉重，但她卻一直強忍著沒有說出來。

丐幫替他們準備了很豐富的飲食，豪華、舒適的住處。每一餐都具備了不同的酒、菜，送到大廳中，白鳳等也都集中在大廳中用飯。

第四天早飯時間，白鳳實在忍不住了，輕輕吁一口氣，道：「爹，小楓三天沒有消息了。」

白梅道：「是啊！老夫也很關心他。」

成中岳道：「老爺子，吃完飯後，我去找他。」

白梅搖搖頭，道：「不行，要去，也是我去，你們留在家裡。」

董川道：「這等事，不敢有勞兩位長者，還是我去吧。」

白梅搖搖頭，道：「董川，論江湖經驗，我比你們老練得太多，但我被人家追蹤，竟然是一無所覺，老夫心中實在也是有些不服氣。」

白鳳道：「他們已經認識你了，你如是再出去，豈不是被他們瞧到了？」

白梅道：「老夫數十年來，都以本來面目行走江湖，行不更名，坐不改姓，這一次，勢必破例一番了。」

白鳳道：「唉！爹，我好擔心……」

白梅臉色一整，冷冷說道：「所有的人，都在替死去的痛惜，失蹤的擔心，但江湖上就是這樣一個充滿著凶險的地方，人入江湖，必須學習著承受江湖上的風浪、打擊，你過去，跟我走過了不少的地方，也經歷了不少的風浪，似乎不是這個樣子？」

白鳳道：「爹斥責的是，是不是女兒老了，變得膽小起來？」

白梅道：「唉！鳳兒，爹比你老多了，我心中的痛苦，更不會比你輕，我膝下無子，只有你這麼個寶貝女兒，我風燭殘年，失去了愛婿，丟了外孫，我心中這份沉重，豈會在你之下，我們已經失去的太多，活著在此的人，肩上都負著千斤重擔，但如不能把心中那份深沉的悲痛，化作力量，這大仇只怕永無得報之日了。」

白鳳點點頭，道：「爹說得是。」

白梅道：「你明白就好，吃飯吧！吃過飯，我就去找小楓去。」

襄陽城中的望江樓，是首屈一指的大酒店。上下三層樓，終日酒客滿。

是中午時分，一百多副的坐頭，都已經坐滿了客人。

二樓上，臨窗處，坐著三個女人。

萬綠叢中三點紅，也是望江樓上僅有的三個女客。

上百位酒客的目光，都在有意無意之間，瞧上兩眼。

有些酒客，幾杯黃湯下肚，酒壯色膽，乾盯著那張桌子瞧。目光，大都集中在靠窗的一個座位上。

那是個全身綠衣的少女。

像雨後猶帶水珠的蕉葉，偏偏又配了一張桃花般的粉紅臉兒。

雖然，那綠衣姑娘偏著頭，只能看到她半張臉兒。

但那已經夠動人，像放在鐵屑中的一堆磁鐵，吸引了樓上酒客大部分的目光。

另外兩個女的，都已是中年婦人，三十出頭的年紀，同樣的衣著，青綢子短衫、長褲，打扮的很俐落，每人身側都放著一個長形包袱。

久走江湖的人，一眼都可以看出來，包袱中是兵刃。

不知道是不是為了這綠衣少女的緣故，二樓上，所有的桌子上，都坐了客人。

白梅易了容，垂胸白髯，也變成了黑色的鬍子。

一個製造很精巧的人皮面具，掩去了本來的面目。

一身深灰色的長袍，完全把這位名動江湖的獨行叟，變成了一種新面貌。

他目光轉動了一下，發覺，只有在緊鄰綠衣女子旁側的小桌，坐著兩個人，還空了兩個位置。

那是一張小小的方桌子，上面只可以坐四個人，兩面已經有人了。

白梅暗裡一皺眉頭，行了過去，微微頷首，道：「望江樓的生意太好，兄弟來遲了一步，只好搭一張桌子了。」

那兩個人，似乎是也不認識，相互望了一眼，又瞧瞧白梅，卻沒有人接腔。

白梅暗道：「反正老夫已經坐定了，不管你們是否同意。」

心中念轉，不再等兩人答話，一抬腿，坐了下去，目光轉動，盯了兩人一眼。

左首一人，是個中年文士，穿著一件湖色長袍；右首一人，似是一個作生意的人，一身天青色長袍，白淨面皮，頭上戴著一個瓜皮小帽，看上去，大約有四十三、四年紀。

兩個人，對白梅擠上桌位，心中顯然是有些不滿，雖然沒有發作出來，但神色間卻有很清楚的不悅之色。

白梅心中暗笑，忖道：「兩人擠在一張桌子上，心中大概已經不太快樂，如今再多了我一個人，更是心中不滿了。」

但兩人竟還都忍了下去，沒有發作出來。

白梅舉手一招，店小二應聲行了過來，低聲道：「客官你吃點什麼？」

那頭戴瓜皮小帽的中年人，搶先接道：「貴店的生意當真好啊！」

店小二沒有幫白梅找座位，就是害怕搭了別人的桌子，使得別人不滿，但白梅自己找了

座位叫他，他又不能不過來。

只好硬著頭皮，道：「還不是諸位大爺愛護小店麼？」

瓜皮小帽大漢冷冷說道：「我看，在下不吃了。」站起身子，轉頭而去。

店小二道：「客官，你叫的菜已經下鍋了。」

白梅道：「不要緊，這個人叫的菜，給我就是。」

有人願意出錢，店小二立刻換上了一副笑臉，低聲道：「客官，實在是沒有法子的事，小店的座位不多，價錢又克己，所以，客人太多。」

白梅道：「伙計，我倒有個辦法，借你金口，給你的掌櫃說一聲。」

店小二道：「小的這裡洗耳恭聽。」

白梅道：「酒、菜起價，貴得多了，就不會忙不過來了。」

店小二苦笑一下，道：「客官，這法子，我們早就想到了，只可惜，有些行不通。」

白梅道：「這就沒法子了，酒醇菜好，價錢又便宜，諸位就只好多忙著了。」

店小二躬身轉頭而去。

白梅目光卻轉到那湖綢長袍的中年文士身上，道：「朋友，你給我的面子不小，今兒個這頓酒席，我付啦。」

中年文士道：「不必，在下雖然不算有錢，但自己買頓酒、飯吃，還付得起帳。」

白梅笑一笑，暗道：「今天，這樓上酒客的情緒，似乎是都不太好，難道這還有什麼原因不成？」

心中念轉，目光卻不停地四下轉動。

他希望能在這裡看到楚小楓，所以，擺出了和楚小楓約好的暗記。

但他失望了，楚小楓似是沒有來，直到酒、菜送上來，還未有人和他招呼，也未見呼應的暗記。

那中年文士叫了四個菜，一壺酒，自斟自飲。

那被氣走的白淨中年人，也只叫了四個菜，一壺酒。

一個小桌子擺了八盤菜，佔了十之七、八的地方，幸好氣走了一個，如是那人沒有走，白梅也叫了四個菜、一壺酒的話，單是酒、菜，桌子就擺下不了。

兩個人叫的菜，完全不同，但卻各吃各的。

中年文士一面喝酒，目光卻不停地向兩個地方轉。

一處白梅不用看也知道，正是那綠衣女子的座位。另一處，卻是大座中間，一張大圓桌上。

那一桌圍坐了七個人，六個人穿的一樣，居上位的一個穿著一個長衫。

這情形很明顯，六個身分一樣，那一個人身分特殊。

那是個年輕人，頭上戴著一頂文生帽，面前還放著一柄超過兩尺的摺扇。

豐富的江湖閱歷，使白梅一眼之間，就瞧出來，那是內外兼修的高手，儘管他衣服文雅，不帶一點江湖氣，很像一個富家公子哥兒。

中年文士突然提起了自己的酒壺，替白梅斟了一杯酒，低聲道：「請教貴姓？」

白梅道：「不敢，不敢，兄弟姓梅。」

他把名借做了姓。

中年文士道：「梅花的梅，好姓啊！大名怎麼稱呼？」

白梅道：「名字就不太雅了，不說也罷！」

中年文士笑一笑，道：「兄弟是誠心請教啊！」

白梅道：「既是如此，在下只好硬著頭皮說出，在下單名一個皮字。」

中年文士低聲說道：「梅皮，梅皮，梅花可散香，梅子可製酒，這梅皮麼？可就沒有什麼用處了。」

白梅道：「說得是啊！所以，兄弟碌碌半生，一事無成。」

語聲一頓，道：「請教兄弟……」

中年文士道：「兄弟姓皮，剛好是你兄台的名字。」

白梅道：「巧啊！巧極啦！來，咱們乾一杯。」

兩人對飲了一杯。

白梅道：「皮兄的大名是……」

中年文士道：「皮開。」

白梅道：「皮開，皮開，皮可製衣，做履，皮已開麼？……」

中年文士笑一笑，接道：「皮開肉必綻，梅兄酒足飯飽了，還是早些趕路得好。」

白梅道：「皮兄的意思是……」

皮開接道：「兄弟的意思是說，這地方不宜久留。」

白梅哦了一聲，道：「為什麼？」

皮開道：「不為什麼，梅兄要是不相信兄弟的話，那就只好留下來了。」

白梅道：「在下相信，只不過，想問得更清楚一些罷了。」

皮開道：「好吧！你請問。」

白梅道：「這地方人數眾多，咱們一不犯法，二不違禁，為什麼要跑呢？」

皮開微微一笑，道：「梅兄，做作要有一個限度，光棍眼睛中不揉砂子。」

白梅笑一笑，道：「皮兄，你好像不是姓皮吧！」

皮開道：「我也不相信你梅兄真的姓梅。」

白梅道：「話不說不明，燈不點不亮，既然大家都已經說穿了，似乎是用不著再隱藏什麼了，對不對？」

皮開道：「對！兄弟再請教閣下貴姓？」

白梅笑一笑，道：「梅，反正我有一個梅字，皮兄呢？」

皮開道：「真真正正的皮。」

白梅道：「皮兄，兄弟有點想不通。」

皮開道：「我說得很清楚了！」

白梅道：「皮兄，如是兄弟離開的時候，皮兄是不是也要離開？」

皮開道：「我不走……」

白梅道：「那麼兄弟捨命奉陪，我們就在這裡泡上了。」

皮開臉色一變，道：「梅兄，你氣色不好，我看活不過今天下午。」

白梅道：「不會，不會，我剛剛算過命，看命的先生說我，可以活過八十歲，老夫今年才五十三，還有三十歲好活。」

皮開道：「那個算命先生的相法，只怕是不太準。」

白梅道：「哦！皮兄的看法呢？」

皮開道：「我看你最多還能活過一個時辰。」

白梅道：「當真麼？」

皮開道：「你會不會運氣？」

白梅道：「小的時候學過。」

皮開道：「那很好，你自己何不運氣試試？」

白梅呆了一呆，暗中運氣一試。

這一試，立刻臉色大變。原來，不知何時，已經身中奇毒，毒性已入內腑。

皮開道：「怎麼樣，我的相法如何？」

白梅道：「很準，很準，不過，我想知道，你為什麼要對我下毒，咱們之間，無怨無仇。」

兩個人的交談，一直保持著君子之風，雖然談的是生死大事，但卻一直是低聲細語，看起來，就像是老朋友敘舊一樣。

皮開乾了面前一杯酒，笑一笑，道：「不教而殺謂之虐，但我事先已經對你做了數番說明，你也是久年在江湖上走動的人了，竟然是這樣不開竅，那有什麼法子？」

白梅哦一聲，道：「我身中之毒，看來十分劇烈，但不知，我還能支持多少時間？」

皮開道：「十二個時辰，子不見午，午不見子，必死無疑。」

白梅也喝乾了面前的酒，笑道：「太長了，十二個時辰可以做多少事，你知道麼？」

皮開道：「閣下的意思是……」

白梅道：「在我沒有毒發身死之前，我想先殺了你，不過，我不想在這裡動手。」

皮開道：「你準備在哪裡動手？」

白梅道：「最好找一個很清靜的地方。」

皮開道：「梅兄，你殺了我，又有什麼用？反正你是死定了，為什麼不大方一些。」

白梅道：「皮兄的算盤，打得很如意啊！只可惜，在下無法接受，這麼吧！乾了面前這杯酒，咱們一起離開。」

皮開低聲道：「如是兄弟不願意去呢？」

白梅身子向前一探，兩個人幾乎把頭碰在了一起，也用極低的聲音，道：「這裡的人很多，萬一我把你給殺了，豈不是一件很難看的事麼？」

皮開道：「梅兄，我下毒的手法很奧妙，有一種毒，可以使人忽然間失去了功力。」

白梅道：「世界上真有這種毒物麼？」

皮開道：「你閣下可是有些不相信麼？」

白梅道：「我相信，不過，幸好我還不是中的那種毒，我的功力，也還存在。」

皮開道：「我知道，我可以立刻再加上另一種毒。」

白梅道：「就在下所知，毒毒相剋，你在我身上再加一種毒，只怕兩種毒物，都會失去作用。」

皮開道：「梅兄是不是想試試看呢？」

白梅道：「皮兄，閣下身上有幾種毒物，不妨一起施展出來，中一種毒也是死，十種毒也是死，反正我是死定了。」

皮開道：「人之將死，其言也善，我想想心也軟了，你既然死定了，又何必一定要拖我下水呢？」

白梅道：「話是不錯，不過，我希望在死去之前，拖一個墊背的。」

皮開道：「其實，你未必一定能殺得了我。」

白梅坐正了身子，又喝了一杯酒，突然一伸手，抓住了皮開的右腕，道：「朋友，走……咱們到別的地方去，再喝一壺。」

這一把快如閃電，皮開竟然閃避不及，不禁為之一呆。

皮開也跟著站了起來，道：「梅兄，這地方的酒、菜不錯，就在這裡吃也是一樣。」

白梅道：「不！一定要換個地方好，多年不見，咱們得好好地聊聊。」

口中說話，五指卻又加強了力道。

皮開只覺右臂麻木，全身的勁力，完全消失，只好跟著白梅行去。

白梅一面走，一面笑道：「皮兄，這幾年，你毒死了不少的人吧！」

皮開腕骨劇疼如裂，但又不能大聲呼疼，只好強自忍著，笑道：「好說，好說，其實也不算太多。」

白梅道：「多少個？」

皮開道：「算起來麼，大約有五、六十個了。」

白梅道：「五、六十個，當真是窮凶極惡的劊子手。」

皮開嘆息一聲，道：「梅兄輕一點，解鈴還需繫鈴人，我能下毒，也會解毒，梅兄中的毒，並非是不治之症。」

白梅道：「皮兄，這要看我願不願意活了……」

皮開接道：「閣下不想活了？是什麼意思？」

白梅道：「皮兄，至少，你現在應該明白，咱們的優劣之勢，已經有了很大的改變，我已經控制了你，我可以殺死你，然後，再從你身上搜出解藥。」

皮開道：「就算我身上帶的有解藥，但你也無法分辨。」

白梅道：「碰碰運氣也好，總算我還有機會，你卻是完全沒有機會了。」

這時，白梅已經帶著皮開，轉向後院行去。

望江樓後院是一個小型的花園，園中有一座小亭。

這時刻，花園之中很靜。

白梅的五指愈收愈緊，皮開只覺腕骨欲裂，血脈不暢，頂門上汗珠兒一顆顆滾落下來。他很想咬牙忍著，但痛苦忍受不易，終於疼得他呻吟出聲。

白梅的五指，反而更加收緊，拖著他行入小亭之中，笑道：「皮兄，請坐，請坐。」右腕用力一帶，皮開身不由己地坐在一張小木凳上。

這小亭之中，共有四張小木凳，白梅緊靠著皮開的身側坐下，接道：「皮兄，你想怎麼個死法？」

皮開道：「我不想死。」

白梅道：「這個，只怕不太容易？」

皮開用衣袖拭一下頭上的汗水，道：「我不死，你也可以活下去！」

白梅道：「你的意思是，替我解去身中之毒？」

皮開道：「正是如此，不過，你要答應，我替你解去了毒性之後，放我離開。」

白梅搖搖頭，道：「這生意談不成。」

皮開道：「為什麼？咱們一命換一命，我沒有沾光，你也沒有吃虧。」

白梅道：「不一樣！我可以由你懷中找出所有的藥物，如是你懷中有十瓶藥物，五瓶毒藥，五瓶解藥，我就有一半生存機會。」

皮開道：「最公平的算法是，你只有九死一生的機會，就算我身上有一半解藥，一半毒藥，但解藥並非通用，你可能用錯藥，那會使毒性提前發作。」

白梅笑一笑，道：「白某的脾氣一向是軟硬不吃，你只有一個機會可以活命。」

他微微鬆開一下五指，使得皮開的痛苦，減輕一些。

皮開道：「什麼條件，快些請說？」

白梅道：「說實話，你的真實姓名，來到襄陽府中，準備幹什麼？為什麼向一個陌生人身上下毒……」

冷然一笑，接道：「還有一件最重要的事，拿出你身上解藥。」

皮開皺皺眉頭，只好伸手由懷中取出了一個玉瓶，道：「這就是了。」

白梅左手一抬，點了皮開身上兩處穴道，笑道：「乖乖的給我坐著，稍有異動，我就可能殺了你。」一面打開瓶塞，倒出了一粒白色的丹丸，接道：「張開嘴，吃一粒試試。」

死亡的威脅，使皮開變得言聽計從，果然啟開雙唇，吞下了一粒丹丸。

白梅道：「希望你拿出來的是對症之藥。」

出手一指，又點了皮開的啞穴，才暗自運氣調息。

果然是對症之藥，白梅運氣行開了藥力，立時感覺到身中的奇毒消失，這才又出手一掌，拍開了皮開的啞穴，道：「我現在，想聽聽你的來歷了，說吧。」

皮開點點頭，道：「好！先從我的姓名說起，我真的姓皮，只不過，不叫開罷了。」

白梅道：「那你叫什麼？」

皮開道：「皮三郎……」

白梅哦了一聲，接道：「毒皮三。」

皮三郎呆了一呆，道：「你知道我？」

白梅道：「你是不是九指毒叟申公勝的門下？」

皮三郎道：「不錯啊！在下排行第三。」

白梅道：「申公勝和老夫不但認識，而且，還有過一次交往，不知他給你們說過沒有？」

皮三郎道：「你老人家還沒亮出真實身分，晚輩如何回話。」

白梅哦了一聲，道：「老夫白梅。」

皮三郎道：「獨行叟白梅。」

白梅點點頭，道：「就是老夫。」

皮三郎道：「家師提過，當年他還受了你老人家一次救命之情。」

白梅道：「小事情，算不得什麼。」

皮三郎道：「但家師卻一直擺在心上，諄諄告誡我和兩位師兄，在江湖上，如若遇上了你老人家，一定要執弟子禮，想不到晚輩竟然對你老人家下了毒，這件事要被家師知道了，非得剝了我一層皮不可了。」

白梅哈哈一笑，道：「不要緊，不知者不罪，你又不知道我是誰，如何能怪罪於你。」

皮三郎道：「白爺，家師把你老人家的形貌，給我說得很清楚，但你卻一點也不像，如是有那麼一點相像，晚輩天大的膽子，也不敢對你下手了。」

白梅道：「老夫易過容，皮少兄，你也不是本來面目吧？」

皮三郎道：「晚輩戴一個人皮面具，白爺叫我皮三為少兄，晚輩如何擔當得起……。」

語聲一頓，接道：「老前輩，快些解開我的穴道。」

白梅笑一笑，道：「我倒忘了。」

右手拍出兩掌，解開了皮三郎身上的穴道。

皮三郎急急由身上取出一個翠玉瓶子，打開瓶蓋，道：「快！快服下這瓶中的丹丸。」

白梅呆了一呆，道：「怎麼回事？」

皮三郎道：「你老人家剛才服用的丹丸，不是解藥……」

白梅接道：「我運氣試過，身中之毒，已經消失了。」

皮三郎道：「我知道，那叫延毒丹，服下之後，毒性暫時消失，其實，只是藥力把毒性給壓了下去，一旦再發作，強烈十倍，會立刻致命。」

白梅道：「哦！你師父對用毒一道，當真是越來越高明了。」

皮三郎自己先吞下一粒丹丸，接道：「老前輩，快服下去，到我的住處去運氣逼毒，然後，咱們再談。」

白梅看他目光滿是焦慮之色，倒是不敢怠慢，急急服下丹丸。

皮三郎收好玉瓶，道：「走！這地方不是談話之所，請到晚輩住的客棧中去。」

白梅道：「很遠麼？」

皮三郎道：「不遠，就在對街的鴻雲客棧。」

他似還心中很急，白梅還未答應，他已經站起了身子，向外行去。

白梅只好緊隨他身後。

皮三郎住在鴻雲客棧第二進院落中一間上房裡。

也許是為了表示他的真誠，進了房門，立時取下了人皮面具，露出本來面目，說道：「老前輩，請登榻運氣逼毒，晚輩替你準備熱水。」

白梅道：「怎麼?還要洗個澡麼？」

皮三郎道：「毒藥被老前輩內功逼出之後，化作一身臭氣，必得淨身才行。」

這時刻，白梅就算心中還有一點懷疑，也不能不故意顯示大方，點點頭，道：「那就有勞。」

然後，閉上雙目，運氣調息，開始逼毒。

果然，這一運氣，才覺著身上毒性猶存。

他內力精湛，這一運氣逼毒，立刻大汗淋漓。

隱隱間，白梅自己也聞出汗味中帶有一股腥臭之氣，而且，那腥臭之氣，愈來愈是濃烈。

睜開雙目，只見皮三郎面帶微笑，站在榻側。

如若皮三郎存有鬼謀，必會在白梅運氣時下手傷他，那時，就算白梅有九條命，也早已傷在皮三郎手中。

皮三郎微笑著說道：「老前輩，水已備好，請你沐浴更衣之後，咱們再仔細談吧！」

浴室早已擺好了一大盆水，和一套新衣，準備得十分完全。

白梅寬衣沐浴後，行出浴室，只見已擺好一桌酒、菜。

皮三郎站在一側，笑道：「老前輩，這一陣運氣逼毒，也必消耗了不少體能，請入座喝一杯，咱們邊吃邊談。」

白梅已恢復了本來面目，一面落座，一面笑道：「你這小子這麼招待我老人家，可有什麼目的麼？」

皮三郎道：「師命在身，晚輩有緣拜識，心中已感榮寵，哪裡還敢有什麼用心。」

白梅笑一笑，道：「你也坐下，衝著你小子對老夫這份殷勤，我也該對你幫點忙，不過，咱們先談談老夫的事。」

皮三郎道：「我知道，你老人家如若不是遇上很重大的事，只怕不會易容改裝了。」

白梅道：「不錯，為了方便，老夫問，你回答。」

皮三郎道：「晚輩遵命。」

白梅道：「先說你，為什麼來此，而且，易容改裝，生怕別人認出來你的身分？」

皮三郎道：「晚輩受人之邀而來，目的在對付丐幫，所以改了容。」

白梅心中一動，忖道：「好啊！第一句話就入了港，這小子倒是一片誠意。」

心中念轉，口中說道：「什麼人請你們來這裡對付丐幫，而且，丐幫勢力遍布天下，你和丐幫結了怨，以後如何在江湖上立足？」

皮三郎道：「所以晚輩才易容而來，至於什麼人請晚輩的，說起來，只怕老前輩很難相信了。」

春秋筆

白梅道：「怎麼？難道那人蒙了面……」

皮三郎接道：「倒不是蒙了面，而是一個女人。」

白梅道：「女人，什麼樣的女人？」

皮三郎道：「一個二十四、五歲，很具風情的女人，出手豪闊，我受聘來此，只要出手兩次，然後，拍腿走人，代價五千兩銀子，而且，他們先付一半。」

白梅沉吟了一陣，道：「那個女人，叫什麼名字？」

皮三郎道：「她不肯說出名字，不過，大家都叫她水姑娘。」

白梅輕輕咳了一聲，道：「皮三，恐怕不光是銀子的力量吧！」

皮三郎道：「你老人家神目如電，晚輩也不敢謊言欺騙，那位小姑娘，生得風情萬種。」

白梅嘆息一聲，道：「皮三，金錢和女色並用，把你給征服了。」

皮三郎道：「晚輩師門，和丐幫原本有些過節，所以，晚輩就答應了，想不到第一次就出師不利，遇上了你老人家。」

白梅道：「也幸好是遇上了我，如是你真的遇上丐幫中人，不論成敗，都會替申公勝惹上很大的麻煩，你師父和丐幫雖然有一些過節，不過並非深仇大恨，丐幫早已經放棄了這件事，不再追究了。」

皮三郎苦笑一下，道：「也許是晚輩的定力不夠，被他們利用了。」

白梅笑一笑，道：「談不上被人利用，你如是不同意，誰也沒有法子強迫你，反正你師父行事，也不太講究什麼規矩，你們做徒弟的，大概也沒有什麼門規約束吧？」

皮三郎道：「本門中雖說沒有什麼規戒，但師父吩咐我們也有三不毒。」

白梅道：「哪三不毒？」

皮三郎道：「一不毒忠臣、孝子，二不毒節婦、義士，三不毒不會武功的人。」

白梅笑道：「丐幫以忠義做為相傳幫規，你對丐幫中人下毒，那不是犯了二不毒之戒麼？」

皮三郎道：「白老前輩，丐幫中人，終年在江湖上走動，老實說，算不得什麼義士，他們雖有忠義幫規之名，但卻非義士身分，家師告訴晚輩義士兩字時，特別予以說明，那是他已有義烈行為，為江湖同道共認的義士。」

白梅道：「咱們不談這個了，那位水姑娘現在何處？你知道麼？」

皮三郎道：「我只知道她住在哪一條巷子中，至於她進了哪一家，晚輩卻沒有看出。」

白梅沉吟了一陣，道：「有一條巷子，總比找遍整座的襄陽城容易，你告訴我，她在哪一條巷子裡頭。」

皮三郎道：「這一點，晚輩可以幫老前輩去。」

白梅道：「很好，老夫還想請教一點事情。」

皮三郎道：「老前輩有話吩咐，晚輩無不全力以赴，請教二字，叫晚輩如何當受得起。」

白梅道：「望江樓上，那位綠衣姑娘，又是怎麼回事？」

皮三郎道：「晚輩第一次接到她們的指示，是要對那位綠衣姑娘下毒，所以，晚輩才選了那一個位置，但老前輩出現以後，她們就又指示晚輩向前輩下毒，反正，我答應的條件是出手兩次，如若很順利，我當天就可以拿了錢離開這裡。」

白梅道：「老夫一直在四下留神，怎麼沒有看到什麼人指示於你？」

皮三郎笑道：「她們設計得很周到，每一個小節，都有著很精密的安排，他們在用一種暗記，指揮我的行動，那都是酒樓上隨手取用之物，根本引不起別人的注意。」

白梅點點頭，道：「這麼說來，老夫帶你離開時，已被她們發覺了？」

皮三郎道：「是！她們發覺了！」

白梅道：「為什麼不見她們有人追下來呢？」

皮三郎道：「我留下了暗記，不讓她追蹤。」

白梅微微一笑，道：「她們真的會相信你的話麼？」

皮三郎道：「可能是不相信，不過，至少她們不立刻違犯。」

白梅道：「皮三，她們是不是有很多人？」

皮三郎道：「你是說水姑娘她們？」

白梅道：「是！皮三，你也在江湖上走動了不少時間，是否聽說過這麼一個神秘的組合？」

皮三郎怔了一怔，道：「對！不是老前輩提起，在下倒未想起，她們像個大組合，但那樣大的組合，江湖上，怎會無人知曉？」

白梅道：「皮三，老夫要考考你了，你說說看這是什麼原因？」

皮三郎道：「可能是新近崛起江湖的一個組合。」

白梅道：「也可能是咱們知道的一個江湖組合，用另一種面貌，出現於江湖之上。」

皮三郎道：「對！如若江湖上，新崛起這麼一個組合，我們應該有所耳聞。」

白梅道：「皮三，你近日之中，聽到過些什麼傳說？」

皮三郎道：「沒有，這一年多來，江湖上都很平靜。」

白梅道：「你到了襄陽地面之後，是否看到了什麼？」

皮三郎沉吟了一陣，道：「湘江船幫好像是遭到了什麼變故，十幾艘輕便快舟，都靠了碼頭，通常，那些快舟，都是船幫中身分很高的人坐的快舟，他們為什麼會一下子集中十多艘呢？」

白梅心中暗暗忖道：「看來，領導江湖船幫的排教，也要有所行動了，排教雖然不若丐幫那樣明顯地表示出對領剛的感激，但他們並沒有忘記領剛對排教的恩情，那十幾艘排教中輕便快舟集中於此，即證明了排教中有很多高人，集中在襄陽城中，自然，那可能是為宗領剛之死。」

但聞皮三郎接道：「照通常的情形而言，排教中，有很多高身分的人，到了此地。」

話到此處，自己把自己嚇了一跳，突然一蹦而起，自言自語地說道：「排教中高等身分的人，集中於此幹什麼？」

白梅笑一笑，岔過話題，道：「皮三，你說，他們發覺了你的行動沒有？」

皮三郎道：「很難說！」

白梅淡淡一笑，道：「你是不是還敢回去？」

皮三郎沉吟了一陣，道：「只要他們沒有發覺，我的處境，仍然十分安全。」

白梅道：「不能勉強，你如若自己感覺處境危險時，那就想法子到……」

他放低了聲音，說明了住處，並且告訴他應該說些什麼。

皮三郎點點頭，道：「老前輩，你好像在查什麼？是否還要改變一下形貌？」

白梅微微一笑，道：「不行了，老夫行走江湖，數十年行不更名，坐不改姓，這一次套上個人皮面具，實在是有些不舒服，再說，敵人認不出我時，自己人不也一樣認不出來……」

皮三郎接道：「怎麼？老前輩難道另外還派有人手麼？」

白梅笑一笑，轉過話題，道：「所以，還是老夫本來面目的好。」

皮三郎道：「老前輩準備到哪裡去？」

白梅道：「望江樓。那位綠衣姑娘很可疑，兩個隨行的中年婦人，看樣子，也不是好相與的人物，越是亂的地方，也越是敵我鬥智的所在，所以，老夫還要回望江樓去。」

皮三郎道：「好！老前輩先行一步，晚輩也要再去一趟，不過，我不能跟老前輩比，我還要改扮易容一下。」

白梅道：「好！老夫先走一步。」

皮三郎低聲道：「老前輩最好小心一些，由窗子裡出去。」

白梅笑一笑，道：「這個，老夫會小心。」

他繞過了一段路，重登望江樓。

這一次，是獨行叟白梅本來的面目，果然立刻引起幾個人的注意。

白梅也在暗中留心，發覺了這望江樓上，至少有四、五個人在注意他。

那些人，都穿著很普通的衣服，一點也沒有武林中人物的味道。

但白梅心中明白，這些人物都是經過易容改裝的武林人物。

望江樓上的酒客，仍然是那樣多，那位綠衣姑娘，仍然坐在原處。

兩個中年婦人，也坐在原來的位置上。

酒客仍然很多，但已不像剛才那樣擁擠。

白梅找到了一個位置坐下來，招呼店小二，送上了酒、菜。

這時，兩個中年婦人之一，突然回過頭來，望了白梅一眼。

白梅一皺眉頭，暗暗忖道：「這婦人好像認識我，老夫怎的一點也記不起來，在哪裡見過她們。」

這時，樓梯上又來了一個酒客，藍衫、福履，頭戴文生巾，搖搖擺擺地行過來。

白梅旁側，剛走了一桌客人，他卻不坐那個空位子上，竟在白梅對面坐下來，笑一笑，道：「老兄，在下搭個座位如何？」

白梅淡淡一笑，道：「請便，請便。」

藍衫人道：「老兄，可是姓白麼？」

白梅嗯了一聲，道：「這世上，認識老夫的人太多了，你閣下貴姓啊？」

藍衫人答非所問，道：「你是白梅白老爺子，江湖人稱獨行叟的白大俠？」

白梅道：「老弟，你很會奉承人啊！又是老爺子，又是白大俠，叫得我老人家很開心，說說看，你找我什麼事啊？」

藍衫人低聲道：「這麼說來，在下是沒有找錯人了？」

白梅道：「你找得很正確，我老人家，是如假包換的獨行叟白梅。」

藍衫人道：「好！好極了，看來在下的運氣不錯。」

白梅一聳雙眉，道：「老弟，你說了很多話，但卻沒有一句是有用的話。」

藍衫人笑道：「這叫拋磚引玉，好話麼？就要說出來了。」

白梅臉色一整，道：「老夫洗耳恭聽。」

藍衫人道：「我想賣一件東西給你老人家，不知道價錢能否談攏？」

白梅道：「那要看什麼東西，東西好，價錢高一點，老夫也許硬吃下去。」

藍衫人道：「是一封信。」

白梅道：「信？什麼人的信？」

藍衫人四顧一眼，發覺有數道目光正向這裡望來，嘆一口氣，道：「這地方，不是談話所在。」

白梅道：「哦！你的意思是，咱們換一個地方談？」

藍衫人道：「不知你白老爺子心意如何？」

白梅笑一笑，道：「事無不可對人言，老夫覺著，這地方沒有什麼不好談。閣下有話儘管說！」

藍衫人沉吟了一陣，低聲道：「關於無極門的事。」

白梅道：「無極門，怎麼樣？」

藍衫人道：「無極門中人，是不是發生了大變？」

白梅道：「嗯！」

藍衫人聲音更低了，緩緩說道：「有一位姓宗的年輕人，叫在下帶一封信來。」

這一句話，有如鐵錘一般，擊打在白梅的心上。

霍然站起身子，但立刻又坐了下來，緩緩說道：「年輕人，我敬你一杯。」

店小二早已替那年輕人擺了一副杯、筷，白梅替他斟滿了酒杯。

藍衫人道：「謝謝，謝謝。」端起酒杯，一飲而盡。

白梅也乾了一杯，道：「老弟，你姓什麼？」

藍衫人道：「在下姓周，賤名金雲。」

白梅道：「周金雲。」

心中卻像風車一般打了幾個轉，就是想不起這個周金雲是何許人物。

周金雲笑一笑，道：「白老前輩，這地方是不是不方便？」

白梅道：「周老弟，咱們聲音低一些，別人就算心中有些懷疑，但也不知道咱們在談些什麼。」

周金雲笑道：「白老前輩，為什麼一定要在這裡交談呢？」

白梅道：「老弟你感覺到沒有，這地方正在醞釀著一場風暴，咱們留在這裡，正好趕上這場熱鬧。」

周金雲笑一笑，未再多言。

白梅竟然也很沉得住氣，未再多問。

這時，兩個中年婦人之一，突然站起了身子，道：「姑娘，咱們該走了。」

那綠衣少女搖搖頭，道：「他說過會來的，一定不會騙我，我還要等下去。」

中年婦人嘆息道：「姑娘，已經過了午時，他說過不會超過午時的。」

綠衣少女道：「銀嫂，那樣遠的路，他一路趕來，也許會遇上了什麼事故。」

銀嫂回顧了那仍然坐著的中年婦人一眼，低聲道：「大姊，你看該怎麼辦？」

那坐著的中年婦人道：「姑娘不走！有什麼法子，你先下去，要他備車，我再陪姑娘坐一會兒。」

銀嫂似是還想說什麼，但話到口邊，又嚥了下去，轉身大步而去。而且，順手帶走了身側的包袱。

周金雲道：「白老前輩，你認識人多，眼皮寬，見過這位姑娘麼？」

白梅搖搖頭，道：「不認識，也沒有聽人說過。」

周金雲道：「她似乎是在等人。」

白梅點點頭，道：「對！她和人訂了約會，在這望江樓上，她如約而來，另一人卻爽約未至。」

周金雲低聲說道：「白老爺子仔細瞧過了沒有，這位姑娘生得相當的美。」

白梅道：「嗯！姿容絕世，老夫雖然未瞧得很清楚，但粗掠一眼，已可辨玉石了。」

周金雲道：「白老爺子，咱們留在這裡，是不是為了這位姑娘？」

白梅道：「倒不是全為了她，老夫只是想看看，和她約會的是什麼人？」

這時，午時已過，酒樓上的客人，逐漸散去，但仍然有十餘人，不肯離去。

白梅暗中數了一下，除了自己、周金雲、那位姑娘、中年婦人之外，酒樓上還留了八個人。

四個人獨坐一桌，另外四個人，分在兩個桌子之上，而且，不時低聲交談，顯然是結伴而來的人。

周金雲忍了又忍，仍是忍不住，道：「白老爺子，你好像不太關心這事？」

白梅道：「你是說那封信？」

周金雲道：「對！白老爺子如是不希望知道太多，在下這就告辭了。」

白梅微微一笑，道：「天下姓宗的人太多，但不知那位年輕人，叫什麼名字，和老夫之間，有何干係？」

周金雲心中暗道：「這顆老薑，當真是辣得可以，這般沉得住氣，真叫人瞧不出，他的心中是否焦急？」

心中念轉，口中說道：「聽說那位年輕人，叫宗一志什麼的，在下倒是有些記不清楚

了。」

白梅點頭，道：「如若是叫宗一志，就和老夫有關了！」

周金雲道：「白老爺子，他是你的什麼人？」

白梅道：「親戚，老弟，那封信可以給我瞧瞧了。」

周金雲回顧了一眼，道：「白老爺子，就在這地方瞧麼？」

白梅道：「對！就在這地方瞧瞧！」

周金雲淡淡一笑，道：「在下覺著，這地方不太好吧！」

白梅道：「周老弟，你放心，我老人家年過花甲，看的事情多了，大江大海都去過了，也不怕浸在水裡了。」

周金雲道：「白老爺子如此說麼，在下就恭敬不如從命了。」

緩緩由衣袋取出一個封套，道：「白老爺子，請拆閱。」

白梅接過封函，在手中掂了一掂，笑道：「這封套之中，除了一封信箋之外，不知還有些什麼？」

周金雲道：「白老爺子，信是原封未動，上面還打著火漆。」

白梅點點頭，拆開了信封。

封套之中，除了一張白箋之外，還有兩粒丹藥，一把鑰匙。

白梅神色很平靜，很詳細地看完了信箋，緩緩放入封套，道：「周老弟，你可知道這信上寫的是什麼？」

周金雲搖搖頭，道：「不知道，在下沒有看過這封信，所以不明內情。」

白梅拂髯笑道：「周老弟，要不要我告訴你？」

周金雲道：「如若白老前輩覺著在下知道了不妨事，在下是洗耳恭聽。」

白梅道：「好！這封信，倒不如說是一道咄咄逼人的令諭。」

周金雲道：「哦！」

白梅道：「信上說要老夫，遵照行事……」

周金雲道：「白老的意思呢？」

白梅道：「周老弟，看到那兩粒丸藥沒有？」

周金雲道：「看到了，不知是否靈丹妙藥？」

白梅道：「是毒藥，信上說得非常清楚，要老夫服用了這兩粒毒藥之後，然後，執著這一把鑰匙，跟著你老弟走！到一處宅院之中，用這把鑰匙，打開一扇鎖著的門，……」

周金雲接道：「那裡面是……」

白梅道：「宗一志，老夫的外孫。」

周金雲道：「至親，至親，白老爺子是不是去瞧瞧他？」

白梅道：「唉！去麼？老夫倒是想去，只不過，老夫有些擔心。」

周金雲道：「擔心什麼？」

白梅道：「擔心送了老命。」

周金雲道：「白老爺子久走江湖，經過了多少大風大浪，難道還會把這點事放在心上

麼？」

白梅道：「別的老夫倒是不擔心，擔心服下這兩粒毒藥，腸胃承受不了。」

周金雲道：「白老爺子的意思是……」

白梅道：「周老弟，這樣吧！咱們分工合作。」

周金雲道：「在下也能幫上忙麼？」

白梅目光四顧了一眼，心中忖道：「四個單獨的人，有一個是皮三郎，但不知小楓那孩子來了沒有。」

他恢復了本來面目，就是想早些見到楚小楓，但他卻很失望，一直沒有接到小楓的通知。

白梅留神過望江樓上每一個角落，一直沒有看到楚小楓擺出的暗記。

他幾次擺出了和楚小楓約定的暗記，但卻一直沒有見到楚小楓的答覆。

這時，白梅已經確定了楚小楓不在望江樓中。

這綠衣姑娘的事，顯然還會有可觀的發展，但總不如宗一志來得重要。

幾番思忖，白梅已經確定了，離開望江樓，從周金雲的身上，發掘出一些線索來。

心意決定了，才笑一笑，道：「能！這就看你老弟願不願幫忙了？」

周金雲道：「你說說看吧！我能做到的，決不推辭。」

白梅道：「好極了……」

站起身子，行到周金雲的身側，一把握住了周金雲的手，接道：「周老弟，我風燭殘年

了，老實說，生死一事，早已經不放在我的心上了，但我希望這一去，能見一志。」

周金雲被他握住了右手，心中十分緊張，本想出手反擊，但覺白梅握著自己的五指，並未加力，心中一鬆。

笑了一笑，道：「我想大概可以見到了吧？」

白梅道：「老弟，說實話，這藥物吃下，會不會死？」

周金雲道：「大概不會，如是吃下去立刻會死，又怎麼還能讓你見到外孫呢？」

白梅微微頷首，道：「說得倒也有理，不過……」

五指突然一收，周金雲頓然感覺右臂一麻，全身的勁道，忽然失去。

不禁臉色一變，道：「白爺，你這是幹什麼？」

白梅道：「周老弟，我想請你幫我把兩粒毒藥吃下去。」

周金雲道：「這個怎麼……」

白梅就借他說話之時，右手一抬，兩粒丹藥，塞入了周金雲的咽喉之中。

他認位準，速度快，周金雲完全無法防備，硬把兩粒丹藥給吞了下去。

白梅掏出一堆銀子丟在桌上，道：「伙計，收錢，多的賞給你老婆買一件花布衫穿。」

伙計連聲稱謝中，白梅卻挽起了周金雲，離開望江樓。

周金雲幾度運氣掙扎，但每掙扎一次，白梅的五指就更緊一次。

這就使得周金雲消失了反抗的機會。

但從表面上看去，白梅挽攙著周金雲而行，似是老朋友扶著一個喝醉了酒的朋友。

離開了望江樓，白梅緩緩說道：「周老弟，由現在開始，我要你絕對合作，如是再有掙扎的舉動，老夫就不客氣了。」

周金雲已經覺著半身麻木，舉步維艱，必須倚靠在白梅的身上，才能走路，心中是又悲又痛，冷笑一聲，道：「你這老奸巨猾之徒，大不了你殺了我……」

白梅道：「你說對了，我會殺掉你，點你死穴。」

周金雲道：「殺了我，你如何還能見到宗一志？」

白梅笑道：「老夫那位外孫，在他們心目中的份量，強你十倍，就算他們瞧到我殺了你，他們也不會傷害他。」

周金雲道：「你想得不錯啊！」

白梅道：「他們留下老夫外孫的性命，那說明了他活著的價值，比他死了大，周老弟，你不過是個三、四流的腳色，像你這種人，死上十個、八個，他們也不會放在心上。」

周金雲呆了一呆，道：「你說得對，我根本不是他們的人。」

這一下，倒使白梅聽得一怔，道：「你不是他們的人，怎麼會聽他們令諭行事？」

周金雲道：「沒有法子，在下妻兒被他們扣住了，要我來送這封信給你，說好的，只要我把你帶到那地方，他們就放了我的妻兒，唉！想不到我竟又著了你的道兒。」

白梅道：「你所說的這些話，可都是實話麼？」

周金雲道：「唉！此時此刻，我怎麼還會騙你？」

白梅沉吟了一陣，道：「周老弟，你妻兒落於人手，想來，大概你是不願意死了？」

周金雲道：「唉！咱們無怨無仇，我卻加害於你，就算你殺了我，那也是應該的事。」

白梅道：「你被人所迫，那也是無可奈何的事了，不過，現在，你如肯和老夫合作，時猶未晚。」

周金雲道：「白爺，晚了，在下已經服下了毒藥，這毒藥發作之後，人先癱瘓，十二個時辰之後，人才會死亡，不過，在下倒希望老前輩，能夠早一些痛痛快快地殺了我。」

白梅道：「為什麼？」

周金雲道：「我是死定了，但我希望能保存妻兒的性命，如果老前輩願意成全，那就把我殺了，我死之後，他們也許會保存我妻兒的性命！」

白梅道：「如是你願意和老夫合作，不但可以救你妻兒，而且還可以保住你的性命。」

周金雲道：「不知要在下如何一個合作方法？」

白梅笑一笑，說出一番話來。

周金雲點一點頭，說道：「好吧！在下試試看。」

白梅道：「老弟，要沉著，老夫相信咱們成功的機會很大。」

周金雲苦笑一下，說道：「白爺，在下死不足惜，但恐會拖累了妻兒，賭注下的太大一些。」

白梅道：「周老弟，這個辦法雖然不太好，不過，除了這個辦法之外，你似乎是沒有選擇了。」

周金雲長長嘆息一聲，道：「白爺，萬一我如有了什麼不幸，妻兒隨同遭殃，只希望你白爺，替拙荊買一口棺材，別讓她一個婦道人家，死無葬身之地。」

白梅道：「老弟，伸頭一刀，縮頭也是一刀，你膽子放大一些，咱們成功的機會，至少有一半。」

周金雲不答話，帶著白梅到了一座宅院前面。

七　勇探虎穴

這是一條僻靜的巷子，行人不多。兩扇木門，緊緊地關閉著。

白梅鬆開了緊扣周金雲的五指，道：「老弟，反扣著我的脈穴。」

周金雲右手一翻，五指扣上了白梅的腕脈，左手叩動門環。

門環聲三快、兩慢，木門呀然大開。

白梅目光轉動，四顧了一眼，只見庭院寂寂，不見人跡。

周金雲舉步行入庭院，木門突然自動關上。

白梅久經大敵，十分沉著，連頭也沒有回顧一眼。

周金雲未直接行入廳中，卻站在院落之中，高聲說道：「在下幸未辱命，帶回來了白梅。」

這是一座四合院，進大門轉入廳院之中，四面都是房屋。

但每一幢房屋，都是門窗緊閉，無法見到房中景物。

只聽正屋中，傳過來一個冷厲的聲音，道：「那兩粒藥丸呢？」

周金雲道：「給他服下去了。」

正屋又傳出那冷厲的聲音，道：「白梅，你聽著，那兩粒藥物服下之後，就不能妄動真氣，現在，你已經完全沒有抗拒之力了，在下想和你談一件事。」

白梅道：「那書簡上已經寫得十分清楚了，希望你們能夠遵守約定，我要見見宗一志。」

屋中人哈哈一笑，道：「白梅，你走了一輩子江湖，難道還不知道江湖上的險詐麼，於朋友約，言而有信，可是，咱們不是朋友，咱們是敵人，兵不厭詐，愈詐愈好。」

白梅道：「怎麼?你們想毀約了?」

屋中人冷笑一聲，道：「周金雲，你真的給他服下了藥物麼?」

周金雲道：「是他看完了信，自願服下的。」

屋中人哦一聲，道：「舉起來，把扣緊白梅腕穴的手舉起來。」

周金雲依言舉了起來。一點不錯，周金雲右手五指，扣緊著白梅的右腕脈穴。

屋中人笑一笑，道：「白梅，以你江湖之老，怎會甘心受這姓周的要挾，任他擺布?」

白梅道：「誰也要挾不了我，我只不過想看看自己外孫而已。」

周金雲嘆息一聲，道：「朋友，你們吩咐的事，我都辦到了，希望你們能守信諾，帶我去見妻兒。」

屋中人不理會周金雲的問話，卻沉聲說道：「姓周的，你真的還想見你的妻兒麼?」

周金雲心頭一震，道：「我甘心為你們冒此奇險，自然是為了我的妻兒了。」

屋中人道：「那就好談了，咱們負責把你的妻兒，送回你們原籍，不過，周朋友，要委屈一下。」

周金雲道：「還要我幹什麼？」

屋中人道：「死！我們不願意留下任何可以使人追查的線索。」

周金雲本來是真真正正地扣緊著白梅的脈穴，為了妻兒的性命，他準備出賣了白梅，必要時，說明內情，白梅右脈脈穴受制，無法反抗。

此刻，卻緩緩鬆開了五指，移開脈穴要害。

白梅暗暗吁一口氣，提聚了功力。

只聽屋中人冷冷接道：「周金雲，你可是不願意死？」

周金雲道：「在下雖然也練過武功，但只是用做強身，我不願死，也不願妻兒受苦，我們不是江湖人，只希望能早回原籍，過我們耕讀的生活……」

屋中人接道：「周金雲，你要想開些啊！有些事，已不是你自己能作主了！」

白梅嘆息一聲，道：「周朋友，看來，不但我受了你的騙，你也一樣受了他們的騙，他們不是江湖上堂堂正正的門戶，而是一個隱藏在暗處的強盜組合，就算你真正的答應一死，也保不住你的妻兒，他們已經說得很明白，不願意留下可以追查的線索，斬草必須除根。」

周金雲心頭震動了一下，道：「這位白爺說的是真的麼？」

他已決心和白梅合作，配合的很好。

屋中人顯然沒有起疑，哈哈一笑，道：「不要聽他挑撥之言……」

白梅高聲接道：「你們可能已經殺害了他的妻兒……」

屋中人接道：「胡說，我們為什麼要殺害婦人、孺子？」

白梅道：「周朋友，你如不相信老夫的話，為什麼不要求見見你的妻兒？」

語聲停頓，暗施傳音之術，說道：「老弟，現在，你該相信老夫了，按咱們計劃行事。」

周金雲吁一口氣，道：「咱們素無淵源，你們要我替你們做了這許多的事，如若再殺害了我的妻兒，那就太沒有良心了。」

屋中人冷笑一聲，道：「姓周的，你現在才明白，不覺實在晚了一些麼？」

忽然間，寒光一閃，周金雲打個踉蹌，鬆開了白梅的右腕。

強敵這麼一個狠法，真是賊子狼心，連白梅也有些意外之感，心頭凜然。暗自又提高了幾分警覺。轉頭看去，一柄飛刀插入了周金雲的背心。

大約，刀上淬有奇毒，周金雲右手按在左背心上，只說出了一句：「你們好狠的心腸……」身子一側，人已倒了下去。

白梅活動了一下雙臂，裝作穴道剛剛被鬆開一般，緩緩說道：「這個人，死的好冤……」

屋中傳出了一陣哈哈大笑，道：「想不到大名鼎鼎的獨行叟，竟然是這樣一個慈善的人。」

白梅道：「老夫只是惋惜他死的不值。」

屋中人道：「這種人，實在用不著替他可惜，正如他所言，他和你素不相識，竟然肯加害於你，可見……」

白梅接道：「那是你們逼的。」

屋中人道：「不錯，是我們逼的，不過，他如真是正人君子，就不該接受我的威脅。」

白梅嘆息一聲，道：「說得也是，這個人太自私一些。」

屋中人道：「你既然覺著咱做的不算太錯，現在，咱們應該談談正經事了。」

白梅道：「好！你說吧！老夫就洗耳恭聽。」

屋中人道：「白老可知道咱們把你請來的用心麼？」

白梅道：「我自甘服毒，受人挾持而來，只因為想見我那外孫一面。」

屋中人道：「這是你白老的想法，咱們的想法就不同了。」

白梅道：「難道這純屬子虛，完完全全的騙局？」

屋中人道：「那倒不是，宗一志確實落在了我們的手中，而且，在下還可以奉告白老，他還好好地活著，沒有受到任何傷害。」

白梅道：「那很好，但不知老夫如何才能見到他？」

屋中人道：「你可以見他，但不是現在，因為，他根本不在襄陽。」

白梅道：「這麼說來，這是一樁徹頭徹尾的騙局了。」

屋中人道：「談不上騙局，宗一志確然落在了咱們手中，只要你白爺肯合作，總有見到你那外孫的機會。」

白梅道：「哦！」

屋中人道：「白爺，你心中應該明白，你已經完全沒有反抗的機會了。」

白梅道：「所以，我應該聽你們擺布了？」

屋中人道：「好像你只有這條路好走了。」

白梅道：「好吧！我想，現在，我已經完全沒有脫身的可能了。」

屋中人道：「白爺久走江湖，對武林中事，瞭解得很多，想來，用不著在下多解說，你請入廳中坐吧。」

大廳上緊閉的兩扇大門，突然大開。

白梅轉眼望去，只見大廳中一片靜寂，看不到一個人。

不管是龍潭虎穴，白梅已暗下決心，今日一定要弄個明白出來。

暗暗吸了一口氣，納入丹田，一面舉步向廳中行去，一面說道：「老夫這一把年紀了，生而何歡，死而何懼，難道你們還會把這個老不死留作人質不成？」

他自言自語，聲音也不大。但如這庭院之中有人，一定可以聽到。

進入了廳中之後，目光轉動，只見大廳，除了幾張木椅和一張大方桌外，再無陳設，整座廳中，不見一個人。

白梅順手拉過來一張太師椅，坐了下來，道：「老夫已經進入廳中了，閣下，也該出來見個面了。」

大廳右側的臥室門緩緩開啟，一人行了出來，道：「見面有如不見，見之何益。」

那是個裝束很怪的人，一襲寬大的黑袍，掩遮了全身，連雙手，也被又寬又長的袍袖遮去，臉上是一個黑布做成的連頸布帽，除了可見到一對眼睛之外，只可見到一排白牙。

白梅端坐未動，打量了黑袍人一會兒，冷笑一聲，道：「你是男人，還是女人？」

這句話，對一個江湖人，是很大污辱。

但那黑袍人卻似是毫不在乎，緩緩說道：「你說呢？」

白梅道：「聽你的口音，似乎是男人，但你的行藏，卻像個婦道人家。」

黑袍人呵呵一笑，道：「人之將死，其言也善，但閣下卻言詞如刀。」

白梅道：「唉！朋友，君子可欺之以方，你們逼我老人家服下了毒藥，又騙我到了這裡，還來了這麼一副怪模怪樣的打扮，真叫人猜不透用心何在？」

黑袍人道：「那是因為我有不能以真正面目見你的原因。」

白梅心中一動，道：「你是誰？」

黑袍人道：「別太自作聰明，也別想得太多，那對你沒有好處。」

白梅道：「哦！」

黑袍人道：「現在，咱們似乎是應該談談正題了。」

白梅道：「老夫在聽著。」

黑袍人道：「你可以不死，白鳳也可以留下性命，但你們父女要從此歸隱，不准再在江湖上出現。」

白梅道：「還有麼？」

黑袍人道：「宗一志也可以不死，而且，還可以承歡膝下，但董川和楚小楓卻不能留下性命。」

白梅道：「無極門就此斷絕於江湖之上？」

黑袍人道：「無極門會繼續存在，只不過，換了一位掌門人，也換了一些弟子，他們仍然住在迎月山莊。」

白梅道：「唉！從此變成了一個無足輕重的小門戶。」

黑袍人道：「白爺又猜錯了，無極門會很快地壯大起來，而且，要超越過宗領剛的成就千百倍，這一點，宗領剛倒可以瞑目九泉了。」

白梅道：「閣下可否說得清楚一些？」

黑袍人道：「其實，我已經說得很清楚了，以你白爺在江湖上的經驗，這幾句話，豈會有聽不懂的道理。」

白梅道：「聽是聽得懂了，只不過，事關重大，在下也不願作任何預測。」

黑袍人道：「我們要借重無極門這個門戶，如是合作得好，宗一志也有可能子承父業，出任無極門的掌門人。」

白梅道：「真有這麼一天，老夫倒替你們擔心了。」

黑袍人道：「哦……你擔心什麼？」

白梅道：「我擔心他一旦出任了無極門的掌門身分，會替他老子報仇。」

黑袍人道：「掌門人，只不過是一個名義罷了，未必有很大的作用。」

白梅道：「這麼一說，老夫就明白了，宗一志就算當上了無極門主，也不過只是一個聽人擺佈的傀儡而已。」

黑袍人道：「這要看怎麼說了，如若宗一志能夠表現得很忠實，也可能會受到重用。」

白梅道：「那是說讓他忘去了殺父之仇，一切都聽從你們的指命？」

黑袍人冷笑一聲，道：「白爺，咱們在說正經事，不是在爭論什麼。」

白梅道：「這個，我知道。」

黑袍人道：「目下最重要的一件事，就是你白爺肯不肯和我們合作。」

白梅道：「這等重大之事，只怕老夫一時間很難決定了。」

黑袍人道：「白梅，你必須很快地做個決定，因為，你已經沒有太多的時間。」

白梅道：「你是說老夫要死了？」

黑袍人道：「腹中有毒的人，實在很難活得太久。」

白梅笑一笑，道：「老夫這把年紀了，老實說，死亡對我的威脅不大，不過，我還是不太想死，說說看，要老夫如何和你們合作？」

黑袍人道：「說服白鳳，生擒了董川、成中岳、楚小楓，以表示誠意。」

白梅道：「你對無極門中事，似乎是知道的不少，想來，也定然知道，他們夫婦之間的情意，十分深厚？」

黑袍人道：「我知道，但她的丈夫已經死了，而宗一志還活著。這是她唯一的兒子，一個失去了丈夫的中年婦人，絕不願意再失去兒子。」

白梅沉吟了一陣，道：「這確是一件很難決定的事，大義、親情，老夫也無法預測，她會做出什麼樣的決定。」

黑袍人道：「我們想像得到她的為難，所以，要請你多幫忙了。」

白梅道：「好吧！老夫答應去勸勸她。」

黑袍人道：「那很好，對你，對白鳳，對宗一志，都是有益的事。」

白梅道：「如是沒有別的事，老夫可以走了。」

黑袍人又恢復了尊敬的稱呼，道：「白爺，你想清楚了沒有？」

白梅道：「還有什麼事？」

黑袍人道：「你說服了白鳳之後，要如何去擒楚小楓、董川呢？」

白梅道：「他們都很聽鳳兒的話，如果老夫真的說服了白鳳，白鳳說一聲，他們就會束手就縛。」

黑袍人道：「這個，太冒險，萬一他們不服，豈不是要引起麻煩麼？」

白梅道：「閣下的意思呢？」

黑袍人道：「下毒，他們想不到白鳳會對他們下毒，應該是萬無一失。」

白梅道：「高明，高明，這一招，他們一定想不到。」

黑袍人笑一笑，道：「有時候，用盡心機，出盡妙法，無法解決的事，反而用最簡單的辦法，一下子就可以解決了。」

白梅道：「唉！問題在我是不是能說服我那位女兒，聽我的話！」

黑袍人道：「這應該不是太難的事，你是她的父親，宗一志是她唯一的兒子，這世間她只有兩個親人，我想，她會衡量利害得失的了。」

白梅道：「老夫也這麼想，所以，覺著有一半的機會。」

黑袍人道：「你同意了？」

白梅道：「老夫同意了。」

黑袍人道：「告訴白鳳，咱們這個組合，不願意失敗，如若她想玩什麼花樣，她會很快收到宗一志的腦袋。」

白梅道：「老夫呢？」

黑袍人道：「她也將看到你毒發而死的痛苦。」

白梅道：「老夫還能活好久？」

黑袍人沉吟了一陣，道：「大約還可以活上兩、三個時辰。」

白梅道：「這時間太短了，只怕不夠？」

黑袍人道：「我們不會太急，給你二十四個時辰如何？」

白梅道：「夠了。」

黑袍人道：「送藥上來。」

內室中又行出一個黑衣人，一樣的寬大黑袍掩身，連手上也戴著黑色的手套，雙手中，卻托著一個木盤子。

木盤上面放了兩個玉瓶，一個瓷杯。

瓷杯中是一杯碧綠的水。

黑袍人道：「兩只玉瓶中，一瓶是解藥，那是兩粒丹丸，一粒可保十二個時辰毒不發作，事情辦妥了，咱們再送你解毒之藥；另一個玉瓶中，是白色的粉末，無色無味，下入茶飯之中，要他們吃下去，只要半個時辰，就完全失去了功力。」

白梅點點頭，道：「好藥。」抓起兩個玉瓶，藏入懷中。

黑袍人道：「那瓷杯中，是一杯好酒，名叫碧綠春，這是入夥酒，喝下去，你就算是我們的人。」

白梅道：「這入夥酒，我瞧不用喝了，老夫目前還未入夥。」

黑袍人冷冷說道：「非喝不可，白梅，為了表現你的忠誠，也應該喝下去。」

白梅道：「老夫滴酒不沾，那麼大一杯酒，實在喝不下去。」

黑袍人道：「白梅，不喝這杯酒，咱們無法信任你。」

白梅道：「這就難了，老夫實在喝不下去……」

語聲微微一頓，接道：「朋友，這如是一杯毒酒，我已經中了毒，用不著再喝，如若這入夥酒中沒有毒，又何必逼我強喝。」

黑袍人沉吟了一陣，道：「白梅，你是多年的老江湖，心中應該明白，這是規矩……」

白梅接道：「至少，老夫還沒有到守規矩的時候。」

黑袍人冷笑一聲，道：「看來，咱們是很難談攏了。」

白梅道：「老夫在江湖上，見過了不少大風大浪，我希望你們不要逼人過甚……」

黑袍人雙目中神光一閃，似要發作，但他突然又忍了下去，道：「好吧……在下答應你不喝！」

白梅道：「老夫已經讓了很多的步，有些地方，你們也要讓步一些，對麼？」

黑袍人一揮手，那個端盤的人，緩步退了回去。

白梅道：「現在，老夫是不是可以走了？」

黑袍人沉吟了一陣，道：「你要想清楚，至少，我們手中，還掌握著宗一志的生死，你去吧。」

白梅點點頭，道：「老夫會記下這件事情，我去了。」

黑袍人道：「白爺好走，在下不送。」

白梅未再答話，轉身向外行去。

再出大廳，已然不見了周金雲的屍體。

黑袍人兩道炯炯的目光，凝注在白梅的身上，看著他大步離去。

白梅一直緩步前行，直到轉過了兩條街口，才停了下來。轉頭回顧了一陣，突然加快了腳步，繞過兩條巷子疾奔而去。

回到了白鳳住的宅院，立刻被四個埋伏在暗中的丐幫弟子給堵上。

但看清楚了白梅之後，四個丐幫弟子，又散了開去。

看到這森嚴的防衛，白梅心中舒適了不少，暗暗吁一口氣，直奔入二進院中。

白鳳、成中岳、董川，圍坐一處清談，但大出白梅意外的，楚小楓竟也在座。

楚小楓站起身子，兜頭一個長揖，道：「老前輩，小楓告罪。」

白梅道：「你沒有罪，反而應該有賞。」

楚小楓道：「有賞，為什麼？」

白梅拂髯一笑，道：「我老人家去找你……」

楚小楓接道：「這正是晚輩要告罪的地方，小楓看到了你老人家，也看出了你老人家的焦急，不過，那時小楓實在不能和你老人家聯絡……」

白梅接道：「幸好你沒有和老夫聯絡，所以，老夫才找到了他們的存身之地。」

白鳳道：「爹，見到一志沒有？」

白梅嘆息一聲，道：「他也留在襄陽府中，而且，一直在監視我們的行動……」當下把經過之情形，很仔細地說了一遍。

成中岳霍然站起身子，道：「老人家既然已知他們落足之處，咱們找他們去。」

白梅搖搖手，道：「坐下，坐下，稍安勿躁，我的話還沒有說完。」

成中岳尷尬一笑，又坐了下去。

白梅接道：「那小子雖然穿著一件寬大的黑袍，只露出兩隻眼睛，但我聽得出他的聲音，而且，看他對我似乎很熟悉。」

成中岳道：「有這等事，你老人家聽出了他是什麼人沒有？」

白梅道：「好像是郎英的聲音。」

董川呆了一呆，道：「二師弟。」

白梅道：「他全力在改變他的口音，但我老人家還是聽得出來，只不過，不能十分肯定罷了。」

成中岳道：「這個孽障，叛徒，叫我找到他，非把他碎屍萬段不可。」

白梅嘆息一聲，道：「內應外攻，如何不一舉毀了無極門？」

董川道：「他們選擇的時機太好，如若師父、師叔都留在莊中，諒他們也難得手。」

白梅道：「他們會換別的方法。」

白鳳黯然說道：「爹，既然見到了郎英，是否問出了一志的下落？」

白梅道：「照他們的說法，一志還活在世上，而且，也沒有受傷，可能是，他們先下手暗算了一志，再全面發動。」

白鳳道：「咱們先去救一志出來。」

白梅道：「一志不在這裡，他們計劃周密，必會想到咱們找去，那正中了他們誘咱們入伏之計。」

白鳳道：「爹的意思是……」

白梅道：「鬥智，目下很難下手，不如想法子，讓他們處於被動，或是將計就計。」

楚小楓突然開了口，道：「老前輩，見到了二師兄，是否也見到了老五、老九？」

白梅道：「送藥給我的一個黑衣人，不知是不是，看他們殺死周金雲的毒辣手段，似乎是一個很殘酷的組合，郎英他們決不是主持其事的人，襄陽府中，必須有主腦人物，我看他每

次遇到重要的事，都沉吟很久，可能在接受指示。」

成中岳道：「白老前輩，難道我們就這樣不聞不問？」

白梅道：「自然要找他們，不過，不是現在。」

成中岳道：「難道要等他們走了再去？」

白梅道：「中岳，你怎麼這樣一個急法，連董川和小楓，都比你沉得住氣，如是一志不在，咱們就得謀定而後動，孩子，無極門只餘下這一點本錢，看不準，不能下注。」

白鳳搖搖手，阻止了成中岳，道：「爹，你乾脆說清楚吧！咱們應該如何？」

白梅道：「先想想郎英的來處，他如何投入了無極門中，挖樹挖根，找出他真正的身分，那就好著手。我如現在帶你們去，那只是一座空宅院，你們又將如何？」

楚小楓道：「老前輩，小楓還有一點質疑？」

白梅道：「好！你請說！」

楚小楓道：「小楓的記憶之中，你老人家過去和我們接觸不多，能夠肯定那人是郎英二師兄麼？」

白梅道：「這個，錯不了，我和你們見面不多，但我的聽辨聲音之能，老實說，在江湖上，還沒有人能強過我。」

楚小楓道：「如若有一個人，模仿二師兄的聲音，老前輩也能夠分辨得出來麼？」

白梅道：「這個，老夫就沒有把握了，我沒有用心聽過他的聲音，只是覺著像他罷了。」

語聲一頓，接道：「娃兒，就出去了這多天，那發現些什麼？」

楚小楓道：「晚輩很慚愧，數日奔走，還沒有找出什麼重要頭緒，不過，我發現了這襄陽府中，來了不少的江湖高人……」

白梅哦了一聲，道：「還有呢？」

楚小楓道：「還有就是那位綠衣姑娘的事，老前輩都看到了。」

白梅道：「你這麼一提，老夫倒也想起一件事了，有一位皮三郎來過沒有？」

白鳳道：「沒有。」

白梅道：「小楓，那位綠衣姑娘以後到哪裡去了？」

楚小楓道：「她一直守在那裡，晚輩泡她不過，只好先走。」

白梅道：「除了那位綠衣姑娘之外，你還發現了什麼？」

楚小楓道：「發現了排教中人，都集中在泊在江心的一條大船上。」

白梅道：「他們在開會，看起來，排教對領剛的事，也在盡心力。」

白鳳道：「爹，你說了半天，我還是沒有聽出你說的辦法，咱們應該如何行動？」

白梅道：「我說過了將計就計。」

成中岳道：「前輩之意，可是讓我們裝作被擒？」

白梅苦笑一下，道：「這太危險，我們不能太低估了敵人，這法子太危險，不能用，如若一旦被他們發覺了，而咱們還不知道，那就可能被人在一舉之間，完全成擒。」

成中岳道：「那麼老前輩的將計就計，又如何一個安排法呢？」

白梅道：「老夫一個人去，就像是你們發覺了老夫行動，……」

楚小楓接道：「這個不行，老前輩。」

白梅道：「娃兒，我已經老了，我想早些看到一志，但除了這個辦法之外，咱們只怕很難找到一志的下落。」

楚小楓道：「老前輩，我明白你的意思，這等行險求勝的打算，很難預料，就目前情勢而言，這法子並非上策。」

白梅道：「小娃兒，你有什麼高見？」

楚小楓道：「晚輩覺著，給他們來一個莫測高深的行動，使他們自己去猜想，只要他們一亂章法，咱們就可以找出狐狸尾巴。」

白梅笑一笑，道：「喝！你這一番話，聽得我老人家，也有些莫測高深了！快些說，咱們怎麼一個做法。」

楚小楓沉吟了一陣，道：「如若老爺子見的那個人，真是二師兄，咱們最好能想法子見見他……」

董川接道：「對！這小子喪心病狂，我要問問他，為什麼恩將仇報？」

白梅道：「不容易，他不會輕易上當。」

楚小楓道：「聽老爺子的說話，他們心中已經懷疑了你是否中毒的事，但此事求證不難，只要他們能從周金雲身上找出中毒的跡象，就能判斷出來，你是否中了毒。」

白梅點點頭。

楚小楓道：「為了謹慎，咱們還得找兩隻狗來，試試他們的毒藥、解藥，是否還有別的花樣。」

白梅道：「用毒一道，皮三郎那小子，倒是個大行家，這小子怎麼會沒有來？」

楚小楓道：「所以，咱們只好用笨辦法了。」

白梅道：「證實了之後，又該如何？」

楚小楓笑一笑，道：「那時，再由老前輩的將計就計之法。」

白梅道：「哦！我老人家的辦法不是太冒險麼？」

楚小楓道：「修正一下就行了……」

放低了聲音，說出了一番話來。

白鳳嘆息一聲，道：「小楓，你從來沒有走過江湖，怎麼有這多主意，安排周密，好像一個經驗豐富的老江湖一樣？」

楚小楓道：「回師娘話，弟子這些主意，都是在書本上看到的，只不過，這時適情地稍微修正一下罷了。」

白鳳點點頭，道：「爹，你看這件事要不要丐幫配合？所以，要告訴余立一聲。」

董川道：「弟子去請他。」

片刻之後，余立急急步行了過來。

自從上次出事之後，余立也搬過來住了下來。

白梅說明了計劃辦法，余立卻沉吟不語。

董川輕輕咳了一聲，道：「余舵主，可有什麼疑難之處？」

余立道：「計倒是一條好計，不過，余某人只是不希望諸位涉險，敝幫主又有快馬急令傳來，要我好生照顧諸位，他在三日之內，親自趕到。」

白梅道：「哦！」

余立輕輕吁一口氣，道：「剛才，排教的湘江壇主來找我，他們總壇中，已經有兩位香主趕到，覺著水面安全一些，要我把諸位請到船上，我沒有答應，聽他說，排教的教主，也就在這三、五日內趕到，所以，我覺著諸位最好能再忍耐幾天，等敝幫主到了之後，再研商緝凶的行動？」

白梅道：「余舵主的意思，是咱們在這裡等下去。」

余立道：「三、五天的時間，諸位何不多忍耐一下？」

白鳳嘆息一聲，道：「余舵主的好意，咱們心領了，無極門的仇恨，凡是無極門中人，都不能逃避，我們也不能坐等貴幫替我們出這口氣，余舵主如是覺著無法向貴幫主交代時，我們只好立刻遷出此地了。」

余立呆了一呆，道：「宗夫人，在下的意思是……」

白鳳接道：「我知道你是好意，但你只站在了你的立場去想事情，你怕我們活著的人，再受到什麼傷害，卻忽略了我們的心情，也忘了我們活下去的目的。」

余立道：「宗夫人，在下已經失職甚多，如若再出了什麼麻煩，只怕在下擔不起這個罪名。」

白鳳道：「余舵主，這些事，自有敝掌門人，在貴幫主面前承當起來，所以，我希望余舵主，不要干涉我們的事。」

余立嘆息一聲，道：「夫人，我知道你此刻心情沉重，但余某又何嘗不然。」

白鳳道：「余舵主如此諒解我們這一份急於追查敵人的心情，我答應，盡量不和他們動手，如是不肯見允，咱們也就只有早日離開此地了。」

余立望望白梅，道：「老爺子，……」

白梅接道：「余舵主，不用叫我，老夫心中之急，不在小女之下。」

董川道：「余舵主，你吩咐一聲，如不能見允，咱們只有離開此地了。」

余立無可奈何，只好說道：「好吧！諸位一定要如此做，余某人也無法阻止，只有從命了。」

白梅道：「你說了半天，老夫只聽進一句話，深合吾意。」

余立道：「好吧！你們一定要行動，我也無法阻止，給我半日時間，我去布置一下。」

白梅道：「余舵主，事實上，我們藏身之處和人數，人家知道的很清楚，貴幫給我們什麼保護，人家也很清楚，所以，貴幫也用不著再作什麼布置了，無極門中人，必須要面對著敵人，才能使他們心生惕厲。」

余立沉吟了一陣，道：「白老爺子，事情越說越嚴重了，為了避免宗夫人和董掌門人的誤會，余某就大膽作主了，不過，至少，這個行動要我余某人參與其事。」

白梅道：「好吧！就這麼說定了，但你約束手下，不可太過大張旗鼓，壞了事情。」

余立道：「現在，你們要我如何幫忙……」

話題入了港，白梅才說出了一部分計劃。

但也只說出一部分，他久走江湖，閱歷豐富，心中明白，多一個知道計劃的人，就多一個洩漏的機會，何況，余立自感責任重大，知道的愈多，只怕他安排的人手也愈多。

第一步方法，楚小楓和董川都換了丐幫弟子的衣服，也放下了身佩長劍，暗中帶了兩把匕首暗器。

大宅院中，突然間擁出了八個丐幫弟子，兩人一組，奔向藥房中。

襄陽府中四大名醫，都被請到了那座大宅院中。

宅院中兩扇黑漆大門，一直緊緊地關閉著，但門環一響，兩扇大門，立刻大開，人已進門，就立刻關閉。

進了大門，立刻就可以看到了森嚴的戒備。

十餘個丐幫弟子，分別站在庭院的角落之中。

楚小楓和一個丐幫弟子，請到了一位名醫後，並未進入宅院大門，卻和那個丐幫弟子低言數語之後，轉身向外奔去。

他走得很快，似乎是有著很急的事。

轉過了一條長巷，忽人影一閃，一個身著藍衫，頭戴文生巾的年輕人，忽然間，攔住了去路。

楚小楓正在低頭奔走，幾乎撞上了藍衫人，及時收住了腳步，也就不過是半尺之差。

藍衫人微微一笑，道：「小叫化兄弟，你這麼急急忙忙趕路，就不怕撞上了人麼？」

楚小楓抬頭打量那人一眼，緩緩說道：「對不住啦，小叫化子有急事。」

一側身，向旁側閃出，準備越過那藍衫人。丐幫弟子，個個都有武功，楚小楓這跨步一閃，不算太慢。

但那藍衫人的動作，卻快過楚小楓一倍有餘，右手一探，五指已經扣上了楚小楓的左腕脈穴。

楚小楓已向前跨了一步，硬是被藍衫人給拖了回來。

呆了一呆，楚小楓道：「你這是幹什麼？」

藍衫人出手快如閃電，但說話舉止，卻很文雅，笑一笑，道：「叫化兄弟，我想請喝一杯。」一面暗加手勁。

楚小楓全身勁力頓失，臉色一沉，道：「咱們素不相識，你為什麼要請我，再說請客喝酒，也沒有這麼個請法。」

藍衫人道：「那就只好委屈你一下了。」牽著楚小楓快步向旁側一座宅院中行去。

楚小楓被牽著進入了一座宅院中。

那也是一座大宅院，寬敞的大廳中，早已經坐了三個人。

一個土布大褂，瘦削面孔，留著山羊鬍子的老者，一個三十左右，青綢子勁裝的中年婦人，一個四旬左右，穿著黑綢子長衫的中年人。

藍衫人臉上雖然帶著笑意，但手底下卻是辛辣得很，硬把楚小楓拖入了大廳之中，一抬右手，點了楚小楓的穴道，才放開楚小楓右腕的脈穴，道：「小叫化兄弟，這屋中四個人，無論誰只要一出手，就可能要你的命，眼下，你只有一個保命的方法，那就是和我們合作，據實回答我們的問話！」

楚小楓冷哼一聲，道：「丐幫弟子，忠義相傳，不會受人威脅。」

那黑衣中年文士淡淡一笑，道：「說得是，不過，你只是丐幫中一個小小的腳色，丐幫弟子上萬，死了你這麼一個小小人物，算得了什麼？」

楚小楓皺皺眉頭，欲言又止。

黑衣中年人兩道冷電一般的目光，投注在楚小楓身上打量了一陣，接道：「但你如肯和我們合作，情形就不相同了。」

楚小楓道：「有什麼好處？」

黑衣中年人笑一笑，道：「好處大了，第一，我們可以使你武功大進，在丐幫中出人頭地，你如運氣好，說不定二十年後能混個幫主幹幹……」

楚小楓心中一動，「哦」了一聲。

黑衣中年人道：「至少，你可以混一個長老身分。」

楚小楓似是被說動了心，輕輕嘆息一聲。

那黑衣中年人似是極擅長攻心術，輕輕咳了一聲，又道：「也許你不太相信我的話，但我們立刻可以兌現，只要你答應了，咱們立刻可以傳你幾招武功。」

楚小楓道：「以後呢？我就永遠受你們控制，聽你們的令諭行事？」

黑衣中年人笑一笑，道：「談不上聽命行事，我們是彼此合作，我們也會全力培植你爬上高位，培養你立功晉級，雙方配合，三、兩年就讓你在丐幫中露出頭角。」

楚小楓心中暗道：「好動人的說詞，當真叫人怦然心動，他們會成功，果然是非同小可。」

心中念轉，口中卻說道：「當真的麼？」

黑衣中年人道：「不錯，千真萬確，而且，是立刻可以證明的事。」

楚小楓道：「你們想在丐幫內部培養你們一個人……」

那中年婦人格格一笑，接道：「小叫化兄弟，看來，你很聰明！」

楚小楓道：「有些事，我必須要先問清楚，對麼？」

黑衣中年人道：「對！事情先說個明白，然後，咱們才能夠說得愉快，你要問什麼？儘管請問。」

楚小楓道：「第一件重要的事是，你們在丐幫中除了我之外，還有些什麼人？」

黑衣中年人道：「沒有，你是咱們第一個看上的人。」

楚小楓道：「我如真是第一個人，在下就可以考慮了。」

黑衣中年人道：「這件事很重大，應該多考慮幾天，不過，現在時機太迫促，只怕是沒有太多的時間給你考慮了。」

楚小楓道：「要我馬上決定？」

黑衣中年人道：「倒也不用那麼快，給你一天的時間，明天這時刻，你答覆我們。」

楚小楓點點頭，道：「好！明天，我會來。」

黑衣中年人道：「不過，在這件大事沒有決定之前，咱們希望先幫一個小忙……」目光一掠那藍衫人，接道：「齊老弟，解開這位叫化兄弟的穴道。」

藍衫人右手一揮，拍了出去，解開了楚小楓的穴道，接道：「小叫化兄弟，識時務者為俊傑，你的運氣很好。」

楚小楓活動一下雙臂，道：「什麼小忙，你說吧？」

黑衣中年人道：「你們丐幫襄陽分舵舵主叫什麼名字？」

楚小楓道：「余立。」

黑衣中年人點點頭，道：「今天，你們請到襄陽府中很多的名醫，又是為了什麼？」

楚小楓道：「解毒，敝幫有幾個朋友，中了毒。」

黑衣中年人微微一笑，道：「什麼樣子的朋友？」

楚小楓心中暗道：「這一定要大部分真實，不能讓他們聽出疑點。」心中念轉，口中卻說道：「聽說是無極門的人。」

黑衣中年人道：「哦！是無極門中人，他們一共有幾個人？」

楚小楓凝目思索了一陣，道：「好像是五個人，一個女人，一個老頭子，另外一個三十左右，還有兩個人，二十上下的年紀。」

黑衣中年人又哦了一聲，道：「他們怎麼會中毒？」

楚小楓道：「我是在前院的人，他們如何中毒，我就不清楚了。」

黑衣中年人道：「他們幾個人中了毒？」

楚小楓道：「我們奉命請大夫解毒，一下子請了襄陽府四大名醫，至於，他們幾個人中毒，我就不清楚了。」

黑衣中年人道：「你返而復來，究竟是為了什麼呢？」

楚小楓心中一動，暗道：「果然，他們在門口安排了眼線，但我四顧無人，那人不知隱藏在何處？回頭之後，我倒要很仔細地查看一下了。」

口中卻接道：「我回去取藥。」

黑衣中年人笑了笑，道：「對藥物一道，在下還有一點見識，把藥單子拿給我瞧瞧！」

楚小楓伸手探入懷中，摸出一張藥單子遞了過去。

黑衣中年人望了一眼，笑道：「好！小叫化子，看來，你是真想和我們合作了。」

楚小楓一皺眉頭，道：「原來，你們現在還在懷疑我。」

黑衣中年人笑一笑，道：「那倒不是，你現在可以走了。」

楚小楓道：「明天我還要不要來？」

黑衣中年人道：「小叫化兄弟，你叫什麼名字？」

楚小楓道：「我叫林玉……」

黑衣中年人道：「林玉……林玉，你在丐幫中是幾等弟子？」

楚小楓道：「二等，還沒有入班敘品。」

黑衣人道：「哦！」

楚小楓嘆息一聲，道：「也許，你們只是想知道一些事情，問完了就算……」轉過身子，向外行去。

黑衣人直待楚小楓人已行出了大廳門口，才緩緩說道：「給我站住。」

楚小楓緩緩回過身子，道：「還要問什麼？」

黑衣人道：「明天，入夜時分再來，看你的造化了，我如一高興，說不定會把你收入門下。」

楚小楓道：「你……」

黑衣中年人拂髯一笑，接道：「不錯，是我……」

楚小楓接道：「你是什麼人？」

藍衫人笑一笑，道：「小叫化，你們丐幫一向以耳目靈敏見稱，難道連這位高人你也不認識麼？」

楚小楓道：「不認識，在下年輕，見識不多，如若這位前輩肯把姓名見告，小叫化也許曾聽人說過。」

藍衫人道：「你真想知道麼？」

楚小楓道：「是！小叫化洗耳恭聽。」

藍衫人望了黑衣中年人一眼，道：「這個……」

黑衣中年人輕輕咳了一聲，接道：「林玉，你去吧！明天再來，現在，我還沒有決定，是否把你收歸門下。」

楚小楓道：「聽口氣，就算想拜你做師父，也不是一件太容易的事。」

黑衣人道：「你沒有說錯，我如若想收徒弟，會有很多人擠上來。」

楚小楓未再多言，兩道目光，卻投注在黑衣人的臉上打量了一陣，才緩步而去。

沒有人攔阻他，也沒有人跟蹤他，但楚小楓還是到了藥房中，買好了藥物，才步行回去。

他為人謹慎，也感受到了對方的可怕，簡直如泄地水銀，無孔不入，稍有疏忽，就可能被人瞧出破綻。

進了大門，楚小楓仍是小心翼翼。

雖然，丐幫弟子，已在宅院中，做了很嚴密的戒備。

直到進了二進院中，楚小楓才放鬆了戒備心情。

大廳中端坐著白梅、白鳳。

成中岳和董川也早已歸來。

楚小楓一進門，白梅立刻叫道：「小楓，又被你發覺了什麼？」

先給師母行了一禮，楚小楓才點點頭，道：「不錯，被我發覺了一樁很重要的事。」

白鳳道：「小楓，先坐下，慢慢地說。」

楚小楓道：「弟子相信，咱們這些行動，已在他們的監視之下，但來往十分順利，無人

阻止，所以，我故意多弄一張藥方子，重又返回藥舖子一趟，果然，他們出了手。」

白鳳道：「生擒了你？」

楚小楓說出了詳細的經過。

白梅一皺眉頭，道：「孩兒，你今夜裡真的要去麼？」

楚小楓道：「如若他們不是故布疑陣，我相信幾個人的身分很高，那藍衫人的武功已經不錯，但對那黑衣中年人，似是極為恭敬，弟子想，應該再接近他們一下。」

白梅道：「這一次，他們雖然被瞞過了，但可一不可再，晚上你如再去，他們必然有更嚴厲的考驗，你很難通得過。」

楚小楓沉吟了一陣，道：「弟子想得到雖很危險，不過，這樣大好的機會，放棄了，豈不是太過可惜嗎？」

白梅道：「孩子，你再說說看，那個人的樣子，有些什麼特徵？」

楚小楓沉吟了一陣，道：「那黑衣中年文士的左眼下面，似是有一顆紅痣。」

白梅霍然站起身子，道：「那紅痣有多大？」

楚小楓道：「不大，不過只有一顆綠豆大小。」

白梅輕輕吁一口氣，道：「莫非是他？」

白鳳道：「是什麼人？」

白梅道：「七步搜魂歐陽嵩。」

白鳳道：「怎麼會是他呢？小楓，他有多大年紀了？」

楚小楓道：「大概四十多些吧。」

白鳳道：「爹！歐陽嵩今年應該五十七、八歲了，那人才四十多些……」

白梅搖搖頭，接道：「鳳兒，那眼下的紅痣，小楓形容他的口氣，十之八、九，是他了。至於他的年紀，那不是很大的原因，一個內功精深的人，使表面相差二十歲，那不是太難的事。」

白鳳道：「爹！歐陽嵩一向獨來獨往，怎會加入了這一組合之中？」

白梅道：「這個，除了一向獨來獨往之外，還有些桀驁不馴，能夠把他收入一個組合之中，實非易事。」

楚小楓道：「老前輩，歐陽嵩是一個什麼樣的人物，老前輩能不能告訴晚輩一些內情？」

白梅點點頭，道：「不管如何，你們都應該瞭解這個人。」

楚小楓道：「他下手很毒辣？」

白梅道：「你只要想想他的外號就行了，七步搜魂，那該是一個什麼樣的人物了。」

成中岳道：「老爺子，他有什麼特別的武功？」

白梅道：「沒有人瞭解他出身何處，也沒有人清楚他的武功路數，只能說，他武功很怪異，出手就可以置人於死地。」

成中岳道：「老爺子，一旦動手，有沒有應該特別注意的地方？」

白梅道：「這個，老朽也說不上來，不過，就老朽所知，不讓他太接近你，是唯一的防敵之法。」

成中岳道：「哦……」

楚小楓道：「老前輩，他那武功，有沒有一個名稱？」

白梅道：「有！好像叫做搜魂手，自然，除了他那搜魂手法之外，一般的武功，也很傑出，他的劍法、掌法，和一種飄忽不定、難以捉摸的身法，都有使人難以應付之感。」

楚小楓道：「老前輩如此推崇他，想來，這人定非尋常，這麼樣的一個人物，豈甘屈居人下，可能是他們那組合中的首腦人物之一了。」

白梅嗯了一聲，道：「有道理，你沒有問他是什麼身分麼？」

楚小楓道：「我沒有問，就算是我問了，他也不會答覆我。」

白鳳道：「爹，你和小楓說了這麼多的事，是不是要他晚上赴約？」

楚小楓道：「師母，咱們好不容易，才找到了這個機會，如何能棄之不去。」

白鳳道：「小楓，我不要你太涉險。」

楚小楓道：「師母，江湖上，到處都充滿著凶險，就算咱們不找人，人家趕到了襄陽府來，不也是為了我們嗎？」

白鳳道：「要去，也不該你去……」

董川接道：「我是首座弟子，要去該我去。」

白鳳道：「你們都不能，你們是無極門的希望所寄，應該由我去。」

楚小楓道：「這不是去和人動手，除我之外，誰也沒有辦法接近他們。」

成中岳道：「師嫂、掌門人，咱們都去，小楓和我，扮作丐幫弟子先走一步，你們跟在後面，歐陽嵩如若是那個組合的人，我們已經找到了毀滅無極門的組合。」

白梅沉吟了一陣，道：「中岳，你準備和他們放手一搏了？」

成中岳道：「老爺子，咱們活著，就是為了這件事，天可憐師兄的陰靈相佑，小楓的機智，很快地找到了凶手，咱們正應該放手和他們一拚了。」

白梅道：「中岳，你說得很有道理，不過，我覺著事情得來的似乎是太容易了些。」

楚小楓道：「老前輩，你是說，他們故意放我回來？」

白梅道：「照道理說，他們如若殺你滅口，易如反掌，但他們卻放你回來了。」

楚小楓道：「他們誤認我是丐幫弟子，想在丐幫中培養一個內奸。」

白梅道：「很有道理，不過，歐陽嵩不是這樣容易對付的人，就算他真的信任了你，只怕他別有安排。」

成中岳道：「老爺子，咱們不能顧慮這麼多，至少，他是咱們的敵人！」

白梅道：「說得是，所以，咱們應該小心一些，不能中了他的道兒。」

成中岳回顧了白鳳一眼，道：「師嫂的意思呢？」

白鳳道：「爹，我覺著成師弟的話很有道理，咱們的第一心願，就是要找到敵人，替領剛報仇，和那些慘死的無極門弟子報仇。」

成中岳道：「老爺子，咱們如若不能面對敵人，我們在江湖走動又有何益。」

董川道：「老前輩，我們都已經到了出師的時刻，沒有無極門這一場大變，我們也應該

出師了，也應該在江湖上磨練了。」

白梅沉吟了一陣，道：「既然你們都決定，應該去會會那位歐陽嵩，我老人家也不便反對了。」

這時，丐幫中襄陽分舵主余立，突然大步行了過來。

只見他滿臉笑容，先對董川一抱拳，道：「掌門人。」

董川急急還了一禮，道：「不敢，余兄請坐。」

白梅道：「余舵主，你滿面春風，似乎是有什麼喜事？」

余立道：「大喜的事倒是不敢，不過，叫化子剛剛接到了快騎通知，明天，就有兩位長老趕到。」

白梅道：「兩長老趕到，能不能先告訴我是什麼人？」

余立笑道：「是本幫中四大長老中的兩位，千里獨行陳長青，鐵掌開碑海若望。」

白梅嘆息一聲，道：「兩位老叫化，很多年未再在江湖上走動了。」

余立道：「是啊！兩位老人家，本都已退隱納福，不再問江湖中事，這一次，受到了幫主特命相召，重入江湖。」

白梅道：「丐幫這份情意很深厚，無極門真不知如何感激才好。」

只聽白梅的口氣，就不難知道這一次丐幫真是全心全力幫忙。

余立笑一笑，道：「白老前輩，董掌門人和成爺，也許還不太清楚敝幫這兩位長老的分量，你白爺和他們早已相識，應該知道了。」

白梅道：「我知道，他們是丐幫中的精英，盛名卓著，見到貴幫主時，老朽要好好地敬他兩杯。」

余立話題一轉，道：「白爺，兩位長老，明天就到了，你們要是有什麼行動，萬望能錯開今夜，等兩位老人家一到，我也可以卸下肩上這份擔子。」

成中岳道：「準定明天能到麼？」

余立道：「錯不了，叫化子保證，至遲不會超過明日午時。」

白梅道：「一句話，你放心吧！我們不論有什麼行動，我要等見過兩個老叫化子再說。」

余立又一抱拳，道：「多謝白爺成全。」轉身退了出去。

楚小楓低聲道：「老前輩，來的兩位，真是丐幫中頂尖人物麼？」

白梅道：「不錯，丐幫中四大長老，排名第一、第二的兩位，也是丐幫中當世七大好手中的兩位。」

白鳳道：「爹，我見過陳長青。」

白梅道：「你見過兩位，他對領剛很欣賞，當年和丐幫誤會衝突的時候，陳長青和海若望都在關外，趕不及回來，那一次，他們如在現場，只怕領剛也擔不起這個樑子，挑不起這個擔子。」

白鳳道：「爹，他們兩位來了，是不是對咱們幫助很大？」

白梅道：「是……幫忙很大，兩個老叫化子不但武功高強，眼皮廣，識人多，而且，陳

長青在丐幫中是有名智多星，他們兩位大駕光臨，咱們對付歐陽嵩的勝算，就大了很多。」

白鳳黯然一歎，道：「領剛的陰靈有知，才會有此結果。」

白梅嘆息一聲，道：「孩子們，都休息去吧！明天，咱們要打起精神，對付強敵。」

無極門的大變，使得成中岳這等年輕人，一個個消失了應有的傲氣，每個人，都變得穩健起來。

一宵匆匆，第二天，還不到中午，陳長青和海若望，如約而至。白梅、白鳳、董川、成中岳、楚小楓，都由大廳中迎了出來。

陳長青呵呵一笑，道：「白兄，咱們十幾年不見了吧！」

海若望接道：「白老獨，你這十幾年好吧！」

白梅道：「老景傷神，咱們相交了幾十年，想不到我白梅終究還要借重兩位大力。」

陳長青道：「咱們不是幫你的，咱們是奉命報恩！無極門救過丐幫一次，如今咱們是還本來了，你白兄也不用心中難過。」

白梅道：「不難過，這一次，兄弟是衷心歡迎，兩位這次幫無極門的忙，也算幫了老兄弟我。」

陳長青道：「這就行了，老海和我在路上還一直擔心這件事，怕你心中難過。」

白鳳盈盈拜了一下，道：「見過兩位前輩。」

陳長青道：「你是鳳姑娘。」

春秋筆

海若望道：「叫化子，人家孩子就快二十了，你還叫鳳姑娘。」

陳長青道：「對！對！對！快起來，宗夫人。」

白鳳叩了一個頭，站起身子。

董川、成中岳、楚小楓，緊接著拜了下去。

海若望道：「都請起來，我們兩個老不死的，雖然年紀大一些，可是最怕這一套，老白，快些給我們介紹一下，這些年輕人，都是什麼身分？」

白梅替兩人引見過董川、成中岳等。

聽說董川是掌門人的身分，陳長青、海若望，也都肅然一禮。

讓入廳中落了座，余立才進來見過兩位長老。

陳長青揮揮手，道：「余舵主，說說看，襄陽這邊的情勢如何？找到了凶手的來路沒有？」

余立道：「回陳長老的話，原來是一件無頭公案，目下總算找出一點眉目。」

陳長青道：「你找出來的？」

余立道：「不！是這位楚小俠找出來的。」

陳長青道：「退下去，人家找出來的，你還好意思說出來。」

余立一欠身，退到一側。

白梅笑一笑，道：「是這麼回事，小楓把經過的詳細情形再說一遍。」

楚小楓應了一聲，又仔細說了一遍。

海若望一皺眉，道：「歐陽嵩從不和人聯手，這一次，怎麼會改了毛病？」

陳長青道：「這老頭竟敢正式出面，我看這中間，別有原因……」

海若望接道：「什麼原因，還不是自恃七招搜魂，霸道無敵，看穿了余立的不敢惹他。」

陳長青道：「至少，他該想到白兄，白兄在襄陽……」

海若望接道：「說得也是，這中間有什麼原因，能使他如此的毫無顧忌！」

白梅道：「這件事，我已經想了很久，但卻一直想不通原因何在，唉！鳳兒志切夫仇，又痛愛子，急欲一鬥歐陽嵩，無極門下，也都義憤填胸，決心問個明白，老朽正在發愁，兩位及時趕來，使難題迎刃而解了。」

海若望目光突然轉到楚小楓身上，道：「能和七步搜魂歐陽嵩在一起的人，都不是簡單人物，他們一共有幾個人？」

白梅道：「小楓，就你的記憶所及，盡量地說清楚一些。」

楚小楓道：「有一個穿著土布褲褂的老頭子，面孔瘦削，留著山羊鬍子，但卻很少講話。」

海若望道：「這樣子打扮、形貌的江湖高手不算少，老夫心目中，就有三、四個。」

陳長青道：「能和歐陽嵩攪在一起的人不多。」

海若望點了點頭，道：「對！這個人，可能是破山拳魯平！……」

目光又轉到楚小楓的身上，接道：「還有些什麼人，說下去。」

楚小楓道：「一個三十左右的中年婦人，和一個二十四、五的藍衫人。」

海若望道：「那中年婦人，可能是歐陽嵩的情婦，滿口飛花喬飛娘，至於那年輕人，老夫就不知道了。」

成中岳道：「海前輩，這幾個人都很難對付麼？」

海若望道：「是！他們都是成名多年的高手，每個人都有他成名的條件，也都有幾招壓箱的本領。」

楚小楓道：「海前輩，那喬飛娘的外號很怪，怎麼會叫做滿口飛花？」

海若望笑一笑，道：「問得好！喬飛娘的武功不錯，子母金釵的暗器，也很霸道，但更厲害的是她那一張嘴，能言善道，死人也能被她說活，吹拍鑽營的功夫，舉世無雙，是歐陽嵩很好的一個幫手，歐陽嵩也很喜歡她，但卻一直不肯和她結成正式夫婦，也就是為了這個原因。」

白梅道：「難道這幾個人湊合在一起，成了一個組合？」

海若望道：「歐陽嵩武功很高，但他還不是領袖群倫的材料。」

陳長青道：「今晚上，咱們見著他時，就可以問個明白了。」

楚小楓道：「是否由晚輩先去，看看他們究竟要對丐幫用些什麼手段？」

白梅道：「小楓，一起去，你不能單獨再去一次。」

楚小楓道：「為什麼？」

白梅道：「因為，我忽然想到一件事，我遇上的那黑袍蒙面人，很可能就是你那位二師

兄郎英，目下事情已經擺的很明顯，他們顯然是一夥的，別人也許不認識你，但你那位二師兄，只怕一眼就看出了你的身分。」

楚小楓道：「晚輩進去見歐陽嵩時，經過一番易容，相信，就算二師兄在場，也認不出來。」

白梅道：「你別低估了他們，就算你改了外面的形貌，也未必能改了你的聲音。」

楚小楓道：「老前輩，晚輩覺著，這是一個機會，如若不探聽出一點什麼，實在可惜得很。」

陳長青道：「你和他們有些什麼約定？」

楚小楓又很仔細地說了一遍。

陳長青道：「聽他的口氣，倒不似有什麼惡意，娃兒，你就算經過易容，也遮不住那股隱隱的出群氣度，歐陽嵩的雙眼不瞎，他就會看得出來。」

白梅道：「陳兄贊成他先去冒險？」

陳長青道：「老叫化子只是不反對這件事，可也不能贊成。」

海若望道：「真如白兄所言，他耳目靈敏，只怕早已知道咱們兩個到這裡的事了。」

陳長青道：「那才好，給楚小楓一個脫身的機會。」

楚小楓回顧董川，抱拳一禮，道：「請求掌門師兄允准。」

董川道：「這個，這個，我看要請師母決定了。」

白鳳道：「我不同意，小楓，領剛死去之前，交代很多的事情，你在無極門中也具有了

較多的自由，但無極門的仇恨，是我們所有人的，要冒險大家去，孩子，不能老讓你一個人去。」

楚小楓道：「師母，這不是誰該冒險的事，而是，我有了這麼一個機會，他們認為我是丐幫弟子林玉，……」

余立接道：「林玉？襄陽分舵主中沒有一個林玉啊！」

楚小楓道：「余舵主，那就找一個林玉出來。」

余立哦了一聲，笑道：「對！對！有一個林玉啊！」

陳長青道：「兵不厭詐，替林玉編出一套身世來。」

余立道：「屬下會作妥善的安排。」

白鳳道：「陳長老，你似乎也同意小楓去了。」

陳長青道：「老叫化子走了大半輩子江湖，對此事的看法，卻和夫人有些不同。」

白鳳道：「前輩情說？」

陳長青道：「老叫化子覺著，這位楚小弟，不但聰慧過人，而且深藏不露，歐陽嵩看上他，可能是出於真誠。」

白鳳道：「陳老前輩，那歐陽嵩閱歷經驗，是何等的豐富，小楓的初出茅廬，如何能鬥過他？」

陳長青微微一笑，道：「以經驗論，他自然鬥不過歐陽嵩，但他們之間，不是鬥，而是楚小楓做了一場戲，天衣無縫，使歐陽嵩看上了他，唉！宗夫人，這十年來，丐幫銳意改革，不但力量強大了不少，而且聲譽逐漸上升，丐幫正在重擴聲譽之中，如若真有那麼一個組合，要想在江湖上製造一點什麼，那個人定會首先想到，在丐幫中安排一個伏樁，江湖上最親密的莫過師徒……」

白鳳接道：「我擔心，歐陽嵩早已看出了破綻，只是在將計就計。」

陳長青道：「我聽令徒說明了經過，一切布局都那麼渾然天成，令徒的才氣，很叫老叫化子佩服。」

海若望道：「令徒用的方法，叫做拙中藏巧，看不出什麼神奇的地方，卻樸樸實實，無隙可尋。」

白梅道：「咱們最擔心的一件事，就是由此地把消息洩漏出去。」

陳長青道：「丐幫太龐大，人數太多，這一點，老叫化倒是不敢保險。」

余立道：「襄陽分舵的弟子們，有沒有莠草、劣徒，弟子不敢保證，但對於這翁家宅院的人，弟子卻敢擔保，個個都是好人。」

陳長青道：「你敢保證？」

余立道：「不錯，弟子願意按幫規處置！」

白梅道：「鳳兒，你就答應吧！老實說，小楓奇遇綿連，他的造詣，已然十分突出，反正只有一刻工夫，縱然有變，小楓也可應付得了。」

陳長青道：「如是楚小弟混入，未引起對方之疑，老叫化倒覺著不妨把線放長一些，多瞭解他們一點內情。」

海若望道：「撇開歐陽嵩這個人不談，他的七招搜魂手法，確是江湖上一絕。」

楚小楓道：「師母，弟子相信歐陽嵩不是首腦人物，多和他們相處一些時日，弟子會多瞭解些內情，至於搜魂手法，弟子倒不熱衷。」

白梅道：「就是怕遇上了郎英。」

楚小楓道：「二師兄在師門中和弟子並非太過接近，只要我小心一些，必然可以應付過去。」

海若望道：「楚小弟，老叫化倒是有個意見，那就是藝多不壓身，歐陽嵩如若不傳你搜魂手法，他就沒有什麼好傳的了。」

楚小楓道：「他如真要傳授，晚輩也就只好生受了。」

陳長青道：「一切順乎自然，不可要求，也不要拒絕。」

楚小楓一抱拳，道：「晚輩受教。」

陳長青道：「宗夫人，你放心，老叫化和他這幾句話，已見得他才慧鋒芒，應變機智，難得他還很謙虛，又頗具善解人意的聰明，對了，他如肯進入丐幫，老叫化也要收他。」

白鳳黯然說道：「你們既然都這麼說，我也不便堅持，小楓，你要多多小心啊！」

楚小楓一抱拳，道：「多謝師母恩准。」

陳長青道：「你見著歐陽嵩準備說些什麼？」

楚小楓道：「晚輩正為此作難，不知該說些什麼？」

陳長青哈哈一笑，道：「你要說實話，老夫和海兄到此一事，早已在他的監視之下，你身為丐幫弟子，怎會不知。」

楚小楓道：「弟子職位卑小，縱然知曉兩位長老駕到，但卻不知內情。」

陳長青道：「好，舉一反三，聞弦歌而知雅意，孩子，告訴老叫化，以後準備如何？」

楚小楓道：「晚輩準備告訴他們之後，就離開。」

陳長青點點頭，道：「他如真的要培養你，會讓你離開，約一個後會之期。」

楚小楓：「晚輩會見機而作。」

陳長青點點頭，道：「我們會隨後就到。」

楚小楓道：「晚輩明白。」

陳長青一揮手，道：「你去吧！」

楚小楓一欠身，退了下去。

陳長青回顧了白梅一眼，低聲道：「白兄，咱們休息一下，晚上去會會歐陽嵩。」

海若望道：「老陳，咱們見他容易，但一動上手，只怕得全力以赴，那就很難控制得恰到好處了。」

陳長青低聲道：「老海，如若歐陽嵩真是這個組合的領導人，咱們就全力施為，把他制服，替宗掌門人和無極門報仇，但我相信，他不是這個組合中的領導人物。」

白梅道：「陳兄的意思是，歐陽嵩如不是那神秘組合的領導人，咱們就放了他？」

陳長青沉吟了一陣，笑道：「白兄，咱們也許可以對付歐陽嵩的搜魂七式，但如想留下他，只怕還不容易，何況，還有破山拳魯平、滿口飛花喬飛娘，那位藍衫年輕人，雖然咱們還

不知道姓名，但想來，也不是個易與人物，說一句持平之論，咱們雖然三個，如是少一個，只怕還對付不了他們。」

楚小楓易容之後，未回跨院中，卻悄然行到了大門口處，暗中查看。

這是襄陽府中高級住宅區域，巷道幽靜、寬大，很少閑雜人物，一般人，看不出可疑之點，就會不再緊盯下去，但楚小楓不，他對自己的判斷充滿著信心。

如若查不出可疑之點，那就有一個更可怕的後果，這裡的丐幫弟子，有了內奸。

楚小楓仔細地查看，終於被他找出了一個可疑之處。

那是巷中底端，一座經常打開的門戶，那是一家雜貨店。

楚小楓不敢太過逼近，但他已清楚地看到了那個人，一個很老的老人。

他坐在小店中櫃台後面，那地方可以看清楚整條巷子。

對丐幫的這一座大宅院，更是看得十分清楚。

楚小楓暗暗吁一口氣，走回內宅，低聲告訴了余立。

但他勸余立不可採取行動，敵人能夠利用的東西，我們也可以利用。

自然，這裡的事情發展，很快就會結束，那時，自然要證實一下那老人的身分。

辦完了這件事後，楚小楓自行坐息了一陣，看天色入夜，才悄然自後門溜了出去。

找到那一座宅院，推門而入。

大廳中一片黑暗，廣大的廳院中，也不見一個人影。

楚小楓吸一口氣，緩緩向大廳中走去。

人入廳門，立刻傳來了歐陽嵩的聲音，道：「林玉，你很大的膽子。」

楚小楓道：「晚輩有事奉告，也相信老前輩約言真誠。」

歐陽嵩道：「你還敢出來？」

楚小楓道：「本來我不該來的……」

歐陽嵩道：「那你為什麼又來了呢？」

楚小楓道：「因為有要事奉告。」

歐陽嵩道：「說！」

楚小楓道：「本幫中兩位很有名的長老，趕到了襄陽府。」

歐陽嵩道：「你知道，他們叫什麼名字？」

楚小楓道：「知道，一個叫陳長青，號稱千里獨行，一個叫海若望，號稱鐵掌開碑。」

歐陽嵩道：「好！好！你可知道他們來此做什麼？」

楚小楓道：「他們一來就進入二進院中，和無極門的人在一起。」

歐陽嵩道：「無極門中人，不是中了毒嗎？」

楚小楓道：「是！」

歐陽嵩道：「情況如何？」

楚小楓道：「好像是有了轉機，在下只是守在第一重庭院的人，對第二重庭院的事情，知曉的不多。」

歐陽嵩道：「沒有毒發而死的人？」

楚小楓道：「到在下來此之前為止，還沒有聽到有人死亡的消息。」

歐陽嵩沉吟了一陣，道：「難道這其中，還有什麼詐術不成？」

楚小楓道：「這個，小叫化子就不清楚了。」

歐陽嵩道：「林玉，你要留下來麼？」

楚小楓道：「不能，因為兩位長老駕到，我們職司有了調整，在下立刻就要當值，……」

歐陽嵩道：「當什麼值？」

楚小楓道：「調撥在兩位長老身前聽差，據小叫化所知，似乎是兩長老有什麼行動。」

歐陽嵩道：「我知道了，你回去吧！如是此地有變，三日後，你到襄陽北門外，龍翔布莊找我。」

楚小楓道：「小叫化屆時，如若不能前去，那就表示事情有了變化，有負雅意了。」

轉身一躍，破空而去。臨走時，露了一手輕功，不高明，但卻表現出了強大的潛力。

八 奮戰挫敵

楚小楓這一招費了不少的氣力，寶劍出匣，又不能鋒芒太露，恰到好處，實在是一件很不容易的事。但楚小楓做到了，而且，做得恰到好處。

暗影中，突然傳出了一個女子的聲音，道：「你瞧這小叫化子如何？」

歐陽嵩道：「良質美材，只可惜，還未被丐幫中長老級的人物發覺。」

那女子聲音接道：「白梅這老傢伙，也不是好與人物，咱們出的花招太多，一下子，使他眼花撩亂，找不到點子，但如給他一點時間，必也會被他查出線索。」

歐陽嵩道：「所以，他們找出咱們藏身之地，並不足奇，現下我難作決定的是，跟他們照一次面呢？還是就此撤走，給他們一個莫測高深的感受？」

那女子道：「見與不見的利弊為何？」

歐陽嵩道：「丐幫如知咱們隱身於此，你認為，還能順利地撤走嗎？」

那女子道：「難道他們還能攔得住咱們？」

歐陽嵩道：「是否能攔得住，無關緊要，但此事由暗裡對陣，已經變成了明火執仗，江

湖上會傳說我歐陽嵩怕了陳長青，匆匆而逃，這個人，如何丟得起。」

另一個尖厲的聲音，突然接道：「說得是啊！咱們如果撒手一走，可由得兩個老叫化子吹了，連我魯平也丟不起這個人。」

歐陽嵩道：「魯兄的意思，可是想和他們一見高低？」

魯平道：「別說你歐陽兄七招搜魂手法，就是兄弟這破山十二式，也未必就會敗在兩個老叫化子的手下。」

歐陽嵩道：「魯兄別忘了，還有一個白梅，那老小子一身武功，不在兩個老叫化子之下。」

另一個清朗的聲音接道：「歐陽前輩，在下的修羅扇法，可否和白梅一戰？」

歐陽嵩笑一笑，道：「池小兄的修羅扇為武林一絕，足可抗拒白梅了。」

魯平道：「既是如此，咱們似乎是用不著立刻撤走了。」

歐陽嵩道：「也好，先和他們放手一搏，讓他們知道厲害。」

魯平接道：「如能因此逼使丐幫退出這場紛爭，咱們就收獲大了。」

歐陽嵩低聲說道：「來了，諸位小心一些。」

語聲甫落，三條人影，已然悄無聲息地飛落於庭院之中。

正是千里獨行陳長青、鐵掌開碑海若望，和白梅。

落著實地，白梅立刻高聲說道：「歐陽嵩，可以出來了，難道還要咱們進入廳中去請不成？」

只聽一陣哈哈大笑，道：「白梅，此情此境之下，兄弟實在不願和你相見，但你既然挑明了，兄弟也只好出迎了。」

語聲甫落，幽暗的大廳中，緩步行出了四個人。

當先一個，正是歐陽嵩。

陳長青打量了四人一眼，道：「果然是你們……」

歐陽嵩冷冷一哼，說道：「老叫化子，你都認識？」

陳長青道：「這位是大名鼎鼎的破山手魯平。」

魯平用手捋了捋山羊鬍子，道：「正是魯某。」

陳長青目光轉到那中年婦人的身上，接道：「如若在下猜的不錯，這一位應是滿口飛花喬飛娘。」

喬飛娘道：「正是，正是，想不到，丐幫長老還有人認識奴家。」

白梅輕輕咳了一聲，道：「歐陽兄，既然堂堂正正地站出來，想來是，定然也敢直認事實了。」

歐陽嵩道：「只要是兄弟做的，兄弟向不逃避，不過，白兄還未問到正題之前，兄弟先給你引見一位朋友！」

白梅目光一掠那藍衫人，道：「你可是說，這一位小娃兒嗎？」

歐陽嵩道：「常言道，江山代有才人出，長江後浪推前浪，白兄，莫要小看了這位池少兄。」

藍衫人年紀不大，但卻表現得相當陰沉，笑一笑，道：「在下池天化。」

陳長青道：「池天化，是個什麼東西？老叫化從來沒有聽過這個人？」

池天化淡淡一笑，道：「池天化是一個人，就是區區在下，你閣下沒有聽過池某人，池某人也同樣的沒有聽說過閣下這個人。」

陳長青雙目如電，冷冷地打量了池天化一陣，未見多言。

他閱人多矣！經驗豐富，仔細看了一陣，發覺這個年輕人，非同小可，眼神充足，太陽穴微微隆起。分明是一個內外兼修的高手。

白梅輕輕咳了一聲，說道：「歐陽兄，兄弟有一樁對你歐陽兄不太好的消息，要奉告閣下。」

歐陽嵩道：「不要客氣，咱們從來就沒有低估過白兄，有話只管說。」

白梅淡淡地說道：「你們的藥物，不太靈光……」

歐陽嵩接道：「哦！怎麼樣？」

白梅道：「不但老朽中毒已解，就是無極門的人，也都解去了毒性。」

歐陽嵩略一沉吟，笑道：「白兄，這用不著施詐，照你的為人，你也不會真的對無極門用毒，你自己中毒的事，老實說，也是真假難辨，不過，在下不能不承認，你們這一點裝作功夫，十分維肖，居然把襄陽城中的名醫都請了去。」

白梅也不解釋，微微一笑，道：「這麼說來，歐陽兄，你也確實參與其事了？」

歐陽嵩道：「如若在下此刻否認，你白兄會相信嗎？」

白梅道：「高明，高明，歐陽兄的口風很緊。」

歐陽嵩道：「彼此，彼此。」

白梅道：「咱們既然已經照了面，彼此，似乎是用不著再用心機了。」

歐陽嵩道：「好！那麼，在下想先聽聽白兄的意思。」

白梅點點頭，道：「可以！在下先讓你歐陽兄見幾個人。」

回頭高聲喝道：「鳳兒，出來吧！歐陽兄敢做敢當，已經認了這筆帳。」

歐陽嵩一皺眉頭，欲言又止。

但聞衣袂飄風，四個人先後而到。

當先一人，白巾素服，正是白鳳。

成中岳、董川、楚小楓魚貫而到。

三個人的身上，也都戴著孝。

這是很巧妙、很大膽的安排，就利用這一陣時間，楚小楓恢復了本來的面目，而且，換上了衣服。

這是白梅的主意，敵人既然一直在身側暗伺，對無極門逃出來幾個人，定然十分清楚，如若少了一個楚小楓，反而會弄巧成拙。

楚小楓恢復了本來的面目，和適才完全不同，像歐陽嵩這樣的人，竟然也未曾瞧出一絲破綻。

事實上，歐陽嵩也沒有太多的時間去看。

白鳳一欠身，立時尖聲叫道：「歐陽嵩，還我的兒子來！」

歐陽嵩淡淡一笑，道：「宗夫人，你大可放心，你兒子活得很好，這一點，老夫可以保證……」

白鳳接口道：「他現在何處？我要見一見他！」

歐陽嵩說道：「見他很難，不過，也並非全無機會，那就要看你宗夫人，是否願意合作了？」

白梅生恐白鳳太激動，正想阻止，白鳳已冷冷說道：「無極門的事，我作不了主，領剛死了，他早已遺囑立了新的掌門人，何況，他還有一位師弟，別忘了，我是宗夫人，一個女流之輩，如是我個人能救我兒子，你隨便開出條件吧。」

歐陽嵩怔了一怔，道：「強將手下無弱兵，夫人倒是推得乾淨，但不知哪一位是新掌門人？」

董川緩緩向前行了一步，道：「我！在下董川。」

歐陽嵩道：「好！你能夠代表無極門說話嗎？」

董川道：「區區是一派門戶掌門，自然能代表無極門說話了。」

滿口飛花喬飛娘格格一笑，道：「小兄弟，看你的氣勢，倒頗有一派掌門人味道，不過，你也該想想看，所謂無極門，還有幾個人，白梅不能算，如若再除了宗夫人，你們一大家子，也不過三個人，你這個掌門人，還有兩個屬下。」

董川肅然說道：「無極門的弟子，只要有一個還好好地活著，這個門戶就仍然存在。」

歐陽嵩點點頭，道：「好！宗領剛不愧是一代宗師，教出來的弟子，倒是頗有風采。」

董川道：「你想和無極門說什麼條件？可以提出來了。」

歐陽嵩道：「老夫想先知道，你想不想救宗一志……」

白鳳接道：「我兒子的事，和我說，不要牽上無極門。」

歐陽嵩道：「夫人，如若宗一志，不是宗領剛掌門的兒子，你想，咱們還會留下他的性命嗎？早和別人一樣，橫屍迎月山莊了。」

白鳳道：「你這個……」

白梅一伸手，攔住了白鳳，說道：「鳳兒，這件事，既然交給掌門人，那就由他去談吧。」

話裡留有餘地，未說由他作主，生恐董川年輕，被人拿話套住，轉不過彎子。

歐陽嵩目光轉到了董川的身上，道：「董掌門人，你怎麼說？」

董川道：「先師遺孤，無極門中人，個個都有拯救他的決心。」

歐陽嵩道：「這就行了……。」

哈哈一笑，接道：「咱們可以談談條件了。」

董川道：「閣下儘管提，董某人是否答應，我們自會斟酌的。」

白梅暗暗忖道：「楚小楓的機智、聰慧，遇事的沉著、冷靜，表現了非凡的才志，這董川卻深得穩字一訣，看來，無極門大有重振雄風的希望。」

歐陽嵩點點頭，顯然，對這位年輕的掌門人，穩健之風，也大有贊賞之意。

回顧了池天化一眼，道：「池少兄，告訴他，宗一志現在的處境。」

這是畫龍點睛，一下子托出了池天化的身分，也把一大部分的責任和仇恨，移嫁在池天化身上。

果然，幾道充滿著悲仇的眼光，投向池天化。

尤其是成中岳，目光煞氣逼人，大有立刻出手之意。

池天化輕輕咳了一聲，道：「宗一志，他不但好好地活著，一身武功，也未損失，身體未傷，心智健全。」

白鳳道：「我不信。」

池天化道：「你非信不可，談好了條件，我們也許會完完整整地交給你。」

董川道：「好！你說吧！」

歐陽嵩道：「其實，白梅老兄，已經把大部份內情告訴你們了……」

突然住口不言。

董川道：「為什麼不說下去？」

歐陽嵩道：「此時此刻，不太方便。」

董川道：「你要換個地方？」

歐陽嵩道：「那倒不是，我們與無極門談條件，最好丐幫中人，別參與這件事。」

千里獨行陳長青冷笑一聲，道：「歐陽嵩，你想把老叫化子攆走？」

歐陽嵩道：「你又不是無極門中人，這件事，你本來也就不應該參與。」

陳長青道：「你說話，也不怕大風閃了你的舌頭，宗掌門生前和丐幫是什麼交情，告訴你，不但丐幫要伸手，排教也不會坐視，那一塊無極門的匾牌上，還有少林、武當、東方世家，他們都不會坐視不問，你小子招惹了大麻煩……」

歐陽嵩接道：「老叫化子，別拿這個嚇我，我們如是怕麻煩，就不敢找你們來此見面，既然敢要你們來，在下就沒有把這件事，放在心上。」

陳長青道：「好！你和董掌門人談完了，咱們再說，你那七招搜魂手法，如是擺不平老叫化子，你就別想生離襄陽。」

歐陽嵩道：「等一會兒，有必要咱們可以試試。」

目光轉到董川的身上，接道：「你怎麼說？」

董川道：「陳、海，兩位長老，都是先師故交，他們參與此事，理所當然。」

歐陽嵩怔了一怔，道：「你這小子，不管宗一志的死活了。」

董川道：「自然要管。」

歐陽嵩道：「你要管，那就把這兩個老叫化和白梅給我攆出去，只餘下你們無極門中人。」

董川道：「辦不到。」

歐陽嵩接道：「那我先殺了宗一志。」

董川呆了一呆，道：「你敢？」

歐陽嵩道：「為什麼不敢。」

董川長長吁一口氣，推開了心靈上的負重，冷冷說道：「你大約還有這份權力。」

楚小楓心中十分焦急，正想暗施傳音之術，告訴他應付之法，幸好董川已推開了心上的負重。

歐陽嵩臉色一變，道：「聽著，一個人只能死一次，老夫殺了宗一志，宗領剛就算絕了後。」

陳長青冷笑一聲，道：「除非宗一志就在此地，你要先想想如何離開此地，去稟報這句話。」

老江湖，經歷萬千，究竟不同，一句話，就點穿了歐陽嵩的虛聲恫嚇。

歐陽嵩道：「老叫化子，你說什麼？」

陳長青冷冷說道：「老叫化說你歐陽嵩，也不過是人家的爪牙、鷹犬，還沒有處死宗一志的權力。」

歐陽嵩怒聲喝道：「臭叫化子，你敢如此輕視老夫？」

陳長青淡淡一笑，道：「歐陽嵩，你可是有些惱羞成怒了，是不是老叫化子說中了你的心病？」

這片刻之間，歐陽嵩已然恢復了平靜，冷笑一聲，道：「臭叫化子，宗領剛死了，宗一志就是宗領剛的唯一骨肉，不過他的生死，和你老叫化也說不上什麼關係，你自然用不著為他擔心……」

話說得很婉轉，但卻充滿著挑撥的意味。

白鳳突然接了口，打斷了歐陽嵩的話，接道：「宗一志是我的兒子，領剛死了之後，這世間，我是他最親近的人……」

歐陽嵩接道：「所以，咱們想聽聽你白鳳姑娘的話。」

白鳳道：「領剛活著的時候，是個頂天立地的男子漢，他死得也轟轟烈烈，北海騎鯨門的武功，在江湖上自成一格，有他狠辣、獨到之處，但領剛在受到了暗算之後，仍然殺死了他，你們早想謀算無極門，卻不敢在領剛活著時找上門去，一直在等待下手的機會，我懷疑，這些事，都是你們的安排，我不相信世上會有這麼巧的遇合，領剛氣尚未絕，無極門大變已起，也許，你們早已派人在一側觀戰。……」

歐陽嵩哈哈一笑，接道：「宗夫人的聯想力好生豐富啊！」

白鳳道：「這些日子中，我一直都在想著這一件事，我把它串連起來，就不難有一個完整的輪廓出來……」

歐陽嵩道：「夫人，此刻重要的是令郎的生死。」

白鳳道：「我會告訴你，我有什麼決定，閣下稍安勿躁……」

語聲頓一頓，接道：「你們也早在無極門中安排了接應的奸細，等你們確知領剛受到重創時，才敢下手，老實說，雖然領剛不在山莊中，無極門也該有著很強的戰力，你們如非施用暗箭和極為卑下的手段，只怕也非短期內，可以把他們全數殺死……」

歐陽嵩冷冷說道：「就憑無極門宗領剛教出的幾個徒弟，還值得我們施用暗算嗎？」

白鳳道：「你承認了你們是暗襲無極門的盜匪。」

歐陽嵩怔了一怔，縱聲大笑，道：「想不到宗夫人白鳳姑娘，還有如此才情，其實，夫人用不著施用什麼詐術，我們擄走了宗一志，已經說明了一切。」

白鳳道：「好！我現在就答覆你，虎父無犬子，我相信一志也不會屈服在你的威脅之下，我關心親生兒子的生死，但我希望他活得能夠堂堂正正，死得也轟轟烈烈，如是苟且偷生，還不如讓他死了的好，別忘了，他是宗領剛的兒子，這答覆，你很滿意吧？」

歐陽嵩臉色一變，道：「這麼說來，咱們沒得談的了。」

白鳳道：「有！但要很公正，很坦誠。」

歐陽嵩道：「宗夫人應該先想想你的處境，如何能夠和我們公平論事。」

白鳳道：「咱們可以不談，宗一志就算被你們殺了，他也可以到九泉之下，見他的父親，告訴他爹說，我這個宗家媳婦，沒有替宗家丟臉。」

董川突然前行兩步，一揮手，道：「歐陽嵩，我師母，已經把話說得很清楚，小師弟的生死，我們都很關心，但我們決不會為此身受威脅，在下有一點想不明白，你們如何在極短的時間中，毀去了整個的無極門？」

歐陽嵩道：「無極門中，除了宗領剛有那麼一點道行之外，餘子碌碌，都是不堪一擊之輩。」

董川道：「夜襲無極門的人中，閣下是否也在場呢？」

歐陽嵩道：「你這話用心何在？」

董川道：「在下想求證一件事。」

歐陽嵩道：「什麼事？」

董川道：「想求證你們用什麼辦法，毀了無極門。」

歐陽嵩道：「你可是想和老夫動手？」

董川道：「不錯，我一直不相信，你們堂堂正正地，以武功殺了無極門下弟子。」

歐陽嵩笑一笑，道：「就憑你這點微末道行。」

陳長青突然接口道：「董掌門人，讓給老叫化吧！丐幫承受貴門的恩德，一直念念難忘，今日，老叫化總算找到一個效命的機會了。」

歐陽嵩還未來得及接口，董川已搶先說道：「陳前輩，請給晚輩一個機會。」

陳長青回頭看了白梅一眼，道：「白兄，董掌門人……」

白梅接道：「陳兄，讓他們年輕人試試，就算敗了，也不算什麼丟人的事，何況，咱們站在旁邊，也不會讓他傷著。」

陳長青道：「白兄如此吩咐，老叫化只好從命。」

董川右腕一抬，青萍劍嗆啷出鞘，道：「歐陽嵩，你可亮兵刃了。」

成中岳低聲道：「掌門人，你貴為一門之長，豈可輕易出手，這一陣由我試試如何？」

董川搖搖頭，道：「我是無極門首座弟子，怎能畏縮不前，師叔請成全我吧！我如不敵，再由師叔接手就是。」

成中岳心中暗道：「反正白梅、陳長青等都在掠陣，不會看到他受傷不救，也就未再堅持。」

歐陽嵩卻是十分為難，董川的身分，雖然是無極門中的掌門，但江湖上，卻是名不見經傳的人，這一戰勝之不武，要是敗了，那可是太傷顏面的事，就是打個百、八十招不分勝負，心中也夠窩囊了。

正感兩難之際，池天化卻飄然而到，一舉手中一尺八寸的折扇，道：「董川，你還不配和歐陽嵩前輩動手，在下陪你玩幾招吧！」

董川冷冷說道：「你是什麼身分……？」

池天化接道：「這是玩命的事，咱們武功上分勝敗，兵刃上見生死，不要擺出你掌門人的身分，老實說，整個無極門，我還未看在眼中。」

董川道：「你好狂。」

池天化道：「彼此，彼此。」折扇一抬，點向了董川的前胸。

董川冷哼一聲，青萍劍突然一抬，硬對折扇。

楚小楓想出手，卻被白梅一橫身攔住了去路。

他聰明過人，立時瞭解了白梅的用心，深恐動手的情勢，落入了歐陽嵩的眼中，被他們瞧出破綻，影響到他混入這個組合的計劃。

就是這一陣，雙方已展開了激烈的搏殺。

池天化手中的折扇，忽張、忽合、忽點、忽削，變化極是詭異，再加寬的扇面，一面雪白，一面鮮紅，紅的刺目，白的耀眼，對雙目的視線，造成了很大的影響。

一上來，董川就被逼的連退了三步，幾乎傷在了折扇之下。

白鳳看得心中直跳，成中岳手指已搭上了劍柄。

董川是無極門的掌門身分，如若一交上手，就被人所敗，對無極門而言，實在是一場很大的挫辱。

但他究竟是宗領剛苦心培育出來的傑出弟子，猛然間，不能適應修羅扇的奇詭變化，但卻臨危不亂，退過三步之後，青萍劍立時展開了迅速地變化。但見寒芒流轉，這才把劣勢穩住。

楚小楓是天賦奇才，能夠舉一反三，文武兩面，都有著過人的理解能力，但董川卻是個腳步踏實的人物，對宗領剛的青萍劍法，領悟極深，而且每一式、每一招，都下過苦功。

單以青萍劍法而論，楚小楓還要遜色這位掌門師兄三分。

堅穩的劍路，平實的手法，但卻每一招、每一劍，都能將青萍劍法的威力發揮出來。

十招過後，董川已完全把形勢給穩定下來。

池天化的武功招術，卻和董川的完全不同。

只見他折扇招術詭異，忽紅、忽白，忽削、忽斬，一個折扇，在他手中，竟然當做了長劍、鐵筆等，完全不同的兵刃施展，當真是，瞬息萬變，極盡詭異之能。

這是一次很好看，也很驚心動魄的搏殺。

一個變化多端中極盡凌厲。

一個沉穩平實中門戶謹嚴。

雙方觀戰之人，都看得心頭暗暗震動。

陳長青低聲說道：「白兄，宗門主的衣缽弟子，果然高明，這套青萍劍法，像宗門主復生還魂，穩實中自具功力。」

白梅心中也很安慰，他實在沒有想到，董川會有這樣的成就，笑一笑，道：「陳兄過獎了，這孩子，劍法已得領剛的神髓，只是對敵的經驗太欠缺了，初動手時，幾乎傷在了對方的修羅扇下。」

陳長青道：「那姓池的小子，手中修羅扇，造詣也很不錯，就算是老叫化子出手，也未必能制服他，這小子名不見經傳，不知是什麼來路。」

白梅道：「當今武林中施用修羅扇的人，首數八臂神魔，但他已歸隱了三十多年。」

陳長青道：「不太像八臂神魔的傳人，三十年前，老叫化和八臂神魔打過一架，我們苦戰一日，拚過兩千招，老叫化子才勝他，對老魔頭的扇法，記憶甚深，如論這小子手中扇法的變化，靈活尤過老魔。」

海若望低聲接道：「八臂神魔的修羅扇中，藏有九枚鋒利扇骨，可以在動手中，飛出傷人，這小子手法很陰歹，只怕手中折扇，也有名堂，咱們得提醒董掌門一聲。」

白梅點點頭，道：「對！董川太穩實，不尚虛浮，也想不到江湖上的險惡……。」

突然提高了聲音，道：「董川，小心對方折扇中暗藏飛骨。」

董川青萍劍法的威力，愈來愈強，隱隱然，即將由完全的守勢，展開反擊，聞聲說道：「多謝前輩提醒，弟子自會小心。」

這邊低聲交談，那邊，歐陽嵩也在和魯平竊竊私議，道：「魯兄，這小子的劍法不錯，看樣子，池少兄立刻取勝的機會不大了。」

魯平道：「很意外，宗領剛生前的劍法，也不過如此吧！」

滿口飛花喬飛娘低聲道：「看來，咱們確實低估了無極門。」

歐陽嵩道：「宗領剛臨死之前，把掌門之位，傳給了他，想來，這小子，是無極門中，成就最高的一個人了。」

喬飛娘道：「聽說還有一個姓楚，也很不錯。」

魯平道：「就算不錯，也不會強過這姓董的小子。」

喬飛娘道：「咱們不能再低估無極門了，一錯不能再錯。」

歐陽嵩道：「池天化的武功也高明得出乎我意料之外。」

喬飛娘道：「歐陽兄，你看，這一戰，兩個的勝負誰屬？」

歐陽嵩道：「除非池天化再有奇招，取勝對方的機會，已經不大了。」

喬飛娘低聲道說道：「咱們現在應該如何？」

歐陽嵩道：「池天化應付下董川，我自信可以抵住陳長青，老魯對付海若望，看你能不能應付白梅了？」

喬飛娘道：「對付白梅，我沒有把握，但對付白鳳，我相信可以吃得住她。」

歐陽嵩道：「你自信能吃得住白鳳，那就找白鳳挑戰，反正，你要找一個對手！」

喬飛娘道：「我的事，不用費心，但對方的力量，似是十分強大，咱們似乎是已經輸了一等。」

歐陽嵩淡淡一笑，道：「就算咱們勝不了，但咱們總可以走得了。」

這時，池天化和董川的搏殺，愈來愈見緊張。董川已不是完全守勢，青萍劍已經有攻有守了。

但池天化手中修羅扇的攻勢，並未因董川的反擊，有所頓挫，兩人形成了一個以攻搶攻的局面。

但就雙方的形勢而言，董川已經逐漸扳回劣勢，雖然還談不上反敗為勝，但已經保持了一個五對五的平分秋色局面。

陳長青眼看董川不但由劣勢轉成平分秋色之局，而且，隱隱間，還有著逐漸發揮出強大潛力的趨勢，心中亦是暗暗稱讚這董川的成就不凡。

心懷放開，目光轉到了歐陽嵩的身上，冷冷說道：「歐陽嵩，久聞你搜魂七式之名，凶殘凌厲，未遇敵手，老叫化子想見識一番，不知閣下可肯賜教？」

歐陽嵩道：「丐幫四老，千里獨行排名第二，兄弟倒也是久慕英名了。」

陳長青道：「那很好，今日，咱們就各了心願。」

飛身一躍，人已到了歐陽嵩的身側，揚手一掌，拍了過去。

掌勢中，帶起了一股強烈的勁風。

歐出嵩道：「來得好。」右手一揚，硬接一掌。

蓬然大震聲中，各自向後退了一步。

陳長青不容歐陽嵩還手，雙手齊出，連拍了三掌。

歐陽嵩長衫飄動，避開了三掌。

海若望突然踏前兩步，道：「姓魯的，咱們也不用閑著了，你陪老叫化子玩玩如何？」

魯平一捋山羊鬍子，道：「當然奉陪。」呼的一拳，擊了過來。

兩人立刻展開了一場惡戰。

滿口飛花喬飛娘格格一笑，道：「宗夫人，聽說你既承令尊的武功，又得了宗領剛的絕學，可算得身兼兩家之長，小妹不才，想向夫人領教幾招。」

白鳳道：「喬飛娘，聽說你號稱滿口飛花，吹牛拍馬的才氣，天下無出其右。」

喬飛娘道：「如若口能殺人，小妹造詣，敢誇是當世第一流中的頂尖高手。」

白鳳道：「可惜，我不吃這套，口蜜腹劍的人，大概就是說你這種人了。」

喬飛娘道：「宗夫人何不試試，看看我喬飛娘，是不是只有嘴巴上一些功夫。」

白鳳緩緩舉步行來，一面說道：「我也正要領教。」

喬飛娘不讓白鳳先機，立刻出手，一指點出。

白鳳確實得了白梅十之八、九的真傳，嫁給了宗領剛後，又苦練無極門的劍法。用劍是她之長。

但喬飛娘不亮兵刃，白鳳倒也不好意思先亮劍，只好空手和她相搏。

兩人雖是空手相同向，但掌、指交錯，打的確實激烈絕倫。

這時，白梅、成中岳、楚小楓，三個人還未有敵手。

白梅心中知道，除了歐陽嵩等四人之外，這座庭院中定還隱藏的有人，但因對方不肯現

身，倒也無可如何。

四對搏殺，三對都是赤手相對。

只有池天化和董川是以兵刃相對。

但空手搏戰的激烈，絕不在兵刃之下，近身出招，拳、掌招招都向敵方要害。

這是棋逢敵手的搏戰，苦鬥動過百招，竟然還保持個平分秋色之局。

喬飛娘確不全只是一張嘴巴，手底下的真功夫，確也要得。

但她還是感覺到選錯了對手，白鳳的武功，路子實，變化多，確實身兼了兩家之長。

百招之後，喬飛娘漸落下風。

其實，經過了百招以上的苦鬥之後，歐陽嵩和池天化等，都被迫得處於劣勢。

這倒不是他們的武功差，而是對手太厲害。

歐陽嵩連出三招搜魂手法，都被陳長青給封住，使下面綿連的殺手，無法施展出來。

但三招搜魂手法，也給予了陳長青極大的威脅。

這就使得陳長青體會到了，搜魂手法，被稱為武林一絕，確有獨到之處。

如若等他七式搜魂手法連綿施展出來，陳長青懷疑自己能否接得下來。

心中念轉，掌法一變，用出了七十二招落英掌，暗挾十二擒拿手法。

這是快、巧並俱，剛、柔互濟的攻勢。

陳長青如非遇上扎手人物，也不輕易施展出手。

一輪快攻，立刻把歐陽嵩迫落下風。

魯平的功力，雖不及海若望深厚，但支撐個三、兩百招，還是可以。

但他求功心切，一上來，先和海若望拚了五拳，但五拳是肉對肉、骨撞骨。

海若望練的羅漢氣功，雖也是剛猛的路子，但卻是由內練到外。

魯平的破山拳，卻純是外功。

五拳拚了下來，魯平才覺著右手骨骼受了傷，但他不敢講，只有暗裡咬牙，硬撐下去。

他仗恃拳力猛烈，原想傷敵，但卻適得其反，自己吃了苦頭。

鬥到百招時，海若望忽然施展十八羅漢拳，招招直搗，大開大闔地迫擊過去。

拳法用到了精妙之處，一連三招，閃電而出。

魯平避不開第三招「飛杵撞鐘」，只好硬接下來。

傷骨未復，如何承受得海若望這開碑碎石的一掌，頓然右手中指骨骼碎裂，疼的他大叫一聲，疾快地向後退了五步。

碎骨之疼，雖使他失去了再戰之能，但卻功力未損，一提氣飛上屋面，連和歐陽嵩等招呼也未打一個，疾飛而逃。

這時刻的歐陽嵩也被逼得有守無攻，陳長青閃電掌法，使得歐陽嵩無法再施展搜魂手法。

耳際間，響起了魯平呼疼之聲，更使他心神一分，被陳長青一掌拍中了左肩。

他掌力中含有擒拿、卸骨手法，歐陽嵩的左肩關節，被一掌錯開，痛得他出了一身冷汗。

但歐陽嵩也是久經大敵的人物，儘管痛徹心肺，但他臨危不亂，雙腳連環踢出，以阻陳長青的攻勢，忽然一個就地翻身，滾入庭院角落之中。

陳長青似是動了殺機，存心取下歐陽嵩的性命，早已防到他飛身上屋，凝功戒備，只要他飛身而起，立時全力發拳，撲擊過去。

但卻未料到以歐陽嵩的身分，竟會貼地滾入黑暗之中，正想招呼白梅，兩面合圍，歐陽嵩已長身而起，飛上屋面，身形連閃，消失於夜暗之中。

喬飛娘口中嬌聲喝道：「白鳳姑娘，我的好大姊，你真要置小妹於死地嗎？」口中喝叫，雙手卻是連環搶攻，逼得白鳳向後退了兩步，飛身躍上屋面。

池天化修羅扇忽然間一合一張，兩道寒芒，由扇中疾射而出，人卻借機轉身躍上屋面。

董川擊落兩根扇骨，池天化已和喬飛娘到了兩丈以外。

白鳳要追，卻被白梅伸手攔阻，道：「他們去向如一，想是設有埋伏，不要追下去了。」

白鳳銀牙緊咬，道：「我好恨，我要動了劍，她就逃不出去了。」

董川道：「弟子慚愧，也被對手逃了。」

海若望道：「董掌門，你初臨大敵，已表現得令人激賞，那姓池的小子武功不弱，修羅扇又是江湖上出了名的奇門兵刃，但他仍敗在你的青萍劍下，老叫化又見到了無極門一代奇才，頗有當年令師出道的氣勢。」

董川道：「未能為師弟們手刃仇人，晚進汗顏得很。」

陳長青道：「誰也用不著慚愧，今晚上，咱們收獲已經很大，現在，可以回去了。」

白鳳呆了一呆，正想出言抗拒，卻被白梅以眼色阻止。

白梅未講話，成中岳、董川等，都未講話，轉身行回到大宅院中。

陳長青、海若望一直送白梅等人進入了二進院中的大廳裡，陳長青才輕輕咳了一聲，道：「鳳姪女，你對老叫化撤回來這一手，不太滿意吧？」

白鳳道：「晚進覺著，咱們應該追下去，好歹也要想法子，捉住他們一、兩個人，問點消息出來。」

陳長青道：「聽聞起來，這要求十分合理，不過，如是深一層想，這希望渺小的很！」

白鳳道：「一對一，自然十分困難，如若咱們合力追向一人，生擒他並非難事。」

陳長青笑一笑，道：「第一，他們敗逃的方向，必有掩護逃走的埋伏，除了歐陽嵩等四個出手的人之外，不見別人，可以證明。第二是，咱們勝敗，只勝在略強一等之上，就算他們被迫得回身再戰，只怕還得一陣搏殺，唉！他們四個人武功之強，實有些出了老叫化的意料之外。」

白鳳沉吟了一陣，點點頭。

當時，她雖然覺著亮出了兵刃，可以生擒喬飛娘，但此刻想一下，喬飛娘臨去的輕功身法，疾如脫兔，老實說，單是別人的輕身武功，就很難追得上她。

陳長青笑一笑，接道：「你們都知道，丐幫在江湖上最為享譽的，就是耳目靈敏，所以，除非他們連夜離開了襄陽，不論他們落腳何處，都會被本幫中弟子找出來。」

白鳳道：「如若他們離開了襄陽城呢？」

陳長青道：「這就有些為難了，不過，既然，歐陽嵩和魯平、喬飛娘都露了面，那就有了可追的線索，不怕他們飛上天去……」

白梅道：「修羅扇造詣奇高，董川的劍法扎實，如論靈巧變化，卻在對方之下了。」

目光一掠白梅，接道：「白兄，你看那姓池的小子如何？」

董川道：「這個弟子也明白，那傢伙手中兵刃，尋空抵隙，確實極盡靈活變化之妙，實非在下能及。」

海若望道：「董掌門，不可妄自菲薄，你那拙中藏巧、穩實強勁的劍路，才是一派掌門的風範，姓池的小子，雖然打的花招百出，但還是被你佔了上風，再打下去，他要黔驢技窮了。」

陳長青道：「今晚上，我們很安慰，我們發覺了敵勢的強大，也證明了自己的堅強。」

白鳳道：「陳前輩，我知道，一時間，還無法報得夫仇，但我不能不盡心力去救出一志。」

陳長青道：「我明白你的心情，所以，老叫化決定了一件事。」

白鳳道：「什麼事？」

陳長青神色肅然地說道：「除非是本幫主，能再率丐幫中高手趕到，咱們的實力，只能算略強歐陽嵩等一籌，但對方還有些什麼人，卻是隱晦不明，所以，老叫化決心和排教中人合作。」

白梅笑一笑，道：「好啊！你這些年來，都睡在磨上麼，怎麼會想轉了。」

陳長青笑道：「這一仗打的心開了竅，江湖上後起之秀，比咱們高明。」

白梅道：「那倒未必了，你老叫化，在整個江湖而言，也算是排在有數高人的名單之中了。」

陳長青嘆息一聲，道：「老實說，老叫化一直沒有見過宗門主的成就，雖然，敝幫承受大恩，但對此，一直若有憾焉，今晚上，看過了董掌門的劍法，使老叫化感覺著名無倖至，宗掌門人，確是一代人傑。」

輕輕吁一口氣，接道：「諸位，都請早些安歇吧，說不定，明天一早，我們還要有所行動，還得到江邊去瞧瞧排教來的什麼人，我們告辭了。」轉身，大步而去。

海若望緊隨身後而行，臨去之際，還望了董川一眼，一片嘉許之色。

望著陳長青、海若望離去的背影，白鳳說道：「爹，今晚上這個機會錯過了，孩兒覺得很可惜。」

白梅道：「白鳳，你要記著，這件事急不得，對方不是一個單獨尋仇的人，他們是一個有組織、有力量的龐大組合，到現在為止，咱們也只是找到了這個組合的邊緣，還無法找出他們真正的首腦，如非陳長青和海若望兩位丐幫長老相助，咱們今晚上這一戰，恐怕就無法支持。鳳兒，眼下有一件很明顯的事，那就是憑咱們父女和中岳、董川、小楓等幾個人的力量，已然無法救出一志，也無法替領剛報仇了，必須要接受丐幫和排教的援手不可。」

楚小楓道：「老前輩，小楓有一個看法，不知前輩是否同意？」

白梅道：「孩子，你又有什麼獨特之見，說出來，我們聽聽吧。」

楚小楓道：「晚輩覺著，對方的用心，不止是對付我們無極門，我們只不過是首當其衝罷了。」

白梅點點頭。

楚小楓接道：「所以，我覺著，無極門的被毀，為整個江湖帶來了一個警號，使他們感覺到了這份危急。」

白梅又點點頭，道：「孩子，你的意思是……」

楚小楓接道：「所以，咱們不是求丐幫和排教相助，他們幫助咱們，也就是幫助自己，這一點，丐幫心中明白，排教中人，心中也應該明白。」

白梅道：「這一點，我想陳長青和海若望也已經心中有數，似乎是用不著把事情說得太明白。」

楚小楓神情肅然，目中神光湛湛地說道：「白老前輩、師娘、成師叔、掌門師兄……」

他一連叫出在場四人，個個都被他嚴肅的神情引動心神，所有人的目光，都投注在楚小楓的身上。

楚小楓道：「這是一場大搏殺，無極門的毀滅，也換得了丐幫和排教的警覺，丐幫的迅赴事功，一下子派兩位長老趕到了襄陽，這使他們看到了情勢的嚴重，歐陽嵩弄巧成拙，暴露出了整個險謀所在，本來是無極門和對方的恩怨，但卻一下子牽入整個江湖中的正邪大對抗……

「在此等情勢之下，如若咱們要求他們全力救出一志師弟，只怕，很難如願，這是一盤棋，一志師弟，只不過是棋盤中一個棋子。」

白鳳黯然一嘆，流下淚來。

董川道：「七師弟，但咱們不能有這種想法，師父只有此一子……」

楚小楓接道：「掌門師兄說得是，全局著眼，一志師弟只不過是對抗中的一個棋子，但對我們而言，師恩、親情，確是一件非常重要的事，既不能寄望於別人，那只有自己下手一途了。」

白梅道：「孩子，這一點，我也想到了，可是如何一個下手之法呢？咱們根本不知一志被囚在什麼地方？」

楚小楓道：「就算知道了，咱們也未必能救得出來……」

白鳳接道：「小楓，就算救不出來，咱們也得盡心啊！」

楚小楓道：「是！救一志師弟，咱們要全力以赴，剛才，師娘和強敵搏殺，弟子一直沒有出手，心中就在盤算，如何救出師弟，現在，總算有了一點頭緒，弟子也想出了一個辦法……」

白鳳急急說道：「什麼辦法，快說出來。」

楚小楓淡淡一笑，說出了一個辦法來。

他說的聲音很低，但全場人都聽得聚精匯神，聽得全神貫注，形成了一種莫名的緊張。

聽完了經過，白鳳忽然嘆息一聲，道：「不行，小楓，我不能讓你涉險。」

楚小楓笑一笑，道：「師娘，這是唯一的辦法……」

白鳳道：「不！寧可讓一志死了，也不能再把你陷進去。」

楚小楓道：「在對抗搏殺中，一樣有生死的危險，其危險之大，絕不在弟子的行動之下。」

白梅道：「小楓，我很佩服你的膽氣，不過，這件事，風險太大，你已經和他照過了面……」

楚小楓道：「所以，這就要另外有一個楚小楓。」

白梅苦笑一下，道：「小楓，這件事很難，誰能扮裝成你，而且又能使他們相信？」

楚小楓道：「不但要別人相信，而且，你們也要相信的樣子，而且，還要他在適當的時間，露露臉了。」

白梅道：「這個就有些難了。」

楚小楓道：「弟子倒有一個主意，只是有些大不敬，不敢說出來。」

白梅道：「什麼人？」

楚小楓道：「師母……」

白鳳接道：「我成嗎？我比你矮了一些。」

楚小楓道：「這個可以想辦法，問題是誰扮師母？」

白梅沉吟了一陣，道：「這倒可以找一個人，而且和你師母很像，她憂慮成疾，這該是一個很好的理由。」

楚小楓道：「師母如肯成全，弟子就會感覺到把握大一些，我不敢說一定能救出師弟，至少，這是唯一的機會。」

白梅道：「也可以摸清楚對方的實力。」

楚小楓道：「他們想不到師娘會改扮成我，師娘如再經常出現，可以消減去他們心中的疑慮。」

白鳳道：「小楓，我總覺著這法子太危險。」

楚小楓道：「不入虎穴，焉得虎子，師母，何妨想想弟子這做法，只要配合得宜，危險的只是表面，實在，很安全。」

白鳳沉吟不語。

成中岳道：「小楓，要不要我跟你一起去？」

楚小楓道：「多謝師叔，咱們必須在這裡留下力量，剛才那一戰，咱們表現出了無極門精湛的劍法，已使陳長青刮目相看，無極門的人數雖少，但每一個，都有著很深的造詣，很高明的武功。」

成中岳點點頭，道：「我看到了他們的武功，如若那就是第一流的武功高手，咱們無極門中弟子，都可以算上一份。」

白鳳突然說道：「小楓，你決定去了？」

楚小楓道：「弟子決定去，希望師母成全。」

白鳳道：「爹，你的意見呢？」

白梅道：「我覺著小楓的才慧，已經超過了咱們，他決定的事，由他去吧。」

白鳳道：「好吧！」

楚小楓道：「師母答應了？」

白鳳點點頭。

楚小楓一轉身，突然對董川跪了下去，道：「掌門師兄請准。」

董川急急扶起楚小楓，道：「起來，起來，有事好商量，怎麼可以跪下去呢！」

楚小楓道：「小弟此去，不知要多少時日，才能回來，師母這方面，要勞請師兄多照顧了。」

白鳳道：「小楓，你……」

楚小楓道：「師母，小楓這一次，能夠混入對方，無論如何也要查清楚，救出師弟。」

白鳳道：「小楓，為了一志，要你這樣冒險……」

楚小楓接道：「師母，再說下去，弟子就無地自容了……」

目光轉到白梅身上，接道：「老前輩，小楓的事，你老人家多費心了，最好連陳、海兩位老前輩，也給瞞過去。」

白梅道：「瞞過他們兩位，只怕不易，我看倒不如找他們明說了，由他們從中協助……」

輕輕吁一口氣，接道：「小楓，你放心去吧！這裡的事，我們自會安排。」

楚小楓一抱拳，道：「小楓就此別過了，別忘了我叫林玉。」轉身一躍，凌空而去。

董川望著楚小楓的去向，低聲說道：「好快的身法，小楓師弟，多保重啊！」

他為人嚴肅，平日裡不苟言笑，但他內心之中，並非無情，只是，他內心之中藏著的感情，很不容易流露出來罷了。

白梅本想喝止他不可如此大意，但目光一轉間，卻發覺了董川雙目中含蓄著淚水，他忍下了待要出口之言。

白鳳輕輕吁一口氣，道：「爹，我好擔心啊！小楓還是個孩子，從來沒有在江湖上走動過。」

白梅道：「鳳兒，就因為他沒有在江湖上走動過，所以，才能瞞過歐陽嵩，不要再為小楓擔心了，這孩子的才慧比我們都高明。」

白鳳道：「爹，我覺著自己好自私，為了一志，我竟會答應了小楓涉險。」

董川道：「師母，不用自責，我看得出小楓師弟的堅毅神色，就算師母不答應他，他也會獨行其是。」

且說楚小楓離開了大宅院後，投入了一座客棧之中。

算一算和歐陽嵩會面時間還有三天，就算能早去一天，也得過兩天才成。

襄陽府中近日很多怪事，表面上看去，這些事，似乎是都沒有什麼關連。

楚小楓第一件事，想起了望江樓上那位綠衣姑娘，這好像完全是一樁獨立的事件，只不過發生的時間太巧。

而且，在那個時代，一個女孩子，在一座熱鬧酒樓上等一個人，也該是很大的奇聞。

越想越覺著奇怪，反正還有兩天時間，楚小楓暗自決定，明天，先把這件事弄個清楚。

一夜好睡，使得楚小楓容光煥發。

把自己扮成了林玉，但卻脫去了丐幫的衣服，換上了一件藍綢子長衫。

楚小楓和林玉的區別，形貌上並沒有太大的改變，他不善易容術，但他夠聰明，簡簡單單地掩去了楚小楓臉上的特徵，那就變成了林玉。

很簡單的易容，也不失瀟灑、美俊，但卻已完全不是楚小楓，是個創造的林玉。

掩去了一些傲氣的楚小楓，變成了帶幾分俏皮的林玉。

這要歸功於拐仙黃侗，指點了楚小楓的易容手法，那真是有著畫龍點睛之妙的指點，簡單的一些手法，不但改變了一個人的外形，而且，也創造出了一個人的性格。

楚小楓的聰慧，就在他有著過人的應變之能，改變成林玉之後，能夠忘去了自己是楚小楓。

他在揣摩林玉是怎麼一個人，能夠為了一己利害，叛離了丐幫的人，那個人決不是一個英雄，但他不會很窩囊。

他用銅鏡照了又照，對確定林玉這個人物的性格，下了很大工夫。

這是瀟灑、聰慧，帶點輕浮、自私的人。

中午時分，楚小楓走上了望江樓。

這個襄陽城中有名的大酒樓，仍然坐滿了酒客。

但卻已經不見了那位綠衣姑娘。

找一個空位坐下，伸手由懷中摸出了一錠銀子，召過店小二，道：「配四個下酒菜，一壺好酒，多的錢賞給你了。」

店小二估計一下，那是一塊三兩左右的銀塊，多下來的賞賜，至少有二兩銀子，立刻堆上了一臉笑意，道：「客爺，你厚賜。」

看來，楚小楓深諸了錢可通神的道理。

輕輕吁一口氣，楚小楓低聲說道：「伙計，我想打聽一件事。」

提起了桌子上的茶壺，店小二替楚小楓斟滿茶杯，道：「客爺要問什麼？」

楚小楓道：「昨天，貴店中來了一個女客……」

店小二放下茶壺，道：「你說的那位綠衣姑娘？」

楚小楓道：「正是她。」

店小二道：「她直坐到晚飯光景，才被一個老頭子帶了回去。」

楚小楓道：「她等的人來了沒有？」

店小二搖搖頭，道：「好像沒有來。」

楚小楓一推銀子，道：「拿去吧！」

店小二接過銀子，低聲道：「客爺，那位綠衣姑娘是個殘廢。」

九　玉女毒功

楚小楓微微一怔，道：「殘廢？」

店小二道：「是，她跛了一條腿。」

楚小楓道：「酒樓上的客人，都知道了？」

店小二搖搖頭，道：「不！看樣子，知道的人不多。」

語聲一頓，接道：「那老者像是她的爺爺，扶著她下了樓，小的就站在樓梯口處，看得清楚一些。」

楚小楓道：「哦！」

店小二低聲道：「公子，不過，那位姑娘的臉蛋兒，實在很漂亮。」

轉身快步而去。片刻工夫，酒、菜齊出。

楚小楓自斟自飲了一會兒，正想起身離去，樓梯口處，出現了兩個人。

兩個人的面目都很陌生，但楚小楓立刻可以肯定，他們是武林中人。

雖然，兩個人都穿著長衫馬褂，一派生意人的打扮。

但那兩道冷厲的眼神，流現出了他們的精湛內功成就。

楚小楓暗暗忖道：「不設法掩去目中神芒，改扮任何身分，都無法隱蔽起他的身分。」

兩個人四下打量了一陣，直走過來。

巧！就在楚小楓旁邊的一張桌子上，坐了下來。

楚小楓端起了面前的酒杯，暗裡卻凝神傾聽。

兩個人談話的聲音很低，但楚小楓全神貫注，仍然可以聽到。

只聽左邊一人說道：「胡兄，我看那丫頭不會再來了。」

右一人低聲說道：「反正，咱們在這裡邊吃邊等吧！來不來，都不要緊。」

左面一人笑道：「我已經打聽到一點消息，那丫頭好像跛了一條腿。」

楚小楓緩緩喝下了一杯酒，心中暗暗忖道：「原來，這兩個人，也是在找那位綠衣姑娘。」

這時，左首那人已招過來店小二。

楚小楓偷眼看去，只見那人把一塊銀子塞入了店小二的手中。

然後，楚小楓又聽了一遍，店小二對自己說的原詞。

楚小楓心中忖道：「車、船、店、腳、衙，這五種人，最為狡猾，看來，果然不錯，單是這位綠衣姑娘一檔事，這小二不知道賺了多少銀子。」

心念轉動之間，忽覺眼前一亮，一個綠衣少女，正緩步行了過來。

她右手扶一個梳著雙辮的藍衣女婢肩，步履很慢地向前行去。

水綠長裙，掩住了她的雙足，看不出她是否殘廢。

昨天陪她同來的那位中年婦人沒有同來，卻換了那個年輕的女婢。

店小二匆匆迎了上去，道：「姑娘，這邊請。」

他從這位綠衣姑娘的身上，賺了不少的銀子，一見那姑娘行來，立時像遇上了財神爺一樣。

那綠衣姑娘淡淡一笑，道：「我還要昨天坐過的那個座位。」

店小二回頭一看，只見那個座位上已經坐了兩個人，一老一少。

但想到了這位綠衣姑娘替自己賺了不少的銀子，立時一欠身，道：「姑娘請稍站片刻，我去與那兩位商量一下。」

昨天，那綠衣姑娘一直把大半個臉兒，側轉到窗子外面，楚小楓也沒有看清楚這姑娘的整個輪廓。

現在，她面對酒樓，酒樓上大部分的人，都可以看清楚她的面貌。

那是一張美麗的臉，宜嗔宜喜，十分動人。

店小二神通很大，三言兩語，竟然把那一老一少給說服了，讓出了桌。一面招呼那綠衣姑娘移駕，一面由肩上取下來桌布抹桌子。

他動作相當快，綠衣姑娘人到桌位前面，店小二已經整理好桌子。

綠衣少女緩緩收回在女婢肩上的右手，低聲道：「銀菊，賞他一片金葉子。」

銀菊哦了一聲，伸手取出一片金葉子，啪的一聲，丟在了桌子上，道：「拿去吧！小姐

賞你的。」

店小二撿起金葉子，右手有些發抖。

望江樓雖然是襄陽府的大酒樓，但是賞賜如此之重的客人，大概也不多見。

店小二收起金葉子，笑得一張嘴幾乎要咧在耳朵後面，塌下的腰，再也直不起來，道：「姑娘，是不是昨天那幾個菜，照來一份？」

綠衣少女道：「是！不過再替我多添兩樣，三副杯、筷。」

店小二道：「姑娘還有客人？」

綠衣少女幽幽一笑，道：「不知道他會不會來。」

這句話說得幽淒動人，而且，聲音很高，整座酒樓上的人，都聽到了，而且，心中都很感動。

自從她上樓之後，所有猜拳行令之聲，都停了下來，樓上一片靜默，這時，任何人說一句話，都可以使得全樓上的客人聽到。

楚小楓皺了一下眉頭，暗道：「她昨日枯坐不語，今日卻似是有意地叫人看到她的形貌，聽到她的聲音，一日之間，怎麼有如此大的轉變？」

心中動疑，立刻全神貫注，但表面上卻是不露聲色。

他想到那兩個專程來找這綠衣姑娘的人，必定會有舉動，好戲連台，自己可以很安心地看一場好戲了。

果然，那綠衣少女落座不久，兩個生意人立刻低語一陣。

左首一人，忽然站起了身子，緩緩行了過去，一抱拳，道：「姑娘可是來自九華山嗎？」

綠衣少女回顧了那大漢一眼，道：「你是什麼人？」

那大漢低聲說道：「在下馬魁……」

綠衣少女冷冷接道：「我不認識你，也不是來自九華山。」

馬魁四顧了一眼，竟然在對面空位上坐了下來。

和這等絕世美女對面而坐，頓然引起了酒樓上所有客人的注目。

上百道的目光，一齊投注過來。

任何人都會想到那綠衣少女定會有所反應，但事實卻大出人意料之外，那綠衣少女竟端坐未動。

女婢銀菊，冷冷地望了馬魁一眼，道：「馬先生，你坐好啊！別摔倒了。」

馬魁笑一笑，道：「兩位姑娘放心，別說這是一張椅子，就算它是一把刀，在下也坐得很穩。」

語聲甫落，突然一跳而起，雙手捧腹，臉色大變。

綠衣少女輕輕嘆息一聲，道：「銀菊，把解藥丟下去。」

銀菊淡淡一笑，道：「咱們姑娘救人，只救一次，你要是撿不到解藥，那就快回家跟你媽說，給你買一口好棺材，準備後事。」

馬魁道：「我中的什麼毒？」

銀菊道：「子午斷魂散，子不見午，午不見子，必死無疑，除了我們姑娘的獨門解藥之外，天下再沒有第二種解藥。」說完話，右手一抖，一個玉瓶，直向窗外飛去。

馬魁一提氣，似是想由窗口中飛出去，但身子還未飛起，人卻張嘴吐出了一口鮮血。一條人影，疾飛而出。是馬魁的同伴。

楚小楓冷眼旁觀，把經過情形看得十分清楚，但他卻沒有發覺，那綠衣姑娘用的什麼手法，把毒藥傳到馬魁的身上，心中暗暗驚駭不已。

如此美麗的姑娘，竟然是一個殺人於無形中的用毒高手。

馬魁似乎極力忍受著痛苦，鮮血，沾滿了前胸衣襟。

這人也夠剽悍，一直咬著牙，不肯呻吟一聲。

但聞一陣快速的步履之聲，馬魁的同伴，已然由樓梯奔了上來，手中握著一個玉瓶。

楚小楓暗道：「這人總算幸未辱命，終於撿到了解藥。」

只見他迅速地打開瓶蓋，倒出了一粒丹丸，送入馬魁口中，道：「吞下去。」

馬魁吞下解藥，一手搭在了同伴的肩上，道：「咱們走！」

那綠衣少女，一直端坐未動，銀菊卻轉臉望著兩人下樓而去的背影，冷笑一聲，道：「自不量力。」

楚小楓緩緩乾了面前酒杯，忖道：「這個丫頭下毒之能，似乎已經到了爐火純青之境，如若被她瞧出什麼疑慮，那可是大為麻煩的事，倒不如離開的好。」

心中念轉，緩緩站起身子，向樓下行去。

只聽一個清脆的聲音，傳了過來，道：「站住。」
楚小楓心頭跳動了一下，但卻未停下腳步。
只聽那清脆聲音，道：「我叫你站住。」
楚小楓緩緩停下腳步，回過身子，道：「姑娘可是說在下嗎？」
銀菊冷冷說道：「是你！」
楚小楓道：「姑娘招呼在下，有什麼事？」
銀菊道：「你過來！」
楚小楓怔了一怔，緩步行了過去，一抱拳，道：「姑娘召喚在下，有何吩咐？」
他眼見馬魁中毒的情形，心中暗生警惕，早已運氣戒備。
銀菊笑一笑，道：「剛才那兩位是不是你的朋友？」
楚小楓搖搖頭，道：「不認識。」
銀菊哦了一聲，道：「你不認識他們？」
楚小楓道：「真的不認識，在下告退了。」
銀菊道：「慢著！你叫什麼名字？」
楚小楓暗暗忖道：「看來，她們是有意的來找麻煩了。」
心中念轉，又提高了幾分警覺。
但他口中仍然十分和氣地說道：「在下林玉。」
銀菊笑一笑，道：「你這人很和氣，坐下來喝一杯吧！」

楚小楓道：「不敢打擾，在下告退了。」

馬魁的突然中毒，不但使得楚小楓震動不已，而且也使整座酒樓上的人，驚嘆不已，大部分的人，都急急溜走。

原本滿滿一樓的酒客，此刻卻跑得只餘下了楚小楓，和綠衣少女主、婢兩個人及兩個店小二。

整座的酒樓，只餘下了五個人。

那一直沒有講話的綠衣少女，突然開了口，冷冷說道：「不許走，過來，給我坐下。」

楚小楓輕輕吁一口氣，信步行過去，在馬魁坐過的位置上坐了下來，道：「姑娘，有什麼吩咐？」

綠衣少女冷冷說道：「林玉，馬魁的情形你都看到了？」

楚小楓道：「看到了。」

綠衣少女道：「那就實說，我的脾氣不太好，別讓我對你也下了毒。」

楚小楓道：「姑娘，咱們往日無怨，近日無仇，你為什麼要在我身上下毒？」

綠衣少女笑一笑，道：「所以，我給你一個說話的機會。」

楚小楓道：「好！姑娘要問什麼？」

綠衣少女道：「你來自何處？」

楚小楓呆了一呆，忖道：「這實在很難答覆，不能不理會。」

心中念轉，口中說道：「在下自小在襄陽長大。」

綠衣少女微微一笑，道：「你不是專門來看我們主、婢的？」

楚小楓道：「不是。」

綠衣少女道：「你練過武功？」

楚小楓點點頭，道：「是！練過幾年。」

心中暗道：「我已經極盡小心了，仍然被人瞧出了破綻。」

綠衣少女道：「能不能幫我做一件事情？」

楚小楓道：「什麼事？」

綠衣少女道：「幫我找一個人。」

楚小楓道：「找什麼人？」

綠衣少女道：「你自小在襄陽長大，而且，又練武功，對這襄陽附近的人人事事，定然很熟了。」

楚小楓道：「知道一些，不太熟。」

綠衣少女道：「哦！這個人，是個拐子，我聽說他在襄陽，可是一直找不到他。」

楚小楓心中一動，道：「有沒有姓名？」

綠衣少女道：「他姓黃，單名一個侗字。」

楚小楓心中暗道：「這件事，不能據實而言，只好從權了。」

搖搖頭，道：「沒有聽過，這個人，可能不在襄陽街上。」

綠衣少女道：「是！這個人有些古怪……」

語聲一頓，接道：「替我傳一句話，誰能找到黃侗這個人，我送他三粒化毒丹，一瓶七步迷魂散。」

楚小楓道：「好！在下會把這件事傳出去。」

他心中有很多的疑問，但卻忍了下去。他覺著，能夠早些離開這位姑娘，最好早些離開。站起身子，轉身向外行去。

銀菊低聲說道：「姑娘，就這樣放了他嗎？」

綠衣少女道：「咱們似乎找不到對他下毒的藉口。」

銀菊微微一笑，道：「姑娘，這個人年紀不大，但卻很識時務。」

綠衣少女四顧一眼空闊的客棧，緩緩說道：「銀菊，你不會看走眼吧。」

銀菊道：「婢子相信不會。」

綠衣少女輕輕吁一口氣，道：「銀菊，可惜你昨天沒有來，整個的酒樓上擠滿了人，大家都想看看我，但我卻一直把目光盯住在窗外，一臉憂苦，我雖然沒有回頭望過一眼，但我聽到了很多人在讚美，很多人在嘆息，他們都頌讚一個痴情的姑娘，苦苦地等待著她的情郎，銀菊你可知道，那些頌讚之言，聽起來是好動人、好美麗。」

銀菊道：「但今天卻完全的改了一個樣子，昨天，他們讚美的痴情姑娘，今天卻叫他們心頭震動、驚駭。」

綠衣少女道：「唉！我心中好難過！」

銀菊微微一怔，道：「難過，為什麼？」

綠衣少女道：「我留給人家美好的印象太短促了，只有那麼一天，我想，剛才離開的酒客中，一定有昨天的客人，他們心中會好失望、難過。」

銀菊輕輕吁一口氣，道：「姑娘，你這麼一說，連我心中也有些不安起來！」

話題一變，道：「姑娘，你剛才在他身上下毒了沒有？」

綠衣少女道：「沒有……」

銀菊急急說道：「沒有，為什麼？是不是因為他人太好，姑娘不忍在他的身上下毒？」

綠衣少女道：「那倒不是，我只是，想不出一個在他身上下毒的理由……」

語聲一頓，接道：「你看，他會不會是咱們要找的人？」

銀菊道：「可能是，也可能不是，但這似乎都不關緊要，要緊的是，咱們要在他身上下毒，這樣，他才會把話傳出去。」

綠衣少女道：「咱們忽冷忽熱的一鬧，我相信事情很快會轟動整個襄陽府，黃侗如在此地，一定會知道咱們來了。」

銀菊笑一笑，道：「姑娘，滿樓酒客，都被咱們這一鬧，給鬧跑了，咱們也該走了。」

只聽一陣急步上樓的聲音，兩個叫化子，快步行了上來。

綠衣少女還未來得及答話，余立已找到了兩人的桌位前面，一抱拳，道：「姑娘，可是來自湘西五毒門嗎？」

綠衣少女冷冷地看了余立一眼，道：「你是什麼人？」

余立道：「在下余立！」

綠衣少女淡淡一笑，道：「看你穿著一身叫化子的衣服，想來，定然是丐幫中人了？」

余立道：「不錯，在下是丐幫襄陽分舵的舵主。」

綠衣少女道：「我還以為來了什麼大人物呢，只不過是一個分舵的舵主罷了！」

余立道：「姑娘很瞧不起我這個分舵主了？」

綠衣少女道：「不錯，一個小小的分舵主，確實不放在我的眼中。」

余立道：「哦！姑娘還沒有回答在下的話？」

綠衣少女道：「回答你什麼？」

余立道：「姑娘是不是五毒門中人？」

綠衣少女道：「是又怎樣？」

余立道：「姑娘是不是五毒玉女？」

綠衣少女格格一笑，道：「想不到啊！我已經這麼快名滿江湖了。」

銀菊低聲道：「姑娘，丐幫耳目一向最靈，他雖是襄陽分舵舵主，想來定然會知曉那黃侗的下落。」

綠衣少女點點頭，道：「余舵主，你在襄陽多久了？」

余立道：「十二年多了。」

綠衣少女道：「那麼襄陽住的武林人物，你都認識了？」

余立道：「不敢說全都認識，但不認識的實在不多。」

綠衣少女笑一笑，道：「我就是五毒玉女，想向你打聽個人。」

余立道：「好！姑娘請說，只要他在襄陽府中，十之八、九我應該認識。」

綠衣少女道：「拐仙黃侗，住在什麼地方？」

余立呆了一呆，道：「拐仙黃侗……」

綠衣少女接道：「是啊！此人在江湖上大大有名，難道你沒有聽人說過？」

余立道：「聽是聽過，不過，他已經息隱很久了。」

綠衣少女道：「他是已退出了江湖，聽說，就在襄陽附近？」

余立搖搖頭，道：「這個，沒有聽過。」

五毒玉女冷笑一聲，道：「江湖上都說你們丐幫耳目靈敏，看來，是虛有其名了。」

余立道：「姑娘，黃前輩已經退出了江湖，敝幫就算耳目靈敏，也很難知曉一個息隱江湖的人。」

五毒玉女道：「哼！我就不信，找不到他，我要在襄陽府中大量用毒，多毒幾人，他就會露面。」

余立一皺眉頭，道：「姑娘，這件事，千萬不可。」

五毒玉女道：「為什麼？難道你要阻攔於我？」

余立道：「適才，在下就是聽到了傳言，特地趕來奉勸姑娘。」

五毒玉女接道：「怎麼？那個姓馬的，也是你們丐幫中人？」

余立道：「不是！可是目下襄陽發生了一件大事，敝幫和排教中人，不少趕來襄陽，如若姑娘放手用毒，只怕……」

五毒玉女在江湖上的聲名，大約十分響亮，余立只怕了半天，就是怕不出個所以然來。

五毒玉女卻冷然一笑，道：「余舵主，只怕我毒了你們丐幫中人是嗎？」

余立嘆了一口氣，道：「五毒門極受江湖同道敬重，在下不希望在這襄陽鬧出事情。」

五毒玉女道：「五毒門雖然以用毒見稱，但我們一直恪守著人不犯我，我不犯人的規戒，這一次，為了找到拐仙黃侗，說不得只好放肆一下了，希望你能通告丐幫中人，不要多管閑事，那對貴幫和敝門，都不是愉快的事。」

余立道：「這個，姑娘……」

五毒玉女揮揮手，接道：「夠了，話不投機半句多，我一定要找到黃侗，不論用什麼手段，除非你能幫我找到，否則，貴幫中人，最好別管這件事，我言盡於此，余舵主請便吧！」

余立怔了一怔，欲言又止，轉身向外行去。

對這位五毒玉女，他似乎是有十分深的畏懼。

樓下站著兩個人，丐幫的陳長青和白梅。

陳長青低聲問道：「是不是她？」

余立道：「是，五毒玉女。」

陳長青道：「這小丫頭，跑到這裡做什麼？」

余立道：「聽說她在找一個人，叫什麼拐仙黃侗。」

陳長青道：「怎麼？黃老拐在這裡？」

白梅欲言又止。

余立道：「沒有聽人說過。」

白梅輕輕咳了一聲：「陳兄，這五毒玉女，是怎麼一個人物……」

陳長青嘆息一聲，道：「這些年來，你很少在江湖上走動，不知道，江湖中發生了很多的事，五毒玉女出身湘西五毒門，聽說是目下五毒門掌門人的女兒，不但一身武功造詣很高，用毒之能，已盡得五毒門主的真傳……」

白梅突然接口說道：「余立，那位五毒玉女幾歲了？」

余立道：「看起來，不過十八、九歲吧？」

陳長青道：「問余立不如問我，這是我們總壇中收集的內情，目下，還列入機密二字，各地分舵，只怕還不知道……」

語聲一頓，接道：「不錯，她今年只有十八歲，而且，出現江湖只有一次，這一次，算是第二次了。」

白梅笑一笑，道：「這麼說來，陳兄只是因為她剛才在酒樓上，毒了一個人……」

陳長青道：「不是，我們對五毒玉女的認識，在一年前了，說起來，白兄也許會知道。」

白梅道：「什麼事？」

陳長青道：「一年前，號稱四大天王綠林悍匪被毒的事……」

白梅接道：「這件事，我倒聽說過。」

余立道：「四大天王呢？死了沒有？」

陳長青道：「生死不明，不過，據本幫得到的消息是，四大天王曾經向她求饒。」

白梅道：「她饒了沒有？」

陳長青道：「當時，她沒有理會，拂袖而去，片刻之後，四大天王也跟著離去，以後，就沒有了四大天王的消息。」

白梅道：「這麼說來，這丫頭，實在很可怕了。」

陳長青道：「是！很可怕。」

白梅道：「她找拐仙黃侗就是，怎麼可以隨便向人下毒？」

余立道：「我問過她，但碰了一個釘子。」

白梅道：「陳兄，現在咱們應該如何？」

陳長青道：「最好先別理她，靜觀其變，看她真的用心何在。」

白梅道：「五毒門的用毒之能，老夫也聽人說過，如若她真的要在此地，大施毒手，那就不知道要有多少人傷在她的手中了。」

余立道：「不錯，就余立聽到的經過，她的下毒手法，實已到了極端厲害的境界，那位馬魁，只不過在她的對面坐了一下，已經身中奇毒。」

白梅道：「如若她們早在桌椅上動了手腳，中毒就算不得什麼稀奇，何況，一張木桌掩護之下，可以動很多的手腳……」

語聲一頓，接道：「聽說五毒門中，有一種十丈傳毒之法，不知是真是假？」

陳長青道：「是真的，傳毒手法，極盡玄妙之能事，到目前為止，江湖上，還不知道他們用的什麼方法！」

白梅哦了一聲，道：「貴幫也不知道？」

陳長青道：「是！丐幫目下，還不知道他們用的什麼方法，但我們知道，那很可怕，而且，是一種無法防止的方法。」

白梅愁眉雙鎖，低聲說道：「陳兄，你看，五毒玉女會不會是歐陽嵩他們一夥的？」

陳長青道：「這個，不太可能吧！五毒門中人一向不和別人合作，他們在江湖上走動，也不過是近兩年中的事，老叫化的看法，他們還不至於和歐陽嵩們勾結一起……」

語聲一頓，接道：「走吧！咱們回去再說。」

只聽一個清脆的聲音，傳了過來，道：「諸位，就這樣走了嗎？」

回頭看去，只見一個青衣少女站在身後丈餘左右處，臉上是一片冷漠之色。

白梅道：「姑娘是叫我們嗎？」

青衣少女道：「你們東拉西扯的說了半天，一句也不交代，就這樣想走了嗎？」

白梅道：「姑娘是五毒門中人？」

這青衣少女正是銀菊，只聽她冷冷說道：「五毒門中的人，聲譽不太好，是嗎？」

白梅道：「姑娘言重了。」

銀菊道：「不錯，我是五毒門中人，五毒玉女身邊的丫頭，老爺子，你怎麼稱呼啊！」

白梅道：「老夫姓白……」

銀菊接道：「白什麼，應該有個名字吧！」

白梅一皺眉頭，道：「姑娘如此年紀，出言如此尖刻，不覺著太過分嗎？」

銀菊冷笑一聲，道：「我們沒有惹你們，而你們卻道長論短地在批評五毒門。」

白梅道：「老夫白梅。」轉身大步而去。

他久聞五毒門下毒之能，也不敢掉以輕心，轉過身子的同時，立時吸一口氣，運功戒備。

銀菊突然高聲喝道：「站住。」

陳長青冷冷說道：「姑娘，你要幹什麼？」

銀菊回顧了陳長青一眼，道：「你又是什麼人？」

陳長青道：「老叫化陳長青，要五毒玉女來見老叫化子！」

銀菊對江湖中事，顯然還知道的不多，似是還不知道陳長青是何許人物，眨動了一下眼睛，道：「要我們少主見你？」

陳長青道：「你這小丫頭，言語放肆，老叫化不和你計較，無非是看在五毒門主的面上罷了。」

銀菊呆了一呆，道：「好！你們等候片刻，我去請小姐來！」

陳長青威嚴氣度，顯然，已經震懾住了銀菊。

片刻之後，五毒玉女右手扶著銀菊的肩頭，緩步行了過來。

陳長青揮揮手，令余立等退了下去，自己卻暗用傳音之術，對白梅說道：「白兄，這丫頭如若放毒，咱們就全力出手，一舉制住她們。」

白梅也知道五毒門的用毒手法可怕，稍有不慎，就可能身中奇毒，頷首表示意會。
五毒玉女微微一笑，道：「這位老前輩，是丐幫高人，但不知可否見告大名？」
陳長青道：「老叫化子陳長青，姑娘是五毒玉女？」
五毒玉女道：「正是晚輩！」
陳長青道：「姑娘芳駕，忽到襄陽，而且，肆意放毒，不知為了何故？」
五毒玉女嫣然一笑，道：「老前輩言重了，如是晚輩肆意放毒，受傷豈止馬魁一人。」
陳長青為之語塞。
五毒玉女笑一笑，接道：「陳前輩，我到此地，只為了找一個人……」
陳長青接道：「拐仙黃侗？」
白梅道：「姑娘這一點年紀，如何會認識拐仙黃侗呢？」
五毒玉女道：「他是敝門主的一位故交。」
白梅道：「貴門主是你什麼人？」
五毒玉女道：「是我娘。」
陳長青哦了一聲，道：「姑娘找黃侗，也不該用施毒的手段！」
白梅道：「姑娘昨日在望江樓上等了一天，就是等黃侗嗎？」
五毒玉女淒涼一笑，道：「是！我是代母赴約而來，他們十年前，訂下了今日襄陽之約，想不到，那拐仙黃侗，竟然失約未來。」
白梅道：「姑娘，令堂怎麼沒有趕來呢？」

五毒玉女道：「我母親因事不能趕來，所以，特地派我代她赴約，想不到，這位前輩，竟然會失約未來。」

白梅道：「十年歲月，變化是何等重大，也許那黃侗也和令堂一樣，因故不能前來。」

五毒玉女道：「就算他不能來，也應該派個人來，我娘說，黃侗胸藏玄機，他說的話，一定不會有錯。」

陳長青道：「姑娘，近十年來，沒有聽到過黃侗的消息了，老實說，這一點，是一個很大的疑難，他如住在附近，老叫化相信，一定可以找到他的下落。」

五毒玉女呆了一呆，道：「你是說，他死了？」

陳長青道：「也許他在坐關，也許他真的有了不測，這一點，不知姑娘是否想到了？」

五毒玉女搖搖頭，道：「沒有，我娘沒有告訴我這麼多，她全心全意相信黃侗的話。」

陳長青道：「我知道黃侗，他確有很多過人之能，但姑娘，算命的，常常算不出自己的命運。」

五毒玉女呆了一呆，道：「你這麼說，他是真死了？」

白梅道：「就算沒有死，也一定過得不太好。」

五毒玉女道：「你怎麼知道？」

白梅道：「在下只不過是猜想罷了。」

五毒玉女道：「你為什麼不猜想他過得好好的？」

白梅道：「如若他過得很好，怎會不來此地赴約？」

五毒玉女道：「這個，這個……」
陳長青道：「就老叫化子所知，他是一個很重信用的人。」
五毒玉女道：「他如是很重信用，為什麼不來赴約？」
陳長青道：「這就要姑娘多多考慮一下了。」
五毒玉女道：「考慮什麼？」
陳長青：「黃侗為什麼不來了！」
五毒玉女輕輕吁一口氣，道：「這個，我如何向我娘交代呢？」
聽到此處，白梅暗暗吁一口氣，忖道：「看來，這丫頭和歐陽嵩們，不是一起的了。」
陳長青道：「據實而言，你娘自會作一個很合理的判斷。」
五毒玉女道：「他真的不在襄陽附近嗎？」
余立接口道：「不在，如在這附近，決逃不過丐幫的耳目。」
五毒玉女道：「這麼說來，就算我毒了很多人，也不會逼出來黃侗了。」
陳長青道：「是！不論你毒死多少人，一樣逼不出黃侗，因為他根本就不在這裡。」
五毒玉女說道：「陳長青，我聽娘說過你的大名。」
陳長青：「不想令堂，竟還記得區區。」
五毒玉女道：「所以，我希望你答應幫我一個忙。」
陳長青道：「老叫化如能辦到，決不推辭。」
五毒玉女道：「我要你們丐幫，幫著我找黃侗，要他在半年之內，趕到湘西五毒門去，

見我母親一面。」

陳長青道：「哦！令堂……」

五毒玉女道：「我娘身子不太好，只怕……」話到此處，突然住口。

陳長青道：「好！我叫化子記下了，我一定不使姑娘失望。」

五毒玉女臉上掠過一抹黯然的神色，道：「這件事很重要，希望你不要忘記了。」

陳長青道：「老叫化子不會。」

五毒玉女道：「好！我信任陳長老，就此別過了。」

陳長青道：「姑娘要到哪裡去？」

五毒玉女道：「回湘西去，唉！我發覺了一件事，心中好難過！」

陳長青道：「什麼事？」

五毒玉女道：「湘西五毒門，在江湖上的名聲並不太好。」

陳長青道：「是！因為，你們的人太可怕，到處施放奇毒，所以，別人見了五毒門中人，無不退避三舍。」

五毒玉女輕輕嘆息一聲，道：「原來，我們五毒門在江湖上有這麼壞的名譽。」

陳長青道：「這幾年，你們五毒門在江湖上的聲譽，還好了不少，如若在十年之前，如若看到你們五毒門中人，早已經跑的很遠了。」

五毒玉女輕輕吁一口氣，道：「唉！這麼說來，我也不要在江湖上走動了。」

陳長青道：「為什麼？」

五毒玉女道：「現在，大家都已經知道我是五毒門中人了……」
陳長青接道：「所以，姑娘不準備在江湖上走動了？」
五毒玉女道：「人家如不知我是五毒玉女，我在江湖上走動，好多好多人看我，但自從我對馬魁下毒之後，好像這些人，都不理我了，離得遠遠的。」
陳長青微微一笑，道，「姑娘，你希望有很多的人跟著你嗎？」
五毒玉女道：「好奇怪啊！很多人看我時，我心中有些討厭他們，希望他們都走得遠遠的，可是，現在，卻離我很遠了，我又覺著，別人把我看成了毒蛇猛獸，心中好難過。」
陳長青道：「姑娘，回去吧！告訴你娘，五毒門的聲譽，正在改變，江湖上很多的人，都正在重新估價五毒門，最好，令堂能夠約束門下弟子，不在江湖上傷人，很快的，就會改變了人們對你們的印象。」
五毒玉女點頭道：「陳前輩，我這就告辭了。」轉身向前行去。
白梅道：「姑娘留步。」
五毒玉女停下腳步，道：「你是……。」
白梅道：「老夫白梅。」
五毒玉女道：「陳前輩，他是好人、壞人？」
陳長青道：「好人。」
五毒玉女道：「哦……」
目光到了白梅身上，接道：「你又有什麼事？」

她對陳長青，似是有著很大的信任。

白梅笑一笑，道：「姑娘，你找黃侗，有什麼重要的事，能不能告訴老朽？」

五毒玉女道：「你認識他？」

白梅點點頭，道：「認識。」

五毒玉女道：「好！快些告訴我他在哪裡？」

白梅道：「姑娘，老朽在數月之前，聽過一位朋友，談起黃侗，當時老朽沒有注意，也沒有問他，姑娘找那黃侗，如若有什麼特別重要的事，老朽就專程跑一趟，去打聽一下黃侗的消息。」

五毒玉女沉吟一陣，道：「黃侗和我娘之間有些什麼事，我也不清楚，不過，我知道這件事，一定十分重要，要不然，我娘不會派我來了，你如能找到他，我們母女都會感激你。」

偷雞不著蝕把米。白梅原本希望打聽一下五毒門和黃侗之間有些什麼恩怨，想不到卻被五毒玉女反打一記悶棍，把麻煩套在了自己的頭上了。

白梅沉吟一陣，道：「好！老朽替你打聽一下。」

五毒玉女道：「是不是很久時間，才有回信？」

白梅道：「是！」

五毒玉女道：「要不要我在這裡等你的消息？」

白梅道：「這個，我看不用了，姑娘先回湘西五毒門去，三個月內，老朽一定派人去湘西五毒門，告訴你黃侗的消息。」

五毒玉女道：「你自己去？」

白梅道：「老朽如能抽得出身，就自己跑一趟湘西，如是抽不出身，那就只有丐幫中人幫忙了，把消息送入湘西。」

五毒玉女雙目盯住在白梅身上，臉上是一片莊嚴的神色，雙目中是炯炯神光，緩緩說道：「白梅老前輩，你和丐幫的陳長老在一起，我相信你一定是一位很有名氣的大人物，一諾千鈞……」

輕輕嘆一口氣，接道：「不過，我娘說江湖險詐，不能太相信江湖中人。」

白梅心中後悔，表面上又不能發作，笑一笑道：「姑娘的意思呢？」

是非只為多開口，煩惱皆因強出頭。

五毒玉女道：「兩個辦法，一個是由我在你的身上下毒，一個是由陳長老擔保你。」

白梅道：「你要在我身上下毒？」

五毒玉女道：「是！那是一種慢性發作的毒藥，要三個月後，才會發作，到時間，你已經到了湘西，我們會很隆重地接待你，解去你身上之毒，還要送你一份很貴重的禮物。」

陳長青道：「如是老叫化子擔保呢？」

五毒玉女道：「那就不用在他身上下毒了。」

陳長青道：「姑娘如何會如此信任老叫化子？」

五毒玉女道：「我娘說的，一個貴幫幫主，一個是你陳長老，還有一位無極門的宗領剛宗掌門人，你們三位，絕對可以相信。」

陳長青笑一笑，道：「你知道這位白老英雄是何許人麼？」

五毒玉女道：「是什麼人？」

陳長青道：「他就是無極門宗掌門人宗領剛的岳父大人。」

五毒玉女道：「但他不是宗領剛，還得他的女婿出面擔保一下。」

白梅幾乎要說出了無極門的遇害事，但話到了口邊，又忍了未言。

陳長青也和白梅有著同樣的想法，輕輕咳了一聲，道：「姑娘，不用麻煩了，老叫化擔保就是。」

五毒玉女道：「好！有你陳長青這一句話，我就放心了。」

白梅道：「姑娘，三個月內，老朽一定有消息傳到湘西五毒門去，不過，我不敢擔保，是什麼消息了。」

五毒玉女道：「那自然不能讓你擔保。」

白梅道：「好！咱們就這樣一言為定了。」

五毒玉女回頭望了陳長青一眼，道：「陳長老，你們有沒有需要我為你們效力的地方？」

陳長青道：「不敢打擾姑娘。」

五毒玉女笑一笑，轉頭而去。

目睹五毒玉女的背影消失之後，白梅才長嘆一聲，道：「該死啊！該死。」

陳長青道：「五毒門，本來就是一個很難招惹的門派，五毒玉女能這麼講道理，已經不錯了……」

語聲一頓，接道：「白梅，你真的知道黃侗的消息嗎？」

白梅點點頭，道：「知道。」

陳長青道：「他人在何處？」

白梅道：「就在這附近。」

陳長青輕輕吁一口氣，道：「果然在這裡！」

白梅沉吟了片刻，簡略地說明了遇見黃侗的經過。

說得太過簡略，中間有很多重要的地方，都略而未提。

陳長青也知道黃侗這個人，是近代武林中一位怪傑。只不過很少在江湖上露面罷了。

陳長青道：「這個人，好像在江湖上失蹤快二十年，如不是今日談起來，我還以為他早已經死了。」

白梅道：「看到他好好地活著時，我也有些奇怪。」

陳長青道：「不管隱居了多久，十年前，他遇到一次五毒門，和五毒門主訂下了今日之約，約晤於此，這說明了他確在襄陽，奇怪的是，他既在此地，為什麼不來赴約？」

白梅道：「這一點，我也想不明白。」

陳長青道：「黃侗這個人，如論武功、才華，都是世所罕見的人物，但卻可惜他走錯了路……」

白梅接道：「他走錯了什麼路？」

陳長青道：「如若他一生精奇用在習武之上，必將是一位出類拔萃的武林人物，就算不用在研究易理上，也該用在研究五行奇術之類的學問上，不應該研究天機。」

白梅道：「研究天機？」

陳長青道：「天機難測，何等深奧，他居然能夠摸索出一點門道，就是這一點門道，害了他。」

白梅道：「不錯，他又忍不住，玩弄天機，偶爾洩漏了一點出來，固然語驚四座，但卻折了他的福澤。」

陳長青嘆息一聲，道：「白兄，你準備如何處理此事？」

白梅道：「看來，只好去找找黃侗了。」

陳長青道：「你準備幾時去？」

白梅道：「這個，不用太急，問題是貴幫弟子送信到湘西五毒門，需要多少時間？」

陳長青道：「如用本幫十萬火急的辦法通信，大約要十天到半個月，慢一點也要一個月的時間。」

白梅道：「那還早，咱們先辦別的事吧！」

陳長青道：「白兄，你看，五毒玉女是不是會離開襄陽？」

白梅道：「難道她還會留在襄陽不成？」

陳長青道：「這正是老叫化子顧慮的事，我擔心她不甘離開……」

白梅接道：「看起來，她確然還是一個玉女，只不過，頭上加了五毒二字，看起來就有些不同了，不過，兄弟看她，似乎是還沒有沾惹上太多的江湖習氣。」

陳長青道：「正因為，她還保有了那份少女的天真，正因為，她還完全不解江湖上的是非善惡，所以，我才擔心她會受人利用，被人引入歧途……」

語聲一頓，接道：「五毒玉女，不解江湖險惡，也不知道人與人之間的陰險，如若有一個人告訴她能夠找到黃侗，她就會在此地停了下來，受人利用，豈不是輕而易舉的事。」

白梅道：「昨天我在此地，還見一個中年婦人陪著她，想不到今天換了年輕丫頭。」

陳長青回顧了余立一眼，低聲說道：「余舵主，派幾個精明的弟子，盯著她，一旦發覺了可疑人物和她接觸，立刻報我知道。」

余立應了一聲，轉身而去。

白梅低聲道：「陳兄，看起來，她似是很聽你的話……」

陳長青接道：「我也想到了這一點，咱們不利用她，但決不能讓別人利用她，五毒門，還是個很可怕的門戶。」

白梅道：「江湖上，對五毒門中人，還有著很大的畏懼，如若五毒玉女，也被歐陽嵩引誘過去，那就是一樁很大的麻煩了。」

陳長青道：「所以，咱們要盡力防止。」

白梅點點頭，道：「咱們先回去，等候余舵主的消息了。」

兩個人剛剛離去，店後面一角處，突然轉出來一個年輕人。

他戴著一頂寬大的布帽子，拉得低低的，壓在眉沿上面，掩去了大半個臉。

是楚小楓。

只是，他已經用過了很精巧的掩飾，就算是白梅和他對面而立，一時之間也無法認清楚他的身分。

楚小楓很快地打量了一下四周形勢，邁快步向前行去。走的方位正是五毒玉女的方向。

他走得很快，一直追過了兩條街，終於被他發現了一個客棧。

一個店小二牽著兩匹馬行了出來。後面緊跟著銀菊，和五毒玉女。

楚小楓聽到過陳長青和白梅的談話，知道了五毒玉女的重要，決心暗中監視一下，看看五毒玉女究竟欲往何處。

但他沒有想到，五毒玉女竟然要真的離開了襄陽府城。

楚小楓目睹了五毒玉女的下毒厲害，如若此人為歐陽嵩等所用，那實在是一個很可怕的勁敵，所以，楚小楓決心要阻止這件事。

出人意料的是，五毒玉女，竟然真的要離開這裡。

就在兩個少女剛剛要上馬的時候，忽見一個人快步行了過來。

楚小楓看了那人一眼，立時心頭一震，迅速地閃到一邊。

來人竟是滿口飛花喬飛娘。

喬飛娘很快行到了五毒玉女身前，微微一笑，道：「姑娘，可是來自五毒門嗎？」

五毒玉女回顧了喬飛娘一眼，看看是一個女人，神色緩和了一些，道：「你是誰？」

喬飛娘道：「我姓喬，人家都叫我飛娘。」

五毒玉女道：「喬飛娘，我不認識你！」

喬飛娘接道：「我知道，不過，這有什麼關係呢？一回生，二回熟，這會兒咱們見了面，談過一次話，下一次，咱們不是就熟了嗎？」

五毒玉女道：「你，你找我什麼事？」

喬飛娘道：「聽說姑娘來這裡，似是要找一個人，是嗎？」

五毒玉女點點頭，道：「是！你怎麼會知道？」

喬飛娘道：「姑娘要幹什麼？」

五毒玉女道：「回家去。」

喬飛娘道：「你不找拐仙黃侗了？」

五毒玉女道：「我已經托別人轉告於他，要他去見我娘了。」

喬飛娘道：「拐仙黃侗住在襄陽附近，你來了，他都不肯露面，找人通知他一聲，他就會見你娘了嗎？」

五毒玉女呆了一呆，道：「你知道拐仙黃侗住在這裡？」

喬飛娘道：「我知道。」

五毒玉女道：「他人在哪裡？能不能帶我見見他？」

喬飛娘道：「可以帶你去見他，至於他住的地方，沒有名字，我也無法說出來。」

五毒玉女道：「哦！你見過他？」

喬飛娘笑道：「你們五毒門，在江湖上人人畏懼萬分，我如沒有把握，找這個麻煩做什

麼？」

五毒玉女沉吟一陣，道：「要我如何去見他？」

喬飛娘道：「那很容易，我帶你去見他。」

五毒玉女道：「他住的地方，離這裡有多遠？」

喬飛娘道：「不太遠，也不太近，大約有六、七十里吧？那地方，是一座小山谷，拐仙黃侗，就在山谷中結廬而居。」

隱在一處屋角的楚小楓，聽得心頭一震，暗道：「一派胡言，那地方距此不過三十里，而且黃侗生死難卜，這滿口飛花喬飛娘，顯是早有計劃、陰謀了。」

喬飛娘肯定的語氣，顯然已使五毒玉女動心，只見她凝目思索了一陣，道：「你真的肯帶我去見見他？」

喬飛娘笑一笑，道：「姑娘，你年紀輕輕的，似是十分多疑？」

五毒玉女道：「我是在想，你為什麼要這樣幫助我，我們素不相識。」

喬飛娘笑一笑，道：「如是說我見義勇為，只怕你姑娘也不肯相信，你們五毒門中人的用毒之能，使人人畏懼，一般的江湖同道，都不肯招惹你們。」

五毒玉女道：「這個，我知道。」

喬飛娘道：「我肯幫助你，自然是也有條件。」

這女人察言觀色之能，果非小可，話鋒回轉，頓使五毒玉女信心加深。

點點頭，五毒玉女說道：「你說吧！你要什麼條件？」

喬飛娘道：「你們五毒門中，用毒手法，千奇百怪，藥物也有數十種之多，局外人，知道的不會太多，但我聽說過，五毒門中有兩種最珍貴的東西，輕易不肯給人……」

楚小楓聽得心頭震動，忖道：「厲害啊！這等欲擒故縱手法，真是絲絲入扣，叫人不信都不行，五毒玉女，如何能鬥得過這隻老狐狸。」

但見五毒玉女點頭一笑，道：「你說說看，那是什麼？」

喬飛娘道：「聽說貴門有一種萬應解毒丹，能夠解天下百毒，不知是真是假？」

五毒玉女點點頭，道：「不錯，有這麼一種丹丸。」

喬飛娘道：「還有一種神仙忘憂散……」

五毒玉女搖搖頭，道：「這個，不能給你。」

喬飛娘道：「為什麼？」

五毒玉女道：「我娘已把神仙忘憂散列為禁藥，本門中人，都不能使用，如何還能給外人。」

喬飛娘道：「貴門中人，也用不著使用這種藥物，你們太多的用毒手法了。」

五毒玉女道：「別的條件，我都可以答應，唯獨這神仙忘憂散，我不能給你。」

喬飛娘道：「好吧！我要十粒萬應解毒丹，十包神仙忘憂散，如是不能給我，你提出個交換辦法。」

五毒玉女沉吟了一陣，道：「你是說，你可以帶我去見黃侗？」

喬飛娘道：「不錯。」

五毒玉女道：「我可以給你十粒萬應解毒丹，但我無法給你神仙忘憂散。」

喬飛娘道：「哦！」

五毒玉女道：「如論藥物配方之妙，解毒丹決不在神仙忘憂散之下。」

喬飛娘道：「好吧！姑娘準備幾時給我？」

五毒玉女道：「本來，我可以先給你的，但咱們初次交易，我不得不小心一些，所以，我要等見過黃侗之後，再給你這些藥物。」

喬飛娘沉吟了一陣，道：「好吧！姑娘還有沒有事情要辦？」

五毒玉女搖搖頭，道：「沒有，現在，我就可以跟你走！」

喬飛娘道：「那是一段連綿的山路，姑娘最好把馬留下來。」

五毒玉女道：「走路去？」

喬飛娘道：「對！走路去。」

五毒玉女道：「好吧！銀菊，把馬兒送回店中。」

銀菊應了一聲，又把兩匹馬帶回客棧中。

喬飛娘低聲道：「姑娘，你可知道，那黃侗為什麼未赴你之約。」

五毒玉女道：「我想不通，他是老前輩，怎麼可以說了不算？」

喬飛娘道：「因為，很多人要殺他，所以，他不能來。」

五毒玉女道：「誰要殺他？」

喬飛娘道：「據我所知，丐幫、排教，都已派了高手，趕來襄陽，欲置黃侗於死地。」

五毒玉女啊了一聲，道：「我剛剛還碰到了丐幫中人，為什麼沒有告訴我？」
喬飛娘道：「是不是丐幫中的長老身分？」
五毒玉女道：「對！他是丐幫中很有名氣的一位長老，名叫陳長青。」
喬飛娘道：「對！我也聽說過，殺他之人中，有一位姓陳的，很難對付。」
五毒玉女道：「喬姑娘，我娘告訴過我，那姓陳的，是一位很公正、可信賴的人。」
喬飛娘道：「平常時日，確然如此，但現在情形不同了。」
五毒玉女道：「有什麼不同呢？」
喬飛娘道：「現在，丐幫正和黃侗為敵，你們彼此之間，自然不能實話實說了。」
五毒玉女道：「原來如此。」
這時，銀菊已由客棧中行了出來，身上還揹了兩個革囊。
喬飛娘微微一笑，道：「姑娘，咱們現在可以走了？」
五毒玉女道：「如是你帶我去的地方，找不到黃侗，那可是一件很麻煩的事情。」
喬飛娘哈哈一笑，道：「姑娘準備下手報復？」
五毒玉女道：「那倒不是，咱們無冤無仇，我為什麼對你們報仇，但我也不能就這樣白白地放過你們。」
喬飛娘道：「那你準備如何打算？」
五毒玉女道：「準備對你下一點慢性奇毒，半年後才會發作，半年之後，你們把黃侗找出來，一起去湘西五毒門要解藥。」

喬飛娘道：「好吧！真金不怕火，我只要帶你們找到黃侗，想來就沒有什麼麻煩了。」

五毒玉女點點頭，道：「好！咱們走吧！」

喬飛娘道：「慢著，姑娘。」

五毒玉女道：「你還有什麼事？」

喬飛娘道：「在這一路之上，你一定要聽我的安排，直到見了黃侗為止。」

五毒玉女道：「好！」

銀菊道：「姑娘，問問她，這一定要有一個時限，咱們不能永遠跟著她跑。」

五毒玉女道：「對！你要多少時間，才能讓我見到黃侗？」

喬飛娘沉吟了一陣，道：「大概要兩、三天吧！」

五毒玉女道：「可以，但我還有兩句話，必須要先說清楚。」

喬飛娘道：「什麼事？」

五毒玉女道：「是兩天還是三天？」

喬飛娘道：「最多三天，應該是兩天就夠了。」

五毒玉女道：「好！我最多等你三天，如是三天之內，還無法找到黃侗，你們就要小心啊！」

喬飛娘道：「五毒門的人，在江湖上出了名的難惹難纏，我如沒有事，難道不會坐哪裡休息一會兒，招惹你們五毒門幹什麼？」

五毒玉女淡淡一笑，道：「五毒門在江湖上的聲譽不太好，所以，我也不想替五毒門恢復什麼好的聲譽，所以，過了三天，我會在諸位身上下毒，一種很厲害的毒。」

喬飛娘道：「好！我們都記下了。」

五毒玉女道：「現在，咱們可以走了。」

喬飛娘點點頭，轉向一條僻靜的小巷之中。

五毒玉女和銀菊相互望了一眼，跟在喬飛娘的身後行去。

喬飛娘帶兩人行入了一座大宅院中。片刻之後，大宅院中，行出了兩頂小轎。

隱在暗中的楚小楓看得十分明白，心中暗暗嘆息一聲，忖道：「好設計，兩頂這樣普普通通的小轎，誰也想不到這裡面坐的是五毒玉女。」

這個消息必須盡快地傳給丐幫。心中念轉，立刻轉身又奔向望江樓。

他希望找到丐幫一個人，把內情告訴他，可惜丐幫中人，都已經不見。

楚小楓不敢再奔回宅院，只好一轉身，向城外追去。

十　逼迫成親

他的判事能力很強，竟然找對了方向，追出城門，遙遙見到了青衣少女的轎頂。出了南門，轉向了隆中山的方向。

楚小楓希望能先瞧出他們的落腳之處，再設法通知丐幫。

但那兩頂小轎一直不停，一口氣奔出了十幾里，仍快速前進，看四個轎夫的腳程，楚小楓才發覺了這些轎夫，也是人家早就安排好的。

楚小楓還跟在幾十丈後，默算時間，無論如何也無法趕回到襄陽城中告訴丐幫，再來追蹤，無論如何，那是來不及了。

目下只有一個辦法，那就是自己跟下去。

楚小楓決定了自己追蹤，立刻開始易容，臉上塗上泥土，換下長衫，找了一處農莊，換了一件農人衣服，然後，繞過樹林，放腿向前奔去。

這地方只有一條路，但只要再往前走個二、三十里，就進入了山中。

楚小楓不知他們如何對付五毒玉女，不知他們能否找到黃侗。

找不到黃侗，自然無法對五毒玉女交代。如何一個交代法，自然很難有兩全之策。

沒有兩全之策，那就只有一個辦法，制服五毒玉女。

楚小楓施展輕功，越過了小轎，越前了兩、三里，才停在路旁等候。

一盞熱茶工夫之後，兩頂小轎，才急急奔來。

這時，楚小楓已經換上了一身農人裝束，十足的農人裝束。

楚小楓沒有引起四個轎夫的注意，但楚小楓卻留心到了四個轎夫。走了這麼遠的路，頭上連汗也不見一滴。這說明了一件事，那就是這四個轎夫，都是武林中人。

小轎很快地走過去，楚小楓又緊隨在小轎後面行去。

雙方保持十丈左右的距離。小轎在一座山崖前面的青石砌成的石屋中停了下來。轎中人魚貫而入，行入石屋。楚小楓回顧了一眼，閃入一片樹林之中。

五毒玉女在喬飛娘引導下，行入了石屋。

石屋不太大，一廳之外，還有三個房間。

廳中布置得很雅致，一張太師椅上，坐著一個全身藍衫的英俊少年。

喬飛娘笑一笑，道：「姑娘，我向你引見一位朋友……」

五毒玉女哦了一聲，道：「他是什麼人？」

喬飛娘接道：「這一位是池公子，姑娘要想找到黃侗，必須要借重這位池公子。」

池天化緩緩站起身子，打量了五毒玉女一眼，道：「姑娘是五毒門的？」

五毒玉女道：「是！我叫五毒玉女。」

池天化道：「哦！貴姓可否見告？」
五毒玉女道：「人家都稱我為五毒玉女，你就從俗吧。」
池天化道：「哦！」
五毒玉女道：「告訴我，如何才能找到黃侗？」
池天化笑一笑，道：「姑娘，找黃侗的事，我們已經答應了。」
五毒玉女接道：「這個我知道，如非你們答應了，我也不會來。」
池天化皺皺眉頭，道：「姑娘，至少，你現在正需區區的幫助。」
五毒玉女道：「你不是幫助我，我們談好價錢，你們幫我找到黃侗，我給你們藥物。」
喬飛娘微微一笑，道：「池公子，你們談談吧！我去準備一點吃、喝的東西。」
五毒玉女回頭望了喬飛娘一眼，沒有阻止。
池天化道：「姑娘請坐。」
五毒玉女坐了下去，銀菊卻站在五毒玉女身後。
池天化道：「姑娘，能不能告訴我，你找黃侗幹什麼？」
五毒玉女道：「我不知道，就是我知道也不會告訴你。」
池天化道：「好倔強的姑娘。」
五毒玉女道：「本來，我們就是談好條件，彼此之間，實也用不著有什麼感激心情。」
池天化淡淡一笑，道：「姑娘，黃侗精通五行奇術，這一點，姑娘想是早知道了？」
五毒玉女道：「不知道，我娘沒有告訴我。」

池天化怔了一怔，笑道：「好！既是你娘沒有告訴你，那我現在就詳細地說給你聽了。」

五毒玉女道：「我在聽著。」

池天化道：「黃侗精通五行奇術，所以，在他住的地方，布下了五行奇陣，一步失錯，就可能會迷失在那奇陣之中。」

五毒玉女道：「那陣中有埋伏？」

池天化道：「不錯，那是一種很奇怪的埋伏，人如陷在其中，很難掙扎出來。」

五毒玉女道：「這樣厲害嗎？」

池天化道：「所以，我們要小心一些。」

五毒玉女道：「我不管那是什麼陣，裡面有些什麼厲害埋伏，但我只要見到黃侗。」

池天化道：「那當然，咱們既然答應了姑娘，無論如何，也要使你見到黃侗，不過……」

五毒玉女道：「不過什麼？」

池天化道：「今天不行。」

五毒玉女道：「為什麼？」

池天化道：「今天已晚，明天，咱們一早去找黃侗。」

五毒玉女道：「一早去找？」

池天化道：「是！今天晚上，咱們就在這石屋中住上一宵……」

五毒玉女霍然站起身子，道：「不！既然是明天再去，那我就明天再來。」

池天化道：「姑娘，在下的話，還沒有說完。」

五毒玉女道：「好！你請說吧！」

池天化道：「咱們今晚上還要準備一下，應用的東西……」

語聲一頓，接道：「把圖送過來。」

一個青衣女婢，送上了一卷白絹。

池天化展開白絹，只見上面畫了一幅寫實的景物圖。

一座小巧的石屋，隱現於雲霧的叢林之中。

池天化道：「這座石屋中，就住的黃侗，石屋的四周，都是五行奇門陣圖。」

五毒玉女道：「我看不出，有什麼奇怪之處。」

池天化道：「姑娘如若不知五行奇門陣法，自然看不出來了。」

五毒玉女道：「好吧！咱們還要準備些什麼東西，你說吧？」

池天化點點頭，道：「要準備的東西，我已經大至齊備，但還有一件最重要的東西，要到太陽下山的時候才能送來。」

五毒玉女道：「那是什麼？」

池天化道：「那是一種藥酒。」

五毒玉女道：「藥酒，要藥酒幹什麼？」

池天化道：「黃侗在他的居住周圍之處，布下了瘴毒，要避去那些瘴毒，必須要飲那種藥酒？」

五毒玉女道：「不！我不用飲酒，別忘了我是五毒門中人，五毒門中人，任何毒都毒不了我。」

池天化道：「也許姑娘不怕，不過，咱們很怕。」

五毒玉女道：「就是等那瓶藥酒？」

池天化道：「對！就是在等那瓶藥酒，吃了藥酒，咱們就可以去了。」

五毒玉女道：「那要明天才能去了？」

池天化道：「姑娘的意思呢？」

五毒玉女道：「我希望能夠早些見到他，如是今天晚上能去，我想今天晚上就去。」

池天化道：「可以，等藥酒送到，在下飲過了兩杯之後，咱們就去見那位黃侗。」

五毒玉女點點頭，道：「好吧！那就只好等待那瓶藥酒了。」

這時，兩個青衣女婢，送上了菜、飯。

池天化緩緩站起身子，道：「如若今晚就去見黃侗，在下就必須要休息片刻，兩位請用點酒、飯吧！」

五毒玉女道：「你一點也不吃？」

池天化搖搖頭，起身而去。

本來，五毒玉女對那池天化心中有著戒心，但見池天化表現得十分瀟灑，心中疑念，頓然消失。

回顧了銀菊一眼，五毒玉女緩緩說道：「這個人，不像太壞。」
銀菊道：「是啊！本來，我對他也有些懷疑，但現在看看他，好像不是壞人。」
五毒玉女道：「銀菊，咱們吃點東西吧。」
銀菊拔出一根玉簪，在每種菜、飯中檢查了一下，道：「姑娘，沒有毒。」
五毒玉女道：「那很好，我們吃吧。」
兩個人腹中也實在有些餓了，兩個送上酒、飯的女婢，也退了下去。
直到兩人吃完了飯，喬飛娘才緩緩行了出來，道：「兩位吃好了？」
五毒玉女道：「多謝招待。」
喬飛娘道：「我聽池公子說，你們今天晚上，就要去見黃侗？」
五毒玉女道：「是！我心中很急、很急。」
喬飛娘道：「唉！這位池公子實在不錯，他現在已經在開始調息了，準備晚上陪你們去見黃侗。」
五毒玉女道：「這個人是什麼身分，他為什麼要幫助我？」
喬飛娘笑一笑，道：「這位池公子，實在是個好人……」
五毒玉女點點頭，道：「不錯，他實在是一個很好的人，見到了黃侗之後，我一定要重重酬謝他了。」
喬飛娘道：「那倒不用了，我們彼此談好的條件，用不著再有什麼額外的酬謝了。」
五毒玉女道：「談好的條件是公事，這是私情，一個人公、私都得兼顧。」

喬飛娘輕輕吁一口氣，道：「姑娘年紀不大，在江湖上走動的時間也不多，但對事務的瞭解，卻是十分清楚。」

五毒玉女道：「老前輩太誇獎了。」

喬飛娘笑一笑，道：「我長你幾歲，恕我托大，自稱一聲大姊了。」

五毒玉女微微一笑，道：「姊姊說得是。」

打蛇順棍上，喬飛娘立刻改口說道：「我說小妹呀！你是不是要坐息一下。」

五毒玉女道：「坐息一下?……」

喬飛娘接道：「對!你們晚上去見黃侗，有備無患，說不定，還要有一場大打出手的，現在坐息一下，養養精神。」

五毒玉女道：「不用了，我要見黃侗，也不是為了要和他打架。」

喬飛娘道：「小妹，你見過黃侗沒有?」

五毒玉女沉吟了一陣，道：「見過，不過，那時候我的年紀還小，腦際之中，已經完全沒有印象了，不過，我來此之前，我娘又告訴了我黃侗的形貌，在我的腦際之間，已經有一個隱隱的輪廓了。」

喬飛娘輕輕嘆息一聲，道：「小妹妹，老實說，姊姊我還沒有見過黃侗。」

五毒玉女道：「哦!」

喬飛娘道：「聽說，那黃侗上知天文，下知地理，胸羅萬有，是江湖上第一奇人……」

這時，五毒玉女已然對喬飛娘，完全沒有戒備，笑一笑，道：「大姊姊，你沒有見過黃侗，怎知他是當今江湖上第一奇人？」

喬飛娘笑道：「小妹妹，姊姊我雖然沒有見過黃侗，可是聽人家說過這個人啊！」

五毒玉女低聲道：「是不是聽池公子說的？」

喬飛娘道：「對！池公子這個人，年紀也不算大，但見識卻是廣博得很，你現在和他還不太熟識。日後，你們熟識了，聽他聊起江湖情事，那真是如同身臨其境一般。」

五毒玉女道：「啊！日後，得和池兄討教一番了。」

忽然間，一陣步履之聲，傳了過來，打斷了五毒玉女未完之言。轉頭看去，只見全身黑衣的大漢懷中抱著一個玉瓶，當門而立。

喬飛娘霍然站起身子，道：「你找誰？」

黑衣人道：「池公子不在這裡？」

他背插長劍，一臉慎重之色。

喬飛娘道：「找池公子幹什麼？」

黑衣大漢道：「送東西！」

池天化緩緩由室中行了出來，道：「配好了？」

黑衣人一躬身，道：「是……藥物在此，請公子過目。」

緩緩行近池天化，恭恭敬敬把手中玉瓶，交到了池天化的手上，道：「公子請查看一下。」

池天化接過玉瓶，打開瓶蓋，聞了一聞，道：「嗯！不錯。」

黑衣人一躬身，道：「公子，小的告辭了。」

池天化道：「好，恕我不送，見到令師，代我問候一聲。」

黑衣人道：「小的記下了。」轉身大步而去。

池天化合上玉瓶，隨手放在桌子上，又轉回內室中去。

五毒玉女望著桌上的玉瓶，低聲道：「姊姊，那玉瓶之中，可是池公子等待的藥物？」

喬飛娘道：「好像是吧！我也不太清楚，要不要拿過來瞧瞧？」

五毒玉女道：「我很想瞧瞧是什麼藥物，只不過，得先要池公子答應才行。」

喬飛娘道：「好！我跟他說……」

提高了聲音，接道：「池公子，我們可不可以瞧瞧那玉瓶中的藥物？」

室中傳出來池天化的聲音，道：「小心一些，不要打破了玉瓶。」

喬飛娘道：「怎麼會呢？」站起身子，取過玉瓶。

她好像比五毒玉女更想知道玉瓶中是什麼藥物，一面走，就一面打開了瓶塞，嗅了一嗅，道：「這是什麼怪味道？」

口中說話，人已行近了五毒玉女，把玉瓶交到了五毒玉女的手中，瓶蓋還未合上。

五毒玉女閉上一隻眼，向玉瓶中瞧了一眼，只見瓶中一片濃汁，卻瞧不出什麼東西。放在鼻子上，用力嗅了一下，頓覺一股怪異的氣味，直沖內腑。

她本出身用毒世家，怪味入胸，立時警覺不對，霍然站起身子，道：「這是什麼……」

但已經來不及了，只覺頭一暈，身子搖搖欲倒，玉瓶也跌落在地上。

瓶身碎裂，灑了一地濃汁。

銀菊急道：「姑娘你……」伸手去扶五毒玉女。

喬飛娘指出如風，點了銀菊兩處穴道。

銀菊蓬然一聲，摔倒在地上。

但五毒玉女還沒有摔倒在地上，那本來已經進入房中的池天化，卻以迅如閃電一般的速度，衝了過來，及時抱起了五毒玉女。

銀菊穴道被點，但她口還能言，雙目圓睜，道：「你們要幹什麼？」

喬飛娘道：「小蹄子，你不用大喝小叫，今晚上，池公子就要和你們姑娘成親，明天，你就得改口稱他一聲姑爺。」

銀菊道：「你們這做法，那等於和五毒門結下了不解之仇。」

喬飛娘笑一笑，道：「你還年輕，懂得什麼？今晚小毒女和池公子，生米煮成熟飯，明天，包管他們小兩口恩愛得油裡調蜜，你這丫頭片子，現在要對老娘敬重一點，我也好在池公子面前，給你美言幾句，收你做個偏房。」

銀菊道：「我不要。」

喬飛娘格格一笑，道：「行！你不要，老娘就另外給你配一個漢子。」

銀菊冷冷說道：「我們門主只此一女，你這樣糟蹋她，敝門主知道了，必會追殺，不論你們逃到天涯海角，都沒有法子避開我們門主的追殺。」

喬飛娘道：「你真是少不更事，俗語說得好，丈母娘看女婿，越看越滿意，再說，池公子一表人才，也不屈辱小毒女，老娘這個媒人，做的哪裡不對了。」

銀菊嘆口氣，道：「如若池公子真的喜歡我家小姐，也不該用這種手段。」

喬飛娘道：「池公子花國健將，不知道有多少姑娘家，愛他愛到骨子裡，慢慢地要他和小毒女相處生情，也不是什麼難事，只不過，我們沒有時間泡下去，所以，就先讓他們洞房花燭之後，然後，再補拜天地。」

銀菊黯然一嘆，閉口不語。

對方軟硬不吃，銀菊已感覺到不是虛言恫嚇，能使對方屈服。

自己穴道被點，無法動彈，已是網中之魚、案上之肉，自無力救助姑娘了。

喬飛娘笑一笑，道：「小丫頭，你自己好好地想想吧！老娘要忙活去了。」

她真的很忙，點紅燭，布喜堂，竟然把一座小石屋布置得喜氣洋溢。

房間裡，寬大的雙人木床上，坐著池天化。

五毒玉女已被池天化用解藥噴醒，但他卻點了五毒玉女雙臂、雙腿的穴道。

對天下馳名的五毒門中用毒手法，池天化心中實也有幾分忌憚。

五毒玉女仰臥在木榻上，緩緩睜開了雙目，神志不清，立刻失聲叫道：「你把我怎麼樣了？」

她要挺身坐起來，可惜她數處穴道受制，全身已然不聽使喚。

池天化微微一笑，道：「你很好，沒有受到任何傷害。」

五毒玉女吁了一口氣，道：「你點了我的穴道？」

池天化點點頭，道：「是！」

五毒玉女道：「為什麼你要如此陷害我？」

池天化道：「在下要向姑娘求親，其實，在你暈迷之中，我如想佔有你，不過是舉手之勞。」

五毒玉女微微抬頭，目光轉動，看看身上衣服，仍然很完整，才嘆口氣，道：「求親也沒有你這樣的求法啊！快些放開我，咱們好好地談談。」

池天化笑一笑，道：「姑娘，看來你也是一個很有心計的人！」

五毒玉女咬咬櫻唇，道：「這話怎麼說？」

池天化道：「五毒門傳毒手法，天下無雙，能夠殺人於數丈之外，這一點，在下早已明白。」

五毒玉女道：「這麼說，你很怕我了？」

池天化笑一笑，道：「怕你，不如說喜歡你……」

五毒玉女接道：「哼！喜歡我，咱們才見一次面，談不過三、五句話，這句話不覺著說得太早了？」

池天化道：「姑娘，世上有一見鍾情之說，姑娘是否聽過呢？」

五毒玉女道：「聽過，不過，那是指兩個人而言，但我對閣下，並沒有鍾情。」

池天化道：「情愛的事，有時，要帶一點強迫性，姑娘，想想看，我得到你之後，你還

能如何？」

五毒玉女道：「不行，你不能這樣對我……」

池天化搖搖頭，接道：「為什麼不行？姑娘，對我而言，這是一個很好的機會，你自己想想看，我如何能夠放過你？」

五毒玉女道：「實在說，我對你的印象不錯，你如真的想娶我，那就不能這樣傷害我。」

池天化道：「不是傷害，我只是希望得到你，但得今宵洞房花燭，就算你心中怨恨我，我也只好認了。」

五毒玉女急急說道：「不行，你要再想那樣做，我會真的很恨你！」

池天化突然伸出手去，抱起了五毒玉女，低下頭去親在了五毒玉女的櫻唇之上。

五毒玉女急得大聲叫道：「不要，不要……」

池天化卻已很用力地親在了五毒玉女的櫻唇之上。

她穴道被點，用力量也用不上，後面的話，生生被一張熱唇堵住。

那是一陣很長的熱吻，五毒玉女的臉上，泛起了一片紅暈。

池天化笑一笑，直起身子，道：「姑娘，能不能告訴我你的閨諱？」

五毒玉女厲聲喝道：「不要，我心中恨死你了。」

池天化笑一笑，道：「你再想想吧！我得去布置一下喜堂，不論你心中對我如何，但我還要鄭重其事地辦理這件事情。」

五毒玉女心中賭氣，閉上了雙目，不再理會池天化。

池天化笑一笑，輕輕在五毒玉女臉上拍了一下，道：「我去了，你好好地休息一下。」轉身行了出去。

五毒玉女望著池天化的背影，黯然流下淚來。

突然間，木窗開處，一條人影，閃了進來。是楚小楓。

五毒玉女睜大了一雙眼睛，冷冷說道：「你又是幹什麼的？」

楚小楓低聲道：「姑娘，咱們見過。」

五毒玉女點點頭，道：「我記得你！」

楚小楓：「姑娘，要在下如何救你？」

五毒玉女道：「你真的會救我？」

楚小楓道：「是的，咱們的時間不多。」

五毒玉女道：「好！先解開我的穴道！」

楚小楓應了一聲，伸手拍活了五毒玉女的穴道。

五毒玉女整了一下身上衣服，輕步行到門口處，上了木栓。

然後，才轉身行到窗口處，輕輕推開窗子，縱身而出。

楚小楓一直很留心她的舉止，發覺了她的舉止一直很正常、謹慎。

那證明，她恢復之後，神智、體能，都極正常。

在她的行動之間，楚小楓並發覺了，她確然有點跛，不過，並不嚴重，不留心，很難看得出來。

楚小楓心中在想，但人卻沒有停下，縱身而出，飛出了窗外。

五毒玉女人已到了三丈外一片草叢之中。

彼此沒有交談，等到了百丈以外，五毒玉女才停下腳步，道：「說吧！要我怎麼報答你。」

楚小楓道：「報答我？……」

五毒玉女接道：「你如不圖報答，為什麼要救我。」

楚小楓搖搖頭，道：「我不要什麼報答，不過，我倒是想要求姑娘答應一件事。」

五毒玉女道：「什麼事？」

楚小楓道：「我只希望你忘了今天在下救你的事，不要告訴任何人，在下告辭了。」轉身行去。

五毒玉女急急叫道：「站住！」

楚小楓吃了一驚，道：「你這般大呼小叫，不怕把他們引來麼？」

五毒玉女忽然微微一笑，道：「我不怕，你可是很害怕嗎？」

楚小楓嘆口氣，道：「在下實在有些害怕。」

他確然擔心池天化發現了自己的身分。

五毒玉女嘆息一聲，道：「你這人很坦誠，我本來認為你會說不怕的。」

楚小楓道：「為什麼？」

五毒玉女道：「因為，一般的男人，都會在女人面前冒充英雄。」

楚小楓道：「在下不是英雄，所以，充不起來。」

五毒玉女道：「接著。」右手一揮，一粒藥丸飛了過去。

楚小楓接入手中，道：「這是什麼？」

五毒玉女道：「解藥。」

楚小楓道：「你……」

五毒玉女道：「很抱歉，一朝被蛇咬，十年怕草繩，我在你身上下了毒。」

楚小楓臉上閃掠過一抹痛苦之色，但也不過一瞬間，就恢復了正常，點點頭，道：「多謝姑娘。」

五毒玉女道：「你不恨我就是了，也用不著謝我。」

楚小楓把手中藥物，投入口中，道：「姑娘，你雖然有著奇絕的用毒手法，不過，他們人多勢眾，而且，一個個都是積年老賊，狡猾如狐，他們早已想到你會用毒，到頭來，你只怕還是鬥不過他們，如是第二次落入他們的手中……」

五毒玉女接道：「你不是還會救我嗎？」

楚小楓道：「在下要離開此地了。」

五毒玉女點點頭，道：「可惜，我不能馬上離開。」

楚小楓道：「為什麼？」

五毒玉女道：「為了銀菊，我有兩個女婢，從小就陪我長大，一個叫金鳳，一個叫銀

菊，雖是主、婢，但情同姊妹，我一定要救出她來。」

楚小楓道：「哦！」

五毒玉女道：「你既然害怕他們，我也不留你了。」

楚小楓一抱拳，道：「姑娘多小心，在下就此別過了。」

五毒玉女急道：「喂！我還有一句話。」

楚小楓道：「姑娘請說。」

五毒玉女道：「你叫什麼名字？」

楚小楓道：「此時不便奉告。」

五毒玉女道：「哦！那咱們以後，還會不會再見面？」

楚小楓道：「不知道，青山常在，有緣自會再見。」

五毒玉女雙目中奇光閃動，盯注在楚小楓的臉上瞧了一陣，道：「我身上帶有可解百毒之藥。」

楚小楓道：「在下目前還未需要……」

五毒玉女接道：「需要的時候，請到湘西五毒門去找我。」

楚小楓微微一笑，道：「多謝姑娘。」

五毒玉女道：「我叫解語花。」

楚小楓道：「好動人的名字。」轉過身子，大步而去。

解語花很想再叫住楚小楓，但她實在想不出還有什麼要說。

楚小楓走得很快，解語花稍一猶豫，楚小楓已走得沒了影兒。

解語花輕輕嘆息一聲，轉身又向來路行去。

這是一片樹林，解語花走得小心。

行約十五丈，突然聽到了池天化的聲音，傳了過來，道：「這丫頭，走得好快。」

喬飛娘聲音接道：「哼！不聽老娘言，吃虧在眼前，煮熟的鴨子，竟然叫它飛了，我見過的怪事多了，但還沒有見過，把一個千方百計擄到手的女娃兒，放在那兒不動她，卻要布置什麼新房，現在可好，新房是布置好了，可是新娘呢？」

池天化嘆息一聲，道：「姑奶奶，現在不是大放馬後炮的時候，應該先找到她再說。」

喬飛娘道：「找到她又怎麼樣？她用毒之技，奇絕無比，她有了防備，咱們還能再捉住她？」

池天化道：「你的意思呢？」

喬飛娘道：「死了你這條心吧！咱們不可能再抓活的了，但也不能讓她逃走，只有想法子殺了她！」

池天化道：「不行……」

喬飛娘接道：「為什麼不行，你是有名的花花公子，情場老手，脂粉群中的健將，難道還真會為五毒玉女動了情？」

池天化道：「不錯，我真的動了情，所以，我不想草草糟蹋了她，我才要布置新房，略盡一點兒心意。」

喬飛娘道：「這真怪了，你這種人還會為一個女人動情，只怕未吃到口，心中有些不甘吧！」

池天化道：「我也說不上來，究竟是怎麼回事，對她，我心中的感受，和別的女人完全不同……」

喬飛娘道：「哎喲！你這個走馬章台、拈花惹草的花花公子，哪時變成了一代情聖。」

池天化嘆息一聲，道：「飛娘，實在說，我見過的女人多啦，但對一個女孩子如此動情的，還是第一次……」

只聽喬飛娘冷冷說道：「放開老娘，你膽子越來越大了。」

五毒玉女被濃密草叢、樹身擋住了視線，瞧不見兩人的舉動，但聽兩人的對答之言，似乎是池天化抓到了喬飛娘的什麼地方。

但聞池天化哈哈一笑，道：「飛娘，你和歐陽嵩難道還會認真嗎？」

喬飛娘道：「先放了我的手再說，別人怕你，歐陽嵩可不怕你，你對我動手動腳的，一旦被他瞧到了，那可夠你吃不完兜著走了。」

五毒玉女原來存心要對兩人下毒，但聽池天化和喬飛娘一番對話，心中突然發出了一種異常的感受，忖道：「這人雖然很壞，對我倒是一片真心。」

想到自己的清白身軀，被他摸來摸去，從未被男人碰過的櫻唇，也被他親了又親。

少女的心，就是那麼微妙，厭與情，恨與愛之間，只是那麼一點微小的區別。

解語花此刻就無法分辨得出她是恨、是愛。

但她又想到了池天化和喬飛娘的舉動，內心之中，又生出了無比的厭惡。

側耳聽出，兩個人的聲音已渺。

五毒玉女緩緩站起身子，長長吁一口氣，舉步向那小巧的石屋行去。

她想到了五毒門的用毒手法，足以產生強烈的震撼力量，偷襲恐怕無法瞞過敵人的耳目，倒不如堂堂正正地進去找回銀菊。

再說楚小楓並未立刻走遠，他隱身在一處草叢中，他希望五毒玉女能立刻離去，只要五毒玉女離去，他們就不會傷害銀菊，江湖上，沒有一個組合，願意樹立五毒門這樣一個敵人。那會使他們寢食不安，草木皆兵。

但楚小楓失望了，他等了足足近一個時辰之久，還不見解語花出現，他知道自己錯了，五毒玉女太過倔強，也太過自信，所以還是自己去了。

他無法預測後果如何？但他已無法再等下去，他必須要混入那個組合，就不能放棄投入歐陽嵩門下的機會。

他開始轉向襄陽城中行去。

這件事，他做得很隱秘，除非五毒玉女說出來，沒有人會知道這件事和他有關。

他仍回到了原來的客棧中。

這時，已經是萬家燈火的時分了。

回到房中，楚小楓盤膝坐息了一陣，然後和衣而臥。

他為人謹慎，確定了自己沒有被人發覺之後，好好地睡了一夜。

第二天，楚小楓一直住在店中，沒有出房門一步，連食用之物，也是叫入房中。

他盡量使自己少露面。對解語花這件事，他已經決定放棄，不再插手。

這一天一夜，他沒有離開過臥房。

又是一夜明月盡，楚小楓天一亮。就起身準備。

他換上一身早已備好的藍色長衫，戴了一頂白色氈帽，低壓眉際，直奔北大街龍翔布莊。

他年紀不大，沒有豐富的江湖閱歷，但他一出道，就遇上了幾個很特殊的人物，和詭奇的際遇。

這對他有著很大的幫助，使他學會了思考，對每件事，都會事先算計一下。

算計再加上他天賦的聰慧，博覽群籍的淵博知識，這就形成了他斷事的能力。

太陽剛剛升起，龍翔布莊的大門仍然緊緊地關閉著。他沒有叫門，卻繞著龍翔布莊四面走了一遍。

只看這布莊的外形規模，就可以看出來，這是一間很大的布店。

兩面臨街，一面和街房臨接，卻對著一條小巷。

楚小楓暗中估算一下，這是一進三合的大宅院。

打量過四周形勢，楚小楓又繞到龍翔布莊的大門前面。

這時，大門呀然而開，一個藍布短衫、店伙計模樣的中年人，行了出來。

不待對方開口，楚小楓已搶先一抱拳，道：「這位大哥，在下見禮。」

藍衫人怔了一怔，道：「你是……」

楚小楓接道：「小叫化子林玉，求見歐陽前輩。」

藍衣人輕輕哼一聲，道：「我們東家姓潘，這裡也沒有姓歐陽的伙計。」

楚小楓道：「小叫化來自丐幫，有重要大事……」

藍衣人搖搖頭，不讓楚小楓再說下去，接道：「有沒有人追蹤你？」

楚小楓道：「沒有人追蹤，小叫化子來得很隱秘。」

藍衫人四下打量一眼，道：「快進去。」

楚小楓應聲一側身，一閃而入。

藍衣人又在門外面等候了半天，才回身行入屋內。

楚小楓就站在門裡面等候。

藍衣人關上木門，道：「你要見歐陽前輩？」

楚小楓道：「是！在下和他老人家早約好的。」

藍衣人點點頭，道：「好！你跟我來吧！」

楚小楓被帶入三合院中，只見一個小巧的花園中，站著兩個人。

青衫長髯的歐陽嵩，和風韻猶存的喬飛娘。

兩個人站在小花園中，看上去，似是在晨起賞花，其實，兩個人，正在低聲交談。

藍衣人和楚小楓剛踏入院門，歐陽嵩和喬飛娘四道目光已同時轉注過來。

藍衣人一抱拳，道：「見過東主。」

原來，歐陽嵩竟然是這間布莊的老闆。

打量了楚小楓一眼，歐陽嵩揮揮手，對藍衣人道：「去看看有沒有追蹤的人，要他們小心戒備，發現可疑，立刻回報。」

藍衣人一躬身，應聲而去，楚小楓向前行了幾步，撩衣拜倒。

歐陽嵩沒有攔住，也沒有說話，直待楚小楓叩拜完後，才緩緩說道：「你起來。」

楚小楓應聲而起，垂手而立。

喬飛娘兩道目光也在楚小楓的臉上打轉，似是要從他的臉上，找出一點什麼來。

楚小楓只是靜靜地站著，微微垂首，兩個人不問話，他也不開口。

這是一種考驗，沒有呼喝之聲，也沒有兵刃閃動，但沉默中，卻有一股無形逼人的殺機。

楚小楓雙目望著足尖，頭也未抬過一下。

其實，他已經暗提功力戒備，歐陽嵩、喬飛娘如有什麼舉動，立時出手反擊。

但他很沉靜，沉靜得連歐陽嵩和喬飛娘那等老江湖，也瞧不出一點可疑之處。

輕輕咳了一聲，歐陽嵩打破了沉寂，道：「林玉，你怎麼不說話？」

楚小楓道：「晚進很慚愧。」

歐陽嵩道：「為什麼？」

楚小楓道：「晚輩只恐怕無法留在丐幫了。」

歐陽嵩道：「陳長青懷疑你了？」

楚小楓道：「陳長老是否懷疑我，還不知道，但襄陽分舵主的余立，卻已對我生疑。」

歐陽嵩道：「余立，他怎麼會……」

楚小楓接道：「他要我辦一件事，我沒有辦好，被丐幫中弟子發現，報告了他。」

喬飛娘道：「他要你辦什麼事？」

楚小楓道：「暗中監視五毒玉女。」

喬飛娘道：「你把五毒玉女追丟了？」

楚小楓道：「不是追丟了，而是我耽誤了追的時間。」

歐陽嵩道：「說清楚一點。」

楚小楓道：「是！余舵主讓我去追五毒玉女，我卻去購置這身衣服，回去晚了一步，五毒玉女已離開了望江樓，不知去處，但最糟的是，我在購買這些衣服時被本幫弟子發現了。」

歐陽嵩道：「哦！」

楚小楓道：「所以，余舵主召我質問，被我以謊言瞞了過去，但這謊言，今天午時之前，必會揭穿，所以，一早就趕了來。」

歐陽嵩接道：「你如有脫身機會，為什麼昨夜不來？」

楚小楓道：「今日才是第三日，弟子雖心急如焚，但也不敢冒昧。」

歐陽嵩點點頭，道：「很好，很好！你現在準備作何打算？」

楚小楓道：「如是老前輩不履前約，弟子只好流浪江湖，逃命天涯了。」

歐陽嵩道：「丐幫弟子眾多，耳目靈敏，你能夠逃得了麼？」

楚小楓道：「弟子不甘束手就擒，只有碰碰運氣了，尚求前輩成全！」說著，又跪了下去。

歐陽嵩哈哈一笑，道：「起來，起來，你已經行過拜師大禮，是我門下弟子了。」

楚小楓一笑而起，道：「多謝前輩收留。」

歐陽嵩回顧了喬飛娘一眼，道：「這位喬姑娘，快去見過。」

叫了歐陽嵩一聲師父，楚小楓心中已然十分窩囊，心中一直很擔心歐陽嵩再讓他叫聲師娘，一聽說讓他叫聲喬姑娘，立刻一抱拳，道：「見過喬前輩！」

喬飛娘揮揮手，道：「不用多禮，退一邊去。」

楚小楓應了一聲，退到了一邊。

喬飛娘冷冷說道：「你剛才讓林玉叫我什麼？」

歐陽嵩微微一笑，道：「飛娘，你想讓他叫你什麼？」

喬飛娘冷冷說道：「老娘就是沒有叫你用花轎抬進門來，除此之外，我們之間，還有什麼隱秘，為什麼不讓他叫我一聲師娘？」

歐陽嵩哈哈一笑，道：「喬飛娘，你還在乎這個嗎？」

喬飛娘道：「我是不在乎，不過，我覺著要他叫聲師娘，也沒有什麼不妥。」

歐陽嵩道：「這件事，咱們以後再說吧！反正林玉一時間也不會走，以後，你如想要他叫你，也不是什麼難事。」

喬飛娘道：「怎麼，你要把他留在身邊？」

歐陽嵩道：「是不是他長得太過清秀了，你有些害怕了？」

喬飛娘道：「你這話是什麼意思？」

歐陽嵩微微一笑，道：「飛娘，咱們不談這些了，我想知道五毒玉女現在何處？」

喬飛娘微微一笑，道：「還在和池天化僵持不下，池天化點中了她的穴道，她也在池天化身上下了毒。」

歐陽嵩道：「現在，還在那山下小屋中麼？」

喬飛娘點點頭。

歐陽嵩道：「你和池天化相處了這麼久，挖出了什麼消息沒有？」

喬飛娘道：「池天化那小子口風很緊，我還未套出什麼內情。」

歐陽嵩笑一笑，道：「飛娘，以你江湖經驗的老到，難道還沒有一點進展嗎？」

喬飛娘道：「池天化那小子實在不好對付，不過，五毒玉女如不解去他身上之毒，過了午時，他就要一命嗚呼了。」

歐陽嵩笑一笑，道：「他死了，應該有點眉目了。」

喬飛娘道：「我也是這麼一個想法。」

歐陽嵩道：「好吧！咱們要在午時之前，趕到那石屋中去……」

目光轉到楚小楓身上，接道：「林玉，有沒有辦法使丐幫中人，認不出你呢？」

楚小楓道：「丐幫中人，都學過化裝，但弟子是否能夠化裝後，瞞過丐幫弟子的耳目，就難說了。」

歐陽嵩道：「你去試試看吧？」

楚小楓應了一聲，轉身而去。

片刻之後，楚小楓又行了出來。

他臉上經過了一些改變，但卻改變的不多。

喬飛娘搖搖頭，道：「這個不行。」

楚小楓心中暗道：「這個喬飛娘，我似乎是不用得罪她了。」心中念轉，一欠身，道：「老前輩指教。」

喬飛娘道：「走，我帶你去改扮。」

歐陽嵩笑道：「這位前輩是易容能手，她如肯指導你兩下，你會獲益匪淺。」

她易容的手法果然高明，又招來了裁縫，一口氣替楚小楓做了八套衣服。

照照銅鏡，楚小楓也不能不佩服喬飛娘的高明，淡淡幾抹，立刻改變了楚小楓的臉形。

左右打量了一陣，喬飛娘回頭望了歐陽嵩一眼，笑道：「明天如能換上幾件新衣服，我保證，就算走到余立身前，他也未必會認識你。」

楚小楓道：「喬前輩手法高明……」

喬飛娘接道：「孩子，你能不能叫我一聲師娘，我和你師父……」

歐陽嵩接道：「飛娘，這是什麼時候，說這些事情，你別把玉兒給弄糊塗了。」

言詞之間，流現出了他對楚小楓的喜愛，以收到這樣一個徒弟，內心中泛起了快樂。

喬飛娘哦了一聲，道：「你好像有意地阻止他，不讓他叫我師娘，是嗎？」

歐陽嵩道：「咱們自己的事，別讓孩子聽了笑話……」

目光一掠楚小楓接道：「你留在這裡守候，沒有事，不許離開這座院落。」

楚小楓躬身應了一聲。

歐陽嵩卻伸手拉著喬飛娘，大步而去。

望著兩人的背影，楚小楓暗暗忖道：「這兩人，看上去，也是面和心不和，兩人之間，鬥來鬥去，似乎都希望在找到一些什麼！」

忽然間，楚小楓感覺到兩人的鬥爭中，有著很深的內涵。

請續看《春秋筆》之二

臥龍生精品集 53

春秋筆（一）

作者：臥龍生
發行人：陳曉林
出版所：風雲時代出版股份有限公司
地址：10576台北市民生東路五段178號7樓之3
電話：(02) 2756-0949
傳真：(02) 2765-3799
執行主編：劉宇青
美術設計：許惠芳
行銷企劃：林安莉
業務總監：張瑋鳳
封面原圖：明人入蹕圖（原圖為國立故宮博物館典藏）

出版日期：2019年10月
版權授權：春秋出版社呂秦書
ISBN ：978-986-352-745-9
風雲書網：http://www.eastbooks.com.tw
官方部落格：http://eastbooks.pixnet.net/blog
Facebook：http://www.facebook.com/h7560949
E-mail：h7560949@ms15.hinet.net
劃撥帳號：12043291
戶名：風雲時代出版股份有限公司
風雲發行所：33373桃園市龜山區公西村2鄰復興街304巷96號
電話：(03) 318-1378
傳真：(03) 318-1378
法律顧問：永然法律事務所 李永然律師
北辰著作權事務所 蕭雄淋律師

行政院新聞局局版台業字第3595號 營利事業統一編號22759935

國家圖書館出版品預行編目資料

春秋筆（一）／臥龍生著. --初版. 臺北市：風雲時代，2019.09-　冊；公分

ISBN 978-986-352-745-9 （平裝）

863.57　　　　108012532